D1691359

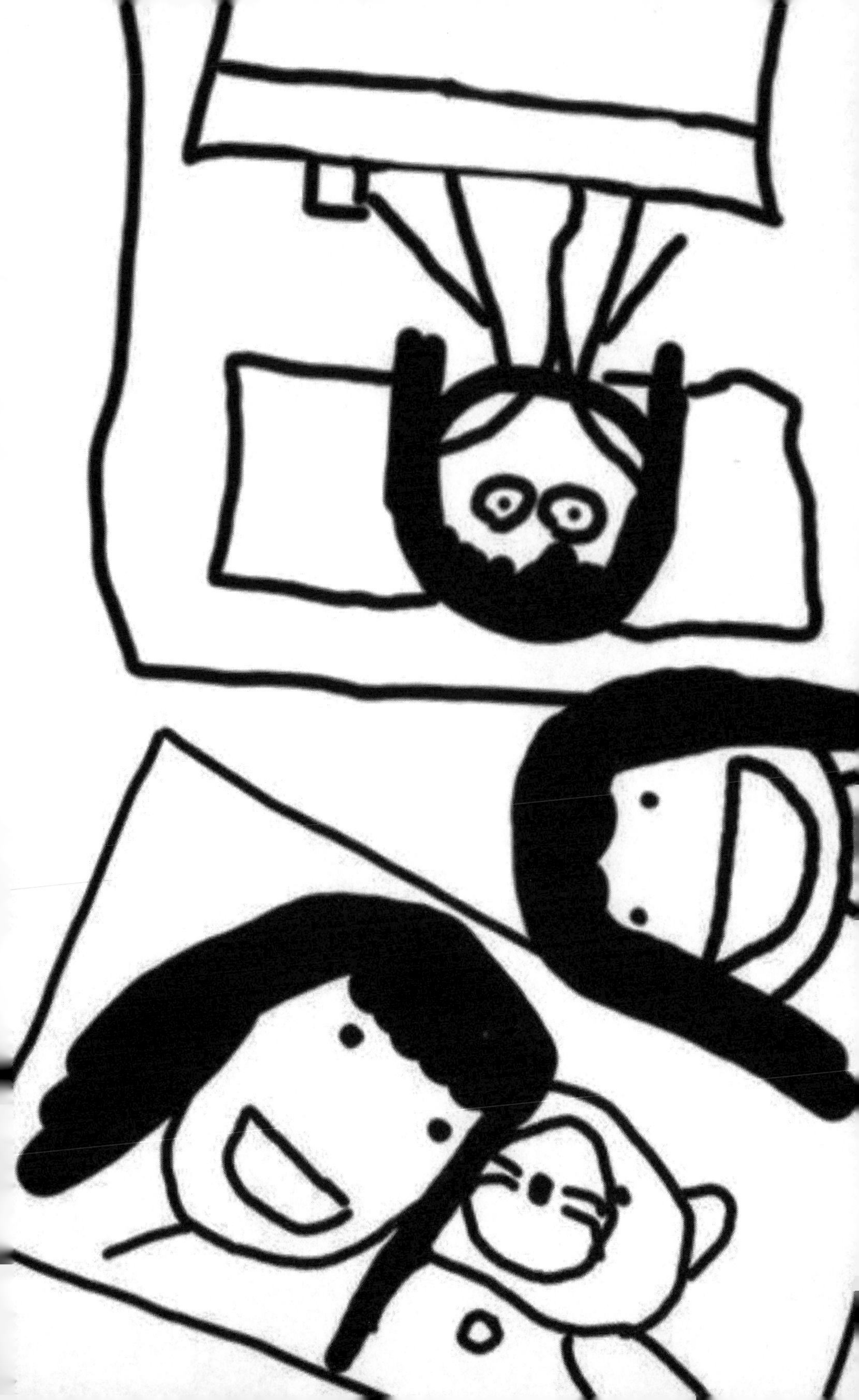

Kati M. Nickell

Mein ermogeltes Abitur

–Wie ich volle Kanne beschissen habe–

Kati M. Nickell

Die Handlung und alle handelnden Personen sind frei erfunden. Mögliche Übereinstimmungen mit lebenden oder realen Personen und Ereignissen sind rein zufällig – oder?

Copyright © 2019 Kati M.Nickell, wird vertreten durch:
Stalla, Dürkheimerstraße 78, D-67227 Frankenthal
K.Nickell(at)gmx.de
Alle Rechte vorbehalten.
ISBN: 9781686595592

WIDMUNG

Hallo Mama!
Hallo Papa!
Hallo, mein Bruder!
Hallo Katzi-Schmatzi!

INHALT

1. EINLEITUNG
2. "JETZT BEGINNT DIE ZEIT DEINES LEBENS!"
3. DAS JAHR DES CHAMÄLEONS
4. DIE LETZTE RETTUNG
5. DIE GLÜHBIRNE
6. DÜRFEN HEIßT NICHT KÖNNEN
7. CUT
8. ALLWETTERJACKE
9. ORDNUNG IST DAS HALBE LEBEN
10. ICH SPRINTE NICHT GERNE
11. POKER
12. SOZIALPHOBISCHER WEIHNACHTSMANN
13. WAS DU HEUTE KANNST BESORGEN, DAS VERSCHIEBE JA AUF MORGEN
14. GEIER
15. ALL IN
16. ICH BIN OBJEKTIV SUBJEKTIV, (...)
17. DREI JAHRE EIER SCHAUKELN
18. WAS SIND TERHITEN?
19. X, X, X ODER X?

1 EINLEITUNG

Also erst einmal möchte ich mich recht herzlich dafür bedanken, dass ihr euch für die Taschenbuchversion meines Buches entschieden habt. Es gibt auch Leute, die haben sich für die eBook-Version entschieden, aber denen entgeht meine supertolle, selbst entwickelte Schriftart! Dafür haben die lustige Sprachuntertitel für sehbeeinträchtigte Menschen bei den Bildern, die ihr leider nicht habt. Aber wie wäre es, wenn wir jetzt mal so richtig in die Geschichte starten!

Es war einmal.. nein, Moment.
Wir schreiben das Jahr 20.. das war es irgendwie auch nicht.

Also, mich nerven Einleitungen. Davon habe ich in der Schule schon genug geschrieben. Und sowieso, das ist hier ja kein Märchen oder eine Geschichte über fremde Planeten und Galaxien, oder eine Textinterpretation - vielleicht interpretieren ja irgendwann Mal Leute, fungierte Deutschlehrer, was ich mit diesen Aussagen hier WIRKLICH gemeint haben könnte. Aber vielleicht meine ich es ja auch genau so, wie ich es schreibe. Oder doch nicht? Das werden die Deutschwissenschaftler mir dann ja sagen können.

Ich bin Kati. Und das ist eine Erzählung oder ein Monolog oder so etwas in der Art, darüber, wie ich bei meinem Abitur volle Kanne beschissen habe. Irgendwie hat wohl noch nie einer darüber geschrieben, wie die Oberstufenzeit WIRKLICH war, also jemand aus unserem Jahrhundert. Oder ich kenne einfach nur niemanden. Vielleicht wüsste ich ja jetzt auch, wie man diese Textform nennt, in welcher ich mich gerade ausdrücke, oder mit welcher ich mich ausdrücke, wenn ich nicht beim Abitur beschissen hätte. Aber das wird man nie erfahren. Naja, keine Sorge, ihr werdet jedenfalls nicht enttäuscht werden. Aber ich habe Sorge, denn nach diesem Buch muss ich wahrscheinlich nach Alaska auswandern. Und wenn es ganz schlecht läuft, dann schaue ich mir vielleicht bald die Radieschen von unten an, wie es mein Bruder immer zu sagen pflegt. Vielleicht schaue ich mir dann ja die Radieschen in Alaska von unten an. Wachsen in Alaska überhaupt Radieschen? Wächst da überhaupt irgendetwas? Meine Mama sagt, Alaska wäre der Ort, an dem absolut gar nichts wächst. Vielleicht weiß sie das aufgrund ihrer Lebenserfahrung. Vielleicht haben die alten Leute, die damals ihr Abitur gemacht haben, auch mehr daraus mitgenommen als wir, die junge Internet-Generation. Vielleicht hatte aber auch mein Erdkundelehrer Recht, als er in der 11. Klasse meinte, dass mein Orientierungssinn so schlecht wäre, dass ich nicht mehr nach Hause finden würde, wenn man mich im nächsten Dorf aussetzt. Aber das hat ja eigentlich nichts damit zu tun, ob man eine Ahnung über die Flora und Fauna eines Gebietes hat. Ich glaube auch nicht, dass es an einem oder KEINEM mangelnden Orientierungssinn liegt, dass ich ohne Navigationsgerät nicht mal mehr den Weg zum Zahnarzt finde und nicht weiß, ob in Alaska Radieschen wachsen. Es liegt einfach an fehlender Erfahrung und an der Gemütlichkeit, sich nach dem Navigationsgerät zu richten - und nicht mehr nach einer Landkarte. Man sagt ja auch, dass es Leute geben soll, die Präsident geworden sind, obwohl sie den Unterschied zwischen dem Klima und dem Wetter nicht kennen; aber das halte ich für ein Gerücht, wenn man mich fragt. Wahrscheinlich fragt mich aber niemand. Ich habe meine Mama aber mal gefragt, sie hat von diesem Gerücht noch nie etwas gehört. Weiß sie also doch nicht mehr als ich? *-Hier meldet sich nun Zukunftskati. Mir ist beim Durchlesen inzwischen aufgefallen, dass besagter Präsident den Klimawandel nicht prinzipiell verneint hat, er hat den menschengemachten Klimawandel verleugnet.-*

Und wenn ich an meinem Radieschen-Ziel angekommen bin, schaue ich wahrscheinlich eh nur auf mein Smartphone.

Ihr Ziel "Berühmte Alaskaradieschen" befindet sich vor Ihnen.

2 "JETZT BEGINNT DIE ZEIT DEINES LEBENS!"

Bevor ich also noch länger über die Alaska-Radieschen oder die Nicht-Bindestrich-Alaskaradieschen nachdenke, ist es wohl Zeit, dass ich mit meiner Geschichte beginne, oder meiner Erzählung. Irgendwann im Jahr 2015 bin ich in die Oberstufe eines Gymnasiums gekommen. "Jetzt beginnt die Zeit deines Lebens!", "Oberstufenzeit ist beeeeeste!", diese Worte werden mir wohl nicht mehr aus dem Kopf gehen. Ich glaube, neue Schuljahre beginnen immer im August oder so.. also bin ich im August 2015 vermutlich in die Oberstufe gekommen, zu diesem Zeitpunkt war ich 16 Jahre alt. Dieses Problem ereilt mich auch immer dann, wenn ich bei Lebensläufen meine schulische Laufbahn genaustens wiedergeben muss: "Kam ich jetzt 2005 in die Grundschule? War das im Juni?" Ich finde das lächerlich, generell nerven mich diese ganzen Formalien. Erst kürzlich hat mir ein Freund von einem gescheiterten Bewerbungsgespräch erzählt, bei welchem sich der Chef daran aufgehängt hat, dass mein Freund, also ein meiner Freund... mein einer Freund... einer meiner Freunde, sich nicht an die Word-Bewerbungs-DINirgendwas-Normen gehalten hat. Das war bestimmt nicht der einzige Grund, an dem es gescheitert ist, aber lächerlich finde ich das trotzdem. Generell könnte ich zu Auswahlverfahren und Bewerbungsgesprächen SO viel erzählen. Aber das wird dann vielleicht das Thema meines nächsten Buches - wenn nach diesem noch jemand etwas von mir hören möchte. Oder sehen - lesen eben.

> Tut mir leid, ich kann Sie leider nicht einstellen, Sie haben sich in Ihrer Bewerbung nicht an unsere Norm gehalten.

> Aber ich war 20 Jahre lang erfolgreich als Arzt tätig!

Also zurück zur Oberstufe. Es war vorher nicht bekannt, mit welchen Personen man die nächsten drei Jahre teilen wird und welcher Mensch, der sich Lehrer schimpft, die Horde anführen muss. Nun ja, ich habe mit ALLEM gerechnet. Aber dieser Tag hat meine schlimmsten Befürchtungen übertroffen. Ich endete in einem

Stammkurs (so werden die hippen Oberstufenklassen genannt) bestehend aus etwa 20 Mädchen und 2 Jungen. Viele Personen dieses Kurses waren mir bekannt, aber ich konnte sie schon zu meiner Unter- und Mittelstufenzeit nicht ausstehen. Und ehe ich mich versah, hatten sich diverse Gruppen gebildet und ich saß alleine in der ersten Reihe - "Jetzt beginnt beeeeschte Zeit deines Leböööns."- diesen Satz wollte ich nur noch einmal einwerfen, er könnte ja in Vergessenheit geraten sein und in der Pfalz heißt das nicht "beste", sondern eben "beschte". Und nun betrat unsere Lehrerin, also die Hordenanführerin, den Raum. Ich möchte sie euch unter dem Namen "Frau Flechtzopfstängel" vorstellen. Sie war unter den Schülern und Schülerinnen und den Diversen, wir wollen hier ja politisch korrekt agieren, durchaus bekannt, aber jeder hatte Angst vor ihr. Lange habe ich überlegt, was m/f/d bei Ausbildungsausschreibungen bedeuten sollte... es bedeutet divers. Also, Frau Flechtzopfstängels Markenzeichen war ein etwa 1.30m langer Flechtzopf an ihrem ansonsten kahlrasierten Kopf. Also manchmal hatte sie auch solche Haarstoppeln, die hat sie sich wasserstoffblond gefärbt. Aber den Flechtzopfstängel hat sie sich dann später abgeschnitten - in einem Akt der Identitätskrise. Ich glaube ja, es war unsere Schuld. Aber dazu komme ich in einem anderen Kapitel noch.

Ich muss dem Ganzen ein Ende bereiten, ich kann so nicht weitermachen!

Mir ist übrigens aufgefallen, dass ich dieses Bild von Frau Flechtzopfstängel, wie sie sich ihren Flechtzopfstängel abschneidet, in der eBook-Version vergessen habe. Upsi.

Also saß ich da, am ersten Tag der Oberstufe, alleine in der ersten Reihe - und habe Frau Flechtzopfstängel dabei beobachtet, wie sie die Schülerherde gebändigt hat. Also, naja, sie hat es versucht.

Ihr tatsächlicher Bändigungsversuch war aber wohl eher ein "Ich mache jetzt viele Witze und integriere mich in die coole Oberstufenkidsgesellschaft.", was bei den anderen Schülern wohl gut angekommen ist; ich war dem Ganzen aber eher kritisch gegenüber eingestellt. Dann wurde auch noch ein Kurssprecher gewählt. Es haben sich einige -coole- Leute dafür gemeldet, und ein Mädchen, welches neu auf die Schule gekommen ist. Bei der

Auszählung der Stimmzettel hatte diese neue Schülerin dann nur eine Stimme. Naja, und ich wusste genau, dass das meine war. Das habe ich diesem Mädchen aber nie gesagt. Also falls du das liest und Dich darin wiedererkennst, ja, ich war das, ich habe für Dich abgestimmt. Aber genau DESWEGEN habe ich mich nie für eines dieser Ämter beworben. Weder zur Klassensprecherin noch zur Schülersprecherin. Und auch nicht zur Kurssprecherin. Wie man es auch in unserer Politik bzw. der allgemeinen Gesellschaft sehen kann, geben die wenigsten Menschen einem neuen System, etwas Fremdem, einer anderen Kultur und außergewöhnlichen Menschen eine Chance. Aber wenn ich mir den aktuellen Wahltrend so ansehe, was die Politik betrifft, scheint sich ja doch ein Wandel zu ergeben. Also naja, die Mehrheit wählt zwar doch wieder die selbe Partei, obwohl es SO viele Parteien gibt, die sich auf verschiedene Dinge fokussieren, aber ich glaube, das liegt in unserer Natur. Wenn wir nicht mit der Masse gehen würden, wären wir vielleicht nicht da, wo wir jetzt sind. Ob das jetzt gut ist, wo wir momentan sind, ist natürlich auch wieder eine Frage. Aber ich will mich nicht beschweren, wir sind immerhin in einer Zeit angekommen, in welcher wir uns über 2-lagiges Toilettenpapier aufregen können. Naja, zumindest in Deutschland. Also ich sehe, das ist ein sehr kritisches Thema und ich will hier auch nicht zu weit ausholen. Aber es sei angemerkt, dass ich Sozialkunde nach der Mittelstufe abgewählt habe, weil ich in den Tests immer schlecht war - so habe ich sehr lange gebraucht, mich ansatzweise für irgendwelche politischen Ereignisse auf dieser Welt zu interessieren. Ich dachte immer, dass ich sowieso zu blöd bin, um irgendetwas Politisches zu verstehen.

Wählen Sie mich, die zukünftige Spitze der Klopapierpartei.

Der restliche Tag meines ersten Oberstufenjahres war wohl auch ziemlich unspektakulär. Aber ich denke, man kann nachvollziehen, dass ich ab diesem Zeitpunkt von meiner "besten Zeit des Lebens" nicht mehr 100%ig überzeugt war.

3 DAS JAHR DES CHAMÄLEONS

Im ersten Jahr meiner Oberstufenzeit habe ich getan, was auch immer nötig war, um diesen Zeitraum so unbeschadet wie möglich zu überstehen. Dazu gehörte eben auch, mich nicht für irgendwelche Ämter zu bewerben oder für AGs anzumelden. So nennt man Nachmittagsstress, den man in der Schule verbringt – zum Beispiel in Form von einem Theaterstück, welches man sich aneignet. Wir hatten aber auch eine Fisch-AG. Ein Aquarium war immer undicht, so konnte man die ganze Pause lang beobachten, wie der Boden nass geworden ist und sich der Wasserpegel des Aquariums gesenkt hat.

> Ich werde mein Leben an Land ~~fortsetzen~~. Macht es gut, ihr Loser!
>
> *tropf*

Ich habe am Anfang der Oberstufe dann auch neue Leute kennengelernt, mit denen ich mich anfreunden konnte, weil sie unsere Schule nicht kannten - also kannten sie mich auch nicht und haben mich somit nicht zur Uncoolenfraktion gesteckt. Mit der Zeit stellten sie aber wohl fest, dass ich nicht aufregend genug war und haben sich einen spannenderen Freundeskreis gesucht. Das war mir nur Recht - man mag sich gar nicht vorstellen, wie anstrengend es ist, sich irgendwo anzupassen. Wobei die Kapitelüberschrift in dem Fall nicht passend gewählt ist. Chamäleons ändern ihre Farbe wohl je nach Gefühlslage. Wäre ich ein Chamäleon, würde ich also wohl jedes Mal frei herausschreien, wie es mir gerade geht. Das ist wohl das Gegenteil einer Tarnung.

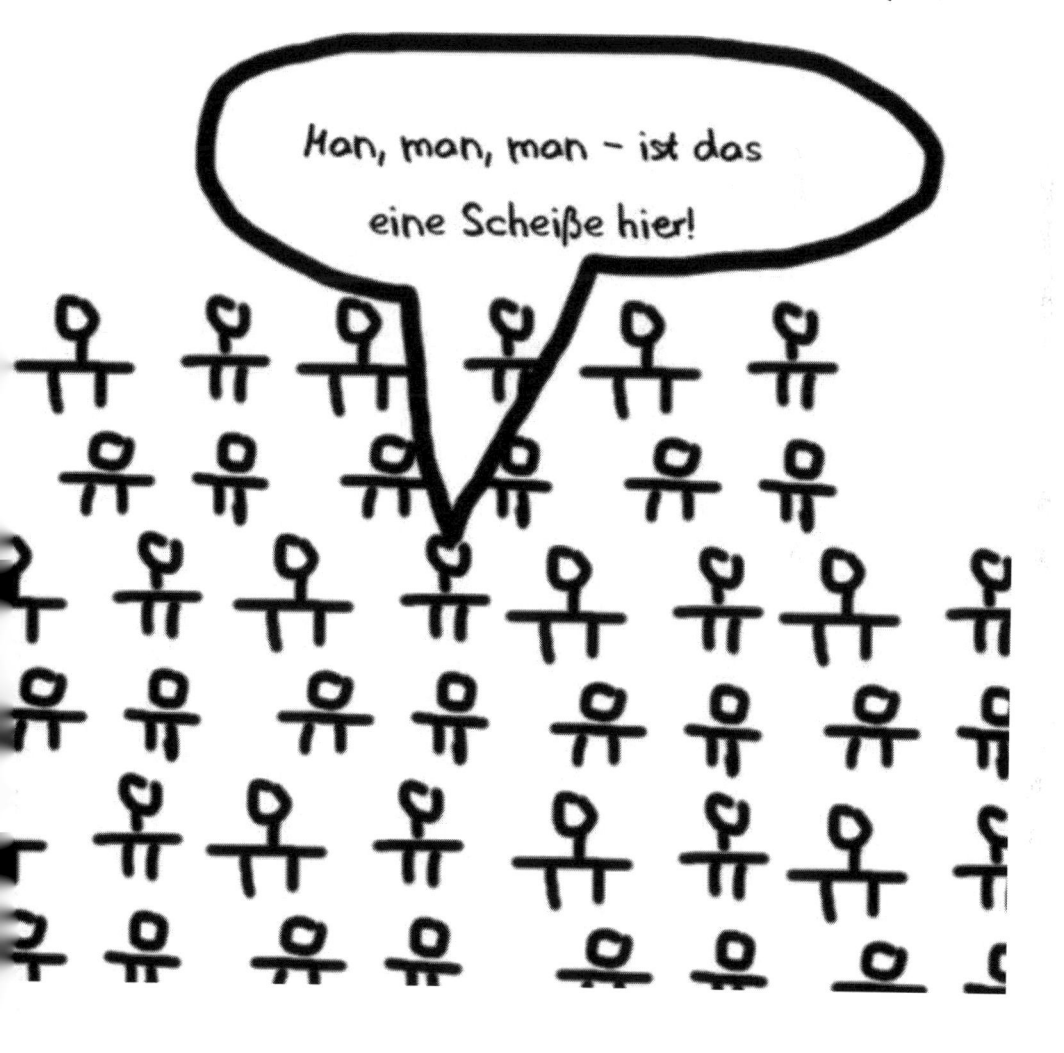

Aber zwei gute Freunde hatte ich zum Ende dieses ersten Schuljahres hin trotzdem. Wohlgemerkt, es waren auch meine zwei besten Freunde. Aber auch meine einzigen Freunde. Andere Leute hätten mich wohl vielleicht auch als ihre Freundin bezeichnet, ich sehe das jedoch nicht so. Je mehr ich über die Schule, Freundschaften und die Oberstufe generell schreibe und nachdenke, desto stärker fällt mir auf, dass das Überleben der Oberstufenzeit fast schon eine Wissenschaft für sich ist. Es sind verschiedene Formeln, die hier ineinander greifen.

- Neue Leute, die mich nicht kennen -> potentielle Freunde
- Unauffällig verhalten -> Mobbing vermeiden
- Sich nirgends anmelden -> weniger Stress -> geringere Chancen, sich beim Lebenslauf positiv darzustellen
- Anforderungen der Lehrer: Siehe Kapitel 6 *(Ich wusste, dass mir noch was einfällt!)*

Vielleicht fallen mir im Laufe dieses Buches ja noch einige andere Formeln ein, die werde ich dann ergänzen. Eines dieser Mädchen, welche ich zur Oberstufenzeit als meine besten Freundinnen betrachtet habe, war sogar vor der Oberstufe schon meine beste Freundin, sie ist aber in der 11. Klasse in einen anderen Stammkurs gekommen. Diese Freundin heißt Nicole. Meine neue Bekanntschaft, zu dem Zeitpunkt zweite beste Freundin, heißt Jana. Ich bin ganz froh darüber, dass ich in der Oberstufenzeit nicht mit so vielen Personen zu tun hatte. Sonst müsste ich hier vielleicht ein Beziehungschart oder so etwas einfügen, damit man weiß, mit wem ich wann, wie und wo befreundet war.

Zunächst war die Oberstufenzeit dann auch doch ganz erträglich. Wir haben zu dritt viel Zeit miteinander verbracht und konnten immer das Leid der anderen mitfühlen, wenn es um die Schule ging. Das kann ich zwar von der Zeit, in welcher ich alleine war -wie in meinem Stammkurs- nicht behaupten, aber das macht auch nichts, wenn mal nicht alles so super läuft. Außerdem sind wir ja in der Schule, um zu lernen und nicht, um Spaß zu haben. Also.. eigentlich. Ich glaube ja, ich habe nichts gelernt UND hatte keinen Spaß. Naja, so ganz stimmt das vielleicht auch nicht. Apropos Stammkurs, im Laufe des ersten Jahres der Oberstufe haben bestimmt 7 Leute unseren Kurs wieder verlassen. Das Resultat war, dass unser Stammkurs nur noch aus Mädchen bestand. Zu diesem Zeitpunkt war ich mir nicht ganz sicher, was ich davon nun halten sollte. Unsere Lehrerin war sich dahingehend wohl ebenso uneinig. Aber sie hatte genug mit ihrem Flechtzopfstängel zu tun. Immer, wenn sie zwischen zwei Tischen stand, hat sich ihr Flechtzopfstängel in den Tischritzen verklemmt. Und beim Versuch, ihn wieder herauszuziehen (also aus dem Tischritz), trafen Hurricane und Erdbeben aufeinander - metaphorisch gesehen. Ich muss sagen, wir haben im Deutsch- und Englischunterricht stets alle Stilmittel geübt, aber ich habe bis zum heutigen Tag nicht verstanden, was eine Metapher eigentlich sein soll. Und ich wette, einige, die dieses Buch lesen, wissen nicht mal mehr, was ein Stilmittel überhaupt ist. Vielleicht hat es ja was mit dem Kleidungsstil zu tun. Leute benutzen Kleidung ja auch, um sich selbst auszudrücken. Oder man macht es wie unsere Lehrerin und benutzt einen Flechtzopfstängel als Ausdrucksmittel. Wobei ich mir nicht sicher bin, was sie damit eigentlich ausdrücken wollte.

Ich habe mir im ersten Jahr der Oberstufenzeit sogar durchaus viel Mühe gegeben, meine Hausaufgaben regelmäßig erledigt und vor Klausuren mit ausreichendem Zeitpuffer gelernt. Das hat erstaunlich gut funktioniert, abseits von Erdkunde und Sport lagen meine Noten im guten 2er-Bereich. Sport im Zeitraum der Oberstufe ist ein Thema für sich. Erst kürzlich habe ich im Internet gelesen, dass Wissenschaftler der Meinung sind, Völkerball sei nichts anderes als "legalisiertes Mobbing". Die Leute machen sich darüber lustig, aber ich wäre froh gewesen, wenn mir die Völkerballzeit erspart geblieben wäre.

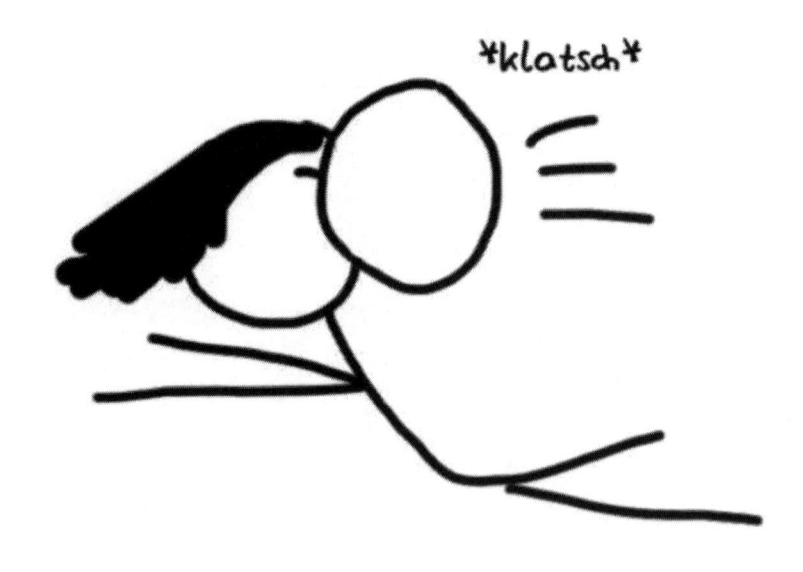

Als Sportnotenausgleich habe ich zusätzlich Philosophie belegt - das war ein freiwilliges Fach. Dieses Fach wird für unsere Geschichte noch relevant werden, glaube ich, vielleicht vergesse ich das aber auch wieder. Aber nicht, dass irgendeine Information hier irrelevant wäre! Immerhin haben wir heute etwas Neues über Chamäleons gelernt. Aber es ist wohl wichtig, solche Dinge hervorzuheben, damit die Leute sich diese Fakten besonders gut einprägen. Vielleicht hilft das ja auch, die Konzentration des Lesers wieder zu steigern. JA, von DEINER Konzentration rede ich! Wer ist da nebenbei am Handy? ICH NICHT!

Also.. wo war ich... richtig. Ich war eine ziemlich gute Schülerin. Ohne Fleiß kein' Preis. Ob gute Noten so ein super Preis sind, ist natürlich ein diskutables Thema. Aber darum geht es jetzt nicht. Ich weiß noch, dass ich mich in Philosophie immer des Todes gelangweilt habe und am Ende der 11. Klasse bin ich zum Schulsekretariat gegangen und habe mir einen Zettel geben lassen, womit ich aus Philosophie wieder austreten konnte. Tja, und man wird es schon vermutet haben, ich habe diesen Zettel bis zum Ende meiner Oberstufenzeit mitgeführt und nie abgegeben, aber mich jedes Mal im Philosophieunterricht auf's Neue gefragt, ob es nun nicht langsam Zeit wäre, aus dem Unterricht auszutreten.

> Ich finde Ihren Unterricht doof und deswegen gehe ich jetzt und komme nie wieder.
>
> Mit freundlichen Grüßen, Ihre "das geht Sie einen Scheißdreck an".

Nun ist vielleicht die Frage aufgekommen, inwiefern und warum ich mich jetzt durch mein Abi beschiss.. ich meinte natürlich gemogelt habe, wenn ich doch so eine fleißige Schülerin war. Und DAS ist eine berechtigte Frage, die ich jetzt beantworten werde! Jetzt geht es hier nämlich erst richtig los!

Doch die Vorinformation, dass ich auch vor meinem großen Beschiss eine gute Schülerin war, wird am Ende dieses Buches noch einmal von großer Relevanz sein. Wie eigentlich alles in diesem Buch.

Mein ermogeltes Abitur – Wie ich volle Kanne beschissen habe

4 DIE LETZTE RETTUNG

Ich habe einige Zeit darüber nachgedacht, ob diese Kapitelüberschrift nicht irgendwie zu reißerisch ist. Aber dann ist mir aufgefallen, dass sie sogar im doppelten Sinne für dieses Kapitel steht. Deswegen finde ich sie doch ganz gut. Außerdem sagt man, dass man den ersten Gedanken nicht verwerfen soll. Naja, also das bezieht sich eher auf Aufgaben in einem Test. Wenn man sich im ersten Gedankengang für Lösung A entschieden hat, dann, so sagt man, solle man diese Entscheidung nicht mehr überdenken - und schon gar nicht ändern!

Nun, kommen wir zur doppelten Rettung. Ende 2015, das war wohl kurz vor Beginn des 2. Halbjahres der 11. Klasse (also meiner Zeit in der 11. Klasse), kam meine Mutter ins Krankenhaus. Zuerst hat man nichts Schreckliches vermutet, dann stellte sich jedoch recht bald heraus, dass sie an Krebs erkrankt ist. Sie kam aufgrund von Übelkeit und einer Lähmung der Beine ins Krankenhaus. Das lag daran, dass ein Tumor auf ihr Rückenmark gedrückt hat - oder so. Wäre das nicht passiert, hätte sie es wohl nicht mitbekommen, dass der Krebs so weit

fortgeschritten war und wäre vermutlich gestorben.
Das war natürlich ein großer Schock für uns alle. Recht früh stand dann fest, dass sie im Januar 2016 wieder nach Hause kommen würde, querschnittsgelähmt. Im Familienkreis brach daraufhin ein gigantisches Chaos aus. Wie die wilden Tiere stürmten die Verwandten unser Haus (in welchem ich mit meiner Mutter, meinem Bruder und meinem Opa wohnte) und entrissen uns allen Möbeln und Wertgegenständen. Naja, zumindest erschien es MIR so! Plötzlich waren dort, wo sich zuvor zwei geteilte Esszimmer befanden, nur noch leere Räume. In großer Panik wurden Brettspiele aus den Schränken, Tische und Stühle verkauft. Wohlgemerkt von den Leuten, die in diesem Haus überhaupt nicht wohnten. Und es wurden DOPPELT WOHLGEMERKT die Zimmer leergeräumt, die überhaupt nichts mit meiner Mutter zu tun hatten. Sie wurde in ein komplett anderes Zimmer "verfrachtet", man hätte die anderen Räume also gar nicht ihrer Seele berauben müssen.

Das war für uns alle natürlich ein großer körperlicher und psychischer Stress. Man wusste nicht, wie es um unsere Mutter steht und ich musste vom einen auf den anderen Tag lernen, wie man Wäsche wäscht und möglichst effizient Lebensmittel einkauft. Ach ja, kochen lernen musste ich natürlich auch. Und putzen. Und was man sonst als Mutter eben so machen muss. Und ich möchte meinen, dass mir der Stress mit der Oberstufe eigentlich gereicht hätte.

Tja, und wie im Arbeitsleben, so ist das im Schulleben nicht anders. Es wird keine Rücksicht darauf genommen, ob man aufgrund privater Angelegenheiten vielleicht nicht in der Lage dazu ist, konzentriert am Unterricht teilzunehmen - oder überhaupt am Unterricht teilzunehmen. Bei uns Schülern wird davon ausgegangen, dass wir faul sind. Immer. Das ist einfach so. Und da kann mir auch niemand etwas anderes erzählen! Zu faul, um uns im und am Unterricht zu beteiligen und zu willensschwach, um abends mal früher ins Bett zu gehen oder die Hausaufgaben rechtzeitig zu erledigen. Nun ja, das mag vielleicht auch stimmen, aber ich bin mir sicher, dass viele Schulkinder auch privat einer großen Belastung ausgesetzt sind. Und ich bin mir ebenso sicher, dass die meisten Lehrer das geschickt übersehen. Die Lehrer haben aber wohl auch selbst privat viel Stress. Und man darf natürlich nicht ihr eigenes Schultrauma vergessen, welches sie als Schüler und Schülerinnen und Diverse -wobei es diese diversen Menschen da wohl noch nicht gab- erleben mussten. Ich verstehen nur nicht, warum die einzige Möglichkeit, dieses Trauma zu überwinden, ist, als Lehrer neuen Schülern dieses Trauma auch zu verpassen.

Ich hatte jedenfalls ziemlich viel Stress, was Ende 2015 und Anfang 2016 anbelangt.

Ihr müsst jetzt leiden, weil ich in eurem Alter auch leiden musste!

Ich glaube, bis Mitte 2016 habe ich dann versucht, irgendwie den schulischen und den privaten Ansprüchen gerecht zu werden. Aber ich habe festgestellt, wie ich immer später ins Bett gegangen und immer unkonzentrierter in der Schule erschienen bin. Und mit immer größeren Verspätungen. Das meiste aus dieser Zeit habe ich aber wohl irgendwie verdrängt. Über diese Zeit liegt ein großer Schleier. Aber ich weiß, dass der Druck irgendwann zu groß geworden ist. Es war einfach nicht möglich, Zeit für die Schule und für die privaten Aufgaben aufzuwenden. Der Tag hat nun mal nur 24 Stunden (zumindest in unseren Kreisen, naja, also auf der Erde) und wenn die 'rum sind, dann sind sie 'rum, daran lässt sich dann auch nichts ändern. Ich glaube, Rum habe ich noch nie getrunken. Also hatte ich mehrere Optionen, wobei diese für mich eigentlich KEINE Optionen waren.

1. Ich nehme mir eine Auszeit von der Schule, immerhin habe ich meinen Realschulabschluss schon in der Tasche.

2. Ich versuche, irgendwie weiter so zu überleben und füge dem Tag einige zusätzliche Stunden hinzu, was physikalisch wohl leider (noch) unmöglich ist.

Hmm, nun, wenn ich mir das so ansehe, sind das wohl doch nicht viele Optionen. Da hätte ich mir diese Liste auch sparen können. Fakt ist aber, dass ich die Schule nicht abbrechen wollte. Ich wusste durchaus, dass die Oberstufe und die damit verbundenen Anforderungen eigentlich keine Herausforderung für mich sind - in einem NORHALEN Umfeld. Aber was ist schon normal. Und wenn ich so weiter gemacht hätte wie bisher, mich um einen Haushalt zu kümmern und um die Aufgaben einer Schülerin, dann wäre ich wohl irgendwann draufgegangen. Dann hätte ich ja mal gesehen, ob in Alaska Radieschen wachsen. Mein Bruder hat zu diesem Zeitpunkt übrigens auch sein Abitur gemacht und mein Opa hat uns so sehr unterstützt, wie er konnte - falls diese Frage irgendwann noch aufgekommen wäre. Ich möchte es natürlich nicht so darstellen, als hätte mich/uns niemand unterstützt.

So musste ich mir aber etwas überlegen, damit es eben nicht so mit mir endet, dass ich tot in Alaska liege. Und, naja, ich war schon immer ein Freund von sogenannten 'Spickern'. Aber mit den normalen Spickern kann man nicht viel anfangen. Auf irgendwelche Blätter,

Handflächen, Radiergummis, Lineale oder sonstige Versteckmöglichkeiten passt wirklich nur so wenig Inhalt darauf, da kann man sich das dann auch sparen. Und in der Panik verschmiert auf der Hand dann auch noch alles.

Dann muss man sich zusätzlich nur einmal richtig schön ins Gesicht fassen und dann ist das auch noch schwarz - und bis man es dann bemerkt hat, ist es eh zu spät und man hat sich schon überall blamiert.

Das auf dem Bild ist übrigens kein Schlaganfall mit einem halb-herunterhängenden Mund, das ist Farbe.

✞✞✞

Mit Spickern habe ich schon vor meiner Oberstufenzeit viele Erfahrungen gemacht. Ich habe sogar mal von einem Buch gehört, in welchem krasse Spicker aufgezeigt worden sind. Ich glaube, da waren sogar Bilder der Spicker dabei. Ich werde keine originalen Bilder zeigen, weil ich glaube, dass sie mich gefährden könnten und irgendwann doch herauskommt, wer sich durch die Oberstufenzeit beschissen hat. *-Diesen Gedanken habe ich inzwischen übrigens verworfen, weil ich finde, dass es wichtig ist, tatsächlich mal den authentischen Abiturspicker zu zeigen.-* Ich weiß gar nicht so genau, ob das strafbar ist und man mir das Abitur jetzt noch aberkennen könnte, wenn zweifelsfrei feststehen würde, dass ICH das war. Aber andererseits interessiert das jetzt wohl eh niemanden mehr. Es gibt ja auch Ärzte, die überhaupt kein Medizinstudium abgeschlossen haben. Die sind wohl noch eher dran als ich, wenn das bei denen mal rauskommt.

In der Grundschule hat eine ehemalige Freundin ein Diktat aus ihrem Heft abgeschrieben (uns wurden Texte diktiert, die wir vorher schon einmal aufgeschrieben hatten) und MICH dann gefragt, wieso ich drei Fehler in meinem Text hatte, während sie ja KEINEN Fehler gehabt hätte. Dieses Mädchen musste dann die zweite Klasse wiederholen. Also nicht aufgrund des Diktates, sie hatte wohl generelle Lernprobleme. Aber das ist auch gar nicht schlimm, jeder lernt wohl in seinem eigenen Tempo; zumindest sagt man das den Kindern in der Förderschule

> Der Bär Ulli kommt in den Knast, wenn er bei Diktaten bescheißt. ✓
> ☺ sehr gut

In der Mittelstufe habe ich mir in einem Supermarkt Bleistifte gekauft, die ich rundherum mit Notizen bekritzelt und diese dann während einer Klausur unter mein Mäppchen gelegt habe. Die Bleistifte waren mit irgendeinem Zeug lackiert und wenn ich dann da mit meinem abwaschbaren Fineliner draufgeschrieben habe, konnte ich die Stifte nach der Klausur unter dem Wasserhahn abwaschen. Bevor ich auf diese Idee kam, die Stifte abzuwaschen, musste ich mir aber nach jeder Klausur neue Bleistifte kaufen. Zum Glück gab es die im besagten Supermarkt für 1€ pro 5 Stück oder so. Manchmal habe ich mit einer spitzen Schere aber auch versucht, meine Kritzeleien abzuschaben. Im Endeffekt war das aber einfach nur eine umständlichere Form eines üblichen Papierspickers - naja, ich war eben advanced (so sagt man das in der coolen Sprache). Ich war dann alle Klassenarbeiten lang damit beschäftigt, die Bleistifte unter meinem Mäppchen (=Federtasche) zu drehen, um an alle benötigten Informationen zu kommen. Ich hatte ungelogen bestimmt 10 Bleistifte, die unter meinem Mäppchen lagen. Einerseits hätte ich da wohl weniger Stress gehabt, wenn ich einfach gelernt hätte und andererseits frage ich mich, ob das wirklich keinem Lehrer aufgefallen ist, was ich da getan habe. Aber immerhin hat mir diese Art des Spickens dabei geholfen, winzig klein zu schreiben. Das hat mir bei meinem Oberstufenspicker auch geholfen, weil ich so in der Lage war, auch winzig kleine Dinge zu lesen. Und je kleiner etwas geschrieben ist, desto mehr Informationen kann ich auf eine bestimmte Fläche bringen. Man komprimiert etwas, so nennt man das, glaube ich. Sicher bin ich mir nicht, Physik habe ich nach der 10. Klasse abgewählt. Und Chemie auch, falls das eher zu Chemie gehört.

Mäppchen

Möchtest du die Lösung sehen, musst du wohl den Bleistift drehen

In einer Stunde vor einem Geschichtstest habe ich mir mal alle Informationen, die testrelevant waren, auf den Tisch geschrieben. Das war ein Test über Columbus, soweit ich weiß. Das ist dem Lehrer nach dem Test wohl aufgefallen, aber ich meinte, ich wüsste nicht, woher diese Informationen stammen sollten, die da auf meinem Tisch stehen und dass er sich meinen Test doch anschauen sollte, da ich ja eine 1 bekommen müsste, wenn ich alles abgeschrieben hätte. Tatsächlich bekam ich auch eine 1 auf meinen Test, weil alles richtig war. Damit habe ich aber nicht gerechnet, als ich mir meine wasserdichte Argumentation zurechtgelegt hatte. Eine Mitschülerin hat mich im Beisein des Lehrers sogar noch verteidigt und meinte, das sei ja überhaupt nicht meine Schrift gewesen, die da auf dem Tisch geschrieben stand. Nun ja, es war meine Schrift. Es tut mir leid, Herr Lehrer, falls sie das jemals lesen sollten. Aber die Leute, die tatsächlich für ihren Test gelernt hatten, wissen bestimmt auch nicht mehr, WAS sie da eigentlich gelernt haben. Ich weiß wenigstens noch, worum es in dem Test ging. Und der Test ist schon vier oder fünf Jahre her.

Columbus war ein toller Mann,
den man mit C oder K schreiben kann.

Ach ja... Latein. In Latein habe ich regelmäßig auf jede erdenkliche Art und Weise beschissen. Und das tut mir wirklich leid, weil unsere Lehrerin sehr nett und respektvoll war. Sie hat alles in ihrer Macht stehende getan, um uns zu helfen. Es lag auch nicht an ihr, dass wir so schlecht waren. Latein ist wohl das Lernfach schlechthin und wer da EINMAL nicht lernt, der kann sich das Fach für immer abschminken. Ich war irgendwann sogar so verzweifelt, dass ich mir Lateinvokabeln und Übersetzungen auf ein Diktiergerät (also einen MP3-Player) gesprochen und mir diese Aufnahmen im Schlaf angehört habe. Ich hatte gehofft, dass sich diese Informationen im Schlaf in mein Unterbewusstsein fressen, aber irgendwie hat das nicht funktioniert. Außerdem konnte ich mit diesem Geschwafel "mercator, mercatoris - Händler" (oder so ähnlich) auch nicht einschlafen.

Mein ermogeltes Abitur – Wie ich volle Kanne beschissen habe

In Latein habe ich normale Papierspicker verwendet, ich habe auf meine Hand geschrieben, ich habe auf den Tisch geschrieben, ich habe mir Pullover mit weiten Ärmeln angezogen und mir Spicker in die Pulloverärmel geklebt und beim Abstützen auf den Arm während der Arbeit davon abgeschrieben.

Spicker

Bei einer Klausur war mein Mäppchen mal voller Spicker. Ich habe Spicker auf meinen Radiergummi, mein Lineal, auf meinen Kleber und meinen Spitzer geklebt. Zusätzlich lagen meine bereits erwähnten Bleistiftspicker im Mäppchen. Und, was soll ich sagen, es war diese eine Arbeit, bei welcher die Lehrerin zum ersten Mal die Mäppchen kontrolliert hat. Das hat sie vorher nie getan, das hat sie auch danach nicht mehr getan. Aber als hätte ich es geahnt, war mein Mäppchen so absolut überfüllt, dass die Lehrerin es bei der Kontrolle nicht öffnen konnte. Also kontrollierte sie die anderen

Häppchen und meinte, sie kommt nochmal zu mir, wenn ich es geöffnet habe. In der Zeit habe ich schnell so viele Spicker wie möglich verschwinden lassen - ich wurde nie erwischt und konnte alle Spicker erfolgreich bei der Klassenarbeit verwenden. Wenn ich erwischt worden wäre, hätte ich das mit den Spickern vielleicht auch gelassen und es wäre mir zu riskant geworden. Aber ich wurde bis zum heutigen Tag nie erwischt; also abseits des Geschichtstestes, wenn man das als ein "Erwischtwerden" bezeichnen kann.

Meinen größten Mittelstufen-Latein-Geistesblitz erlangte ich aber dann, als mir aufgefallen ist, dass unsere Lateinlehrerin uns vor jeder Klausur ein Schmierblatt gegeben hatte, auf welchem wir alle sich in unserem Kopf befindlichen Informationen noch einmal niederschreiben konnten, bevor dann der große Latein-Panik-Blackout beim Erhalt der Aufgaben eintreten würde. Natürlich durften wir dafür unsere Unterlagen NICHT benutzen. Diese Schmierblätter mussten wir aber nicht abgeben. Also habe ich eines Tages einen mit nach Hause genommen und zig Blätter so zugeschnitten, sodass sie wie das Schmierblatt aussahen, welches wir vor jeder Arbeit bekommen hatten. So habe ich mir dann zu Hause auf das Schmierblatt alle möglichen Vokabeln, Übersetzungen und

Grammatikregeln aufgeschrieben und mir vor der Lateinklausur dann dieses Schmierblatt unter mein T-Shirt gesteckt. Und wenn die Lehrerin dann mit dem Austeilen der Unterlagen beschäftigt war, habe ich einen passenden Moment genutzt, um mein "Zuhause-Schmierblatt" auf den Tisch zu legen. So habe ich bis zum Ende der 10. Klasse die Lateinzeit überlebt. Das klingt ja fast wie Steinzeit. Aber meine Spickermethoden empfand ich als alles Andere als steinzeitlich. Naja, wenn sich meine Kinder in 30 Jahren dieses Buch durchlesen und ein Gehirn-Chip alle Informationen automatisch aus dem Internet herunterlädt, ohne, dass sie was dafür tun müssen, dann empfinden sie meine Ideen vielleicht doch als steinzeitlich. Vielleicht passiert das aber auch erst, wenn meine Enkelkinder Kinder haben. Das erlebe ich dann aber wohl nicht mehr.

Spicker auf Schmierzettel

Inzwischen sind die Lehrer wohl auch schlauer geworden. Beim Abitur ist z.B. auf jedem Blatt, selbst auf den Schmierblättern, das Logo der Schule zu finden. Aber diesen Weg hätte ich auch noch auf mich genommen, mir so einen Stempel zu besorgen. Wahrscheinlich hätte ich aber eher das Wasserzeichen abfotografiert und an meinem Computer auf ein Schmierblatt gephotoshoppt. Also so nennt man das, wenn man ein Bild bearbeitet. Das hätte ich dann ausgedruckt und dann hätte ich mein Wasserzeichen auch gehabt. Daran habe ich mal gedacht, als nur Leute mit gültigem Parkausweis auf dem Campus des Universitätsgeländes parken durften, bei dessen Universität ich kurzzeitig studiert habe. Ich wollte mir so einen Parkschein abfotografieren und ihn am Computer so abfälschen, sodass ich mit meinem Auto auf dem Gelände hätte parken können. Bevor dies eintrat, habe ich die Universität aber wieder verlassen. Also endgültig, ich hatte dann keine Lust mehr, da zu studieren.

Ich möchte mal anmerken, wie kreativ viele Schüler oder Studenten -oder auch Erwachsene- sind, wenn es darum geht, irgendwo zu bescheißen oder eine Gebühr zu sparen. Und anstatt, dass man uns dafür lobt oder vielleicht sogar belohnt, wird man wegen Urkundenfälschung oder sowas in den Knast gesteckt. Dabei glaube ich, dass auch DAS in unserer Natur liegt. Es gibt immer mal wieder Experimente mit Kindern, bei denen sich auch zeigt, wie viele der Kinder bei irgendwelchen Spielen bescheißen.

Meine Mutter hat mich sogar immer bei meinen Spickversuchen unterstützt. In Latein hat sie mir dann ein Hemd herausgesucht, bei welchem die Ärmel für meinen Spickversuch besonders weit waren. Oder sie hat mir gesagt, ob eine bestimmte Handlung meinerseits auffällig sein könnte. Dafür danke ich ihr immer noch sehr. Sie hätte eh nicht verhindern können, dass ich spicke. Ich glaube ja, die Eltern, die ihren Kindern den größten Druck machen und ihnen keine Freiheiten lassen, züchten die Kinder heran, die dann am ehesten wegen irgendwelchen Betrügereien im Knast landen oder so. Das sind aber natürlich nur Vermutungen, ich habe dazu keine Studie oder Umfrage angelegt, aber vielleicht gibt es sowas sogar ja schon.

Ich habe jedenfalls mit der Zeit auch einige Regeln zusammengestellt, wie man beim Spicken am unauffälligsten agiert. Und wie das bei irgendwelchen Fernsehsendungen immer so ist, so ist es auch in diesem Fall: 'Sie werden überrascht sein, zu welchen Ergebnissen ich gekommen bin. Es ist nicht das, was Sie erwartet hätten.' Und am Ende war es eben doch genau das, was man erwartet hat. Aufgrund der Aussage der Person aus dem Fernsehen erwartet man das Unerwartete ja schon. Vielleicht sollten die Leute im Fernsehen, wenn sie so etwas sagen, dann eben doch nicht mehr das Unerwartete zeigen. Das hat man dann nämlich nicht mehr erwartet.
Aber zu diesen Spicker-Regeln werde ich später noch kommen. Wenn mein Buch erfolgreich geworden ist und

es viele Leute lesen, dann kann meine Regeln eh keiner mehr anwenden, weil alle Lehrer dann Bescheid wissen. Aber ich glaube, es weiß eh jeder Bescheid, was den ganzen Beschiss angeht, den Lehrern ist das aber auch zu stressig dagegen immer vorzugehen. Naja, den meisten zumindest.

Der Spickerknast

****

Von der ersten letzten Rettung habe ich ja schon berichtet. Da ging es um die Rettung meiner Mutter. Und jetzt werde ich von der zweiten letzten Rettung berichten. Vielleicht sollte ich auch gar nicht mehr sagen, wovon ich berichten werde oder was ich als Nächstes tun werde, vielleicht sollte ich es einfach ganz spontan machen - völlig unerwartet. Völlig unerwartet kam ich zumindest zu meiner Rettung.

Also wie erwähnt, fühlte ich mich einem großen Druck ausgesetzt - aufgrund der Situation mit meiner Mutter und dem schulischen Stress. Und ich glaube, ich war wirklich kurz vor'm Abkratzen. So Mitte-Ende 2016 war ich beim Arzt, dabei handelte es sich um die Jugend-Abschlussuntersuchung beim Kinderarzt. Und da stellte ich die Frage (Wobei ich sie eigentlich eher mir selbst stellte.), warum ich eigentlich so klein bin. Und ich bin tatsächlich etwas zu kurz geraten, obwohl meine Familienmitglieder zum Großteil eine durchschnittliche Größe erreicht haben.

Ich darf halt aufgrund meiner Größe nicht zur Polizei gehen, nicht zur Bundeswehr gehen, nicht zur Marine gehen (auf diesen Beruf kam mein Erdkundelehrer) und ein Flugzeug dürfte ich auch nicht fliegen. Also zumindest nicht bei der Luft-ha-ha-HATSCHIII-nsa. Ich weiß nicht, ob ich irgendwelche Unternehmen in einem Buch nennen darf. Deswegen kommt es mir ganz gelegen, dass ich gerade niesen musste. Naja, und dann wurde ich von der Kinderärztin (es ist ein komisches Gefühl, mit 16 bzw. 17 Jahren zur Kinderärztin zu gehen) zum Endokrinologogogogologen weitergeleitet. Und da stellte sich dann heraus, dass ich eine Glutenintoleranz habe. Ich habe davon vorher gar nicht so viel gemerkt, glaube ich, hätte mir das nie einer gesagt, dass ich sowas habe, wäre ich daran wohl irgendwann abgekratzt. Und ich weiß noch ganz genau, wie ich mit meinem Bruder bei dieser Untersuchung war und ich mir ein Plakat über Zöliakie (so nennt man das auch) angesehen habe und zu ihm meinte:

"GOTT SEI DANK HABE ICH DAS NICHT. DANN KANN MAN JA FAST GAR NICHTS MEHR ESSEN. ICH WÜSSTE GAR NICHT, WAS ICH DANN MACHEN WÜRDE."

JA, SO EIN PECH ABER AUCH! Das war eine ganz allgemeine Untersuchung, also ein Verdacht auf

Zöliakie bestand da noch nicht. Deswegen habe ich auch nicht damit gerechnet, so eine Diagnose zu erhalten. Naja, jedenfalls glaube ich ja, dass die Krankheit durch den ganzen Stress und den großen Schlafmangel ausgelöst worden ist. Das weiß man jetzt wohl nicht so genau, ob das wirklich daran lag, aber ich wollte noch einmal verstärken, wie gestresst ich war. UND, dass Stress krank machen kann. Deswegen werde ich mir jetzt drei Mal überlegen, welchen Berufsweg ich eigentlich einschlafen möchte. Also ich meinte einschlagen. Aber einschlafen ist natürlich auch schön - als Matratzentesterin. Gibt es so einen Beruf eigentlich wirklich? Ich höre von sowas nur immer bei irgendwelchen Komikern oder Leuten, die sich für jemand ganz lustigen halten, also von Leuten wie mir.

Naja, dann hatte ich also meine Mutter am Hals, ich hatte die Drecksschule mit dem Drecks-Abitur am Hals und ich hatte auch noch meine Druckserkrankung am Hals. Und eine Glutenintoleranz bedeutet, dass man Weizenzeugs meiden muss. Also Weizen, Gerste, Dinkel und sowas. Alles, worin sich Gluten befinden könnte. Aber die Leute denken, Gluten ist Glutamat und Glutamaten sind bestimmt die Leute, die keine Milch vertragen. Ach, nein, das war ja Fructose. Oder doch

Laktose? Ich weiß das jetzt selbst nicht so genau.

Glutamat
- Gluten
- Laktose
- oder andere Scheiß
- Fruktose

Naja, auf die Erkrankung musste ich mich dann aber auch erst einmal einstellen. Und ich muss sagen, inzwischen finde ich das auch alles gar nicht mehr so schlimm, aber damals in meiner Oberstufenzeit war es dafür umso schrecklicher. Ich wusste ja selbst noch gar nicht so genau, was ich eigentlich essen durfte, also habe ich mich und unsere Familie die ersten Monate von Tiefkühlpommes und solchen panierten

Hähnchenstreifen ernährt, auf denen extra "glutenfrei" stand. Das waren quasi Fischstäbchen aus Hähnchen, also Hähnchenstäbchen. In der Schule bin ich dann immer verhungert, weil ich von unserem Bäcker nichts essen konnte und das Obst, welches der angeboten hat, konnte ich auch nicht essen, allergisch gegen Äpfel bin ich nämlich auch. Und zu dem Zeitpunkt habe ich mich nicht in der Lage gefühlt, irgendwas selbst zu backen oder zu kochen. Die Situation schien völlig aussichtslos.

Naja, und dann war da noch der allseits bekannte

"ACH JA, DU DARFST JA NICHT." ↙

(Das ist übrigens kein Fleck hinter den Gänsefüßchen, das ist der Punkt, der da noch hingehört.)

Ich weiß gar nicht, ob ich diesen "ACH JA, DU DARFST JA NICHT." überhaupt irgendwie benennen möchte. Ja, es ist ein Satz, aber irgendwie gefällt mir die Bezeichnung 'Ach ja, du darfst ja nicht.' für den "ACH JA, DU DARFST JA NICHT." Nennen wir ihn einfach den 'AJADUDAJANI'. Naja, also irgendwie ist das immer noch zu kompliziert, aber egal.

Der **AJADUDAJANI** beschreibt dabei den Vorgang von Leuten, mich zu fragen, ob ich was von ihrem leckeren Kuchen oder ihrer Eiswaffel oder ihrer Pizza oder sonstigem Giftgluten ab haben möchte... mit der etwa 1-sekündig verspäteten Eingebung, dass ich das ja gar nicht essen darf. Aber mein Bruder meint, dass der AJADUDAJANI wie ein Flaschengeist klingt. Vielleicht könnte man darüber ja auch ein Buch schreiben: "Der AJADUDAJANI aus dem Gluten." oder "aus dem Laib Brot". Wobei ich mir sicher bin, dass es den AJADUDAJANI auch bei anderen Intoleranzen und Allergien gibt. Aber das könnt ihr wohl besser beurteilen als ich, mein AJADUDAJANI ist der Gluten-AJADUDAJANI. Andere Leute haben vielleicht ihren Nuss-AJADUDAJANI, der ihnen ständig leckere Nussschokolade anbietet, welche sie nicht essen dürfen.

Der AJADU-DAJANI aus dem Laib Brot.

Also wenn ich so darüber nachdenke, gab es in diesem Kapitel nun schon zwei letzte Rettungen, obwohl ich als zweite letzte Rettung eigentlich meinen Oberstufen-Spicker anführen wollte, der dann ja sogar schon die dritte letzte Rettung wäre. Aber so verbleiben wir eben erstmal bei zwei letzten Rettungen. Nämlich bei der Rettung meiner Mutter und der Rettung, die mich vor späterem Darmkrebs bewahrt hat. Ich muss sagen, zu beiden Zeitpunkten habe ich diese Ereignisse nicht als Rettung, sondern eher als Bestrafung angesehen. Aber wenn ich so im Nachhinein darüber nachdenke, war das wohl noch so das beste, was passieren konnte. Zumindest ist mir das lieber als eine tote Mama und als Darmkrebs mit 50 Jahren.

Bei meinem Schulproblem hat mir das aber nicht geholfen. Ganz im Gegenteil. Der AJADUDAJANI hat mir das Schulleben zur Hölle gemacht und später auch die Zerstörung der Freundschaft zu Jana und Nicole herbeigeführt. Also so sage ich mir das, aber wahrscheinlich war ich daran ganz alleine selbst schuld. Darum geht es jetzt aber nicht. Ich fange wohl oft Themen an, von denen ich noch gar nicht erzählen wollte. Gut, dass das hier keine Deutschklausur ist. Dann hätte ich schon eine 6 bekommen, oder wie man es in Oberstufenworten sagt, 0 Punkte, weil ich ständig das

Thema verfehle oder vom Thema abkomme. Der Deutschunterricht in der Schule ist sowieso eine reine Katastrophe. Die Schulzeit hat mir jeglichen Spaß am Lesen und am Schreiben genommen. Erst jetzt habe ich wieder gelernt, wie schön es sein kann, ein Buch zu lesen. Oder eine eigene Geschichte zu verfassen. Es ging sogar so weit, dass ich stark an meinen Deutschfähigkeiten gezweifelt habe. Und dabei war ich in der Grundschule so gut, dass man mich mal gefragt hat, ob ich bei einer Hausaufgabe die Unterstützung einer erwachsenen Person bekommen hätte. Aus Scham habe ich dies bejaht, obwohl ich die Aufgabe eigentlich ganz alleine gelöst hatte. Das kam dann beim Elternabend heraus - normalerweise ist das ja eher anders herum, dann stellt sich da heraus, dass man eine Aufgabe nicht selbst erledigt hat. Ich habe oft in der Grundschule die Aufgaben meiner türkischen Freundin erledigt, damit sie mit mir spielen durfte - also nachmittags nach der Schule war das. Im Nachhinein war das vielleicht keine gute Idee; wenn man seine Aufgaben nicht selbst erledigt, dann lernt man dabei ja auch nichts.

Aber ich finde das ja alles absurd. Also diese blöden Bewertungen bei Deutschklausuren. Bei Kunst sagt mir auch keiner, dass ich das Thema verfehlt habe. Da gibt es Interpretationsfreiraum. Also auch nicht immer, aber wenigstens ist das eher so die Regel als die Ausnahme. Und ich habe noch nie von einem Kunstmenschen gehört, dass Leonardo da Vinci bei seinen Bildern offensichtlich das Thema verfehlt hat.

> Herr da Vinci, Sie haben da bei Ihrem Kunstwerk etwas falsch verstanden!

Ich frage mich bis heute, wie ich bei einer Deutschklausur ein Buch falsch interpretieren oder analysieren kann - oder so allgemein eben, nicht nur bei Klausuren. Erst kürzlich hatte ich diese Diskussion mit meiner Mutter. Es gibt da so ein neues Lied von Rammstein, das nennt sich "Puppe". Und meine Mama war der Meinung, dass die Schwester eines Kindes eine

Prostituierte ist. Und ich war der Meinung, dass die Schwester vom Vater missbraucht wird. Und dann meinte meine Mutter, dass aber in dem Lied nirgends etwas vom Vater der Kinder gesagt wird. Und ich frage mich, wieso es denn falsch sein muss, nur, weil es nicht explizit irgendwo steht? Was ist falsch daran, wenn ich es so verstehen möchte. Wenn mir jemand sagt, dass es draußen nicht regnet, dann heißt es nicht, dass die Sonne scheinen muss. Genau so gut kann es auch hageln und Hagel ist kein Regen!
Also ja, so im Nachhinein ist die Wahrscheinlichkeit, dass sie eine Prostituierte ist, wohl größer, aber gerade dadurch, dass Menschen auf alles unterschiedliche Ansichten haben, kommen wir doch erst zu neuen, lebensverändernden Erfindungen und Erkenntnissen. Und wenn uns das in der Schule so abtrainiert wird, dann war's das mit neuen Ideen und kreativen Vorschlägen. Dann wird es nie einen neuen Interpretationsansatz zu *Woyzeck* oder *Effi Briest* geben. Entweder lernen wir solche Interpretationen auswendig oder wir schreiben sie bei Klausuren aus dem Internet ab, dazu komme ich aber in diesem Buch auch noch. Apropos Bücher, das letzte Mal, dass ich in der Schule ein Buch wirklich gelesen habe, war wohl in der 7. Klasse. Oder war es die 6. Klasse? Da haben wir im Deutschunterricht das Buch *Löcher* gelesen, das habe ich nie wieder vergessen. Ach ja, *Homo*

Faber hat mir auch noch sehr gut gefallen. Aber meint ihr, ich weiß noch, worum es beim *Schimmelreiter* ging? Das Buch hat mir wahrscheinlich so schlecht gefallen, weil es im Laufe der Zeit tatsächlich schon ganz verschimmelt ist. Naja, manchen Leuten hat es bestimmt gefallen. Ich weiß, dass meine Freundin und ich uns dazu den Film angeschaut haben, um das Buch nicht mehr lesen zu müssen und selbst bei dem Film ist sie eingeschlafen. Nicole war das. Meine ehemalige Deutschlehrerin hat mir sogar eine 5€-"Leihgebühr" gegeben, damit sie den Film, den ich zum Buch gekauft habe, im Unterricht zeigen durfte.

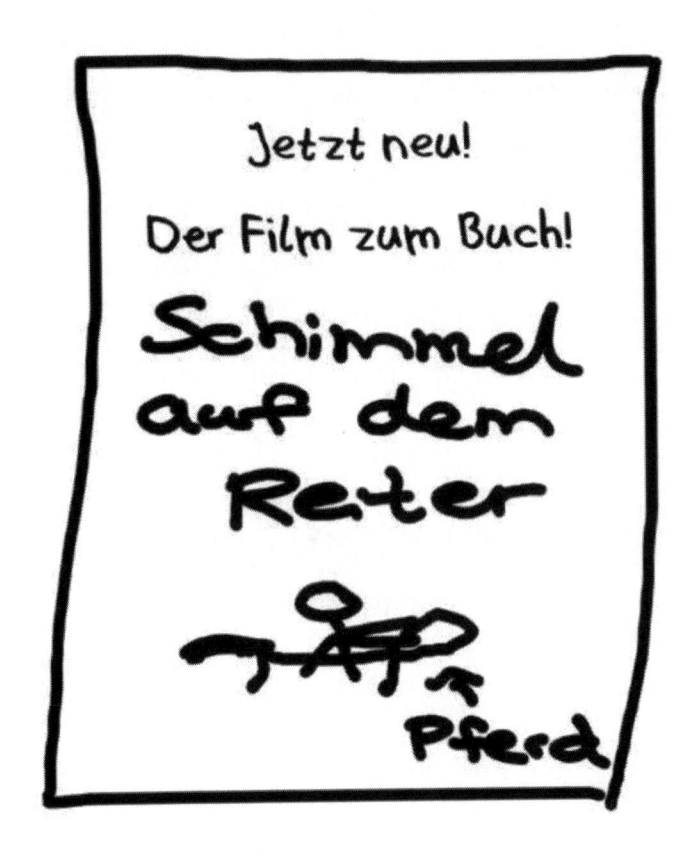

> Jetzt neu!
> Der Film zum Buch!
> Schimmel
> auf dem
> Reiter
>
> Pferd

Einmal waren wir mit unserem Geschichtskurs im Kino und mussten uns einen Schwarz-Weiß-Film ansehen, den man angeblich nur ganz selten abspielen darf, weil er Nazizeug enthält oder so. Später hat ihn einer aus unserer Klasse dann mit spanischen Untertiteln auf YouTube gefunden. Und das war dann auch so das einzige Mal, dass ich dann sogar im Kino eingeschlafen bin. Aber ich glaube, je älter man wird, desto öfter passiert einem sowas noch.

Mein ermogeltes Abitur – Wie ich volle Kanne beschissen habe

Ach ja, diese besagte Deutschlehrerin, bei welcher wir den *Schimmelreiter* gelesen haben, hat uns vor Klassenarbeiten immer ihre Interpretation des Buches ausgedruckt und gegeben. Die ganz Schlauen haben diese Interpretation dann auswendig gelernt und bei der Klassenarbeit dann so hingeschrieben. Und die ganz ganz Schlauen -das war ich- haben die Unterlagen zerknüllt und dann in einem Akt der Verzweiflung ganz kurz vor der Klassenarbeit mit dem Handy abfotografiert. Ich habe dann während der Klassenarbeit mein Handy auf dem Schoß gehabt und davon abgeschrieben. Meine Freundin, das war auch Nicole, hat dann von mir abgeschrieben. Das war so ein bisschen wie die *Stille Post*. Im Schimmelreiter ging es dann bei Nicoles Interpretation nicht mehr um **Hauke Haien**, sondern um **Hau'n'Se Rein**! Aber ich glaube, der Schimmelreiter hat auch irgendwem eine reingehauen. Oder wurde er geschlagen? Ich hatte bei der Arbeit dann eine 1 oder eine 1- und meine Freundin hatte eine 3. Ich finde, dafür, dass sie **NUR** von **MIR** abschreiben musste, war das doch eine ganz gute Note. Ich habe mir meine 1 auch verdienen müssen, mir ist während der Klausur sogar das Handy auf den Boden gefallen. Dann musste ich es wieder zusammenbauen und neu anschalten. Oder einschalten? Jedenfalls kann ich mir nicht vorstellen, dass die Lehrerin **DAS** nicht gesehen hat und zu überhören war es auch nicht. Aber so verwirrt wie die war, kann ich mir das doch vorstellen. Und **DAS**, liebe Politiker, habe **ICH** in der 8. oder 9. Klasse im Deutschunterricht gelernt. Diese Lehrerin hat auch immer eine 5km-lange Parfümfahne hinter sich hergezogen. Und im Sommer durften wir das Fenster und die Klassenzimmertür bei 40 Grad Innentemperatur nicht öffnen, weil die Lehrerin meinte, sie bekommt einen Zug und wird krank. Sie ist auch im Sommer stets mit einem Schal zur Schule gekommen. Ihren Regenschirm hat sie auch ständig bei uns vergessen. Die Lehrerin hatte auch immer ganz schwarz geschminkte Augen. Die sah aus wie ein Deutschlehrergrufti.

Bei ihr haben wir auch gelernt, wie man Bewerbungsmappen verfasst. Beziehungsweise, wir haben es nicht gelernt. Ich bin mir bis heute noch nicht ganz sicher, wie man eine Bewerbung verfasst. Ich weiß nur, dass wir einen Schüler hatten, der nie auch nur eine Bewerbung für den Unterricht verfasst hat. Unsere Lehrerin ist ihm bis zum Ende ihrer bzw. bis zum Ende der Karriere des Schülers an der Schule überall hinterhergelaufen, um seine Unterlagen zu bekommen. Ich glaube, am Ende ist der Schüler gar nicht mehr zum Unterricht gekommen. Und wenn er die Lehrerin irgendwo gesehen hat bzw. wenn sie IHN irgendwo gesehen hat, ist er immer ganz schnell weggerannt, das weiß ich noch. Das war ein richtiges Katz' und Maus-Spiel. Wobei ich ja nicht weiß, WER von den beiden die Maus und wer die Katze war.

Über meine Lehrer aus der Mittel- und Unterstufenzeit könnte ich auch ein ganzes Buch schreiben. Wir hatten auch eine Mathelehrerin, die einen unserer Mitschüler als "den Führer" bezeichnet hat, der eben unsere Klasse anführen sollte. Ich glaube, wenn wir uns auf einem Abitreffen in 30 Jahren wiedersehen, weiß das aus unserer Klasse immer noch JEDER. Einer unserer Erdkundelehrer hat, wenn wir zu laut waren, immer mit unserem Klassenbuch auf den Tisch geschlagen. Und dann hieß es, unser Klassenbuch wäre das SCHLIMMSTE von allen Klassen, weil es so abgeranzt aussah. Aber unsere Schuld war das nicht! Und mein Sportlehrer in der Oberstufe meinte, dass sogar seine Schildkröte zu Hause schneller läuft als ich. Aber so im Nachhinein bin ich den Lehrern gar nicht wirklich böse dafür, dass ich ein Sporttrauma habe oder mir zwei Jahre Deutschunterricht aus der Mittelstufe fehlen. Ohne solche Geschichten hätte ich ja gar nichts zu erzählen und würde die Schulzeit wohl schneller vergessen, als es mir tatsächlich lieb ist. Aber damit ich noch Material für ein neues Buch habe, erzähle ich jetzt am besten nicht noch mehr über meine Lehrer.

Meine Erfahrungen mit der Gattung der Lehrer

Ich habe ja das Gefühl, je mehr Bücher wir in der Schule gelesen haben, desto weniger habe ich sie verstanden. Manchmal habe ich in der Oberstufe noch versucht, ein Buch wirklich zu lesen - von vorne bis hinten. Aber ich habe nach einer Seite schon wieder vergessen, was auf der Seite davor stand, weil ich nichts verstanden habe.

Dadurch war ich irgendwann so demotiviert, dass ich gar nichts mehr lesen wollte, weil ich irgendwann dachte, dass ich gar keine Bücher mehr verstehe. Vor Deutschklausuren habe ich mir dann nur noch irgendwelche Filme zu den Büchern angeschaut, aber ich habe mir nicht mehr die Mühe gemacht, sie mir für 15€ auf im Internet zu bestellen. Diesen Fehler habe ich nur beim Schimmelreiter begangen. Oder ich habe mir den Playmobil-Mann auf YouTube angesehen. Der hat in 5 Minuten mit seinen Playmobil-Figuren immer den Inhalt eines ganzen Werkes wiedergegeben. Ich glaube, dieser Herr war und ist die Rettung aller Deutschschüler Deutschlands.

Warum ich das alles aufschreibe? Nun ja, nicht, um mich und meine Schulzeit irgendwie hervorzuheben, wobei ich vielleicht auch ein kleines bisschen stolz darauf bin, dass Lehrer damals dachten, ich hätte bei einer Hausaufgabe die Unterstützung eines Erwachsenen bekommen. Ich mache das aber eigentlich, um aufzuzeigen, welche Unsicherheiten die Schule einem bescheren kann. Und was in der Schule WIRKLICH abgeht, das scheint ja sonst keiner mal zu machen!

Meine Mama hat mir mal erzählt, dass ein Lehrer sich über ihre Englischfähigkeiten beschwert hat und dass sie dann so eingeschüchtert war, dass sie im Unterricht nie wieder ein Wort Englisch gesprochen hat. Und auch heute denkt sie noch, dass sie der sprachunbegabteste Mensch auf der Welt sei. Und ich bin mir sicher, wenn man sie damals motiviert hätte, würde sie ihre Fähigkeiten ganz anders einschätzen. Ich habe die Kurve nochmal bekommen und bin wieder stolz darauf, dass ich die deutsche Rechtschreibung und Grammatik beherrsche, soweit das bei diesen absurden Regeln möglich ist, und ich Bücher lese und freiwillig etwas lerne und auch mein Sport-Trauma weitestgehend überwunden habe, aber bei meiner Mama ist es halt irgendwie zu spät. Sie träumt auch jetzt manchmal noch von ihrem Abitur oder vom Sportunterricht, für sie war das wohl alles noch viel schrecklicher als für mich. Vielleicht wäre sie ja Dolmetscherin geworden, wenn man sie motiviert hätte. Alle Leute denken ja auch, Mathematik wäre so schrecklich und sie wären zu dumm dafür, dabei bin ich mir sicher, dass man jedem zu Freude an Mathematik verhelfen könnte. Aber wer will sich schon die Mühe machen? Und wer will es riskieren, dass jemand anderes etwas besser kann, als man selbst? Ich wette, kein Lehrer gibt freiwillig zu, dass er Angst davor hat, dass seine Schüler mehr wissen könnten, als er selbst. Aber Tatsache ist, dass das passiert und dass Lehrer ihre Schüler gerne kleinhalten. Nicht alle, aber ich vermute, dass es die Mehrheit betrifft. Ich für meinen Teil habe einen Mathelehrer in meiner Mittelstufenzeit ja mal als Arschloch bezeichnet, weil er zu einer Klassenarbeit 10 Minuten zu spät gekommen ist und meinte, dass das ja jetzt UNSER Problem sei. Am Ende war es auch mein Problem; das war eine Klassenarbeit über Wurzelzeugs und ich hatte eine 6. Ich habe mir die Klassenarbeit vor einiger Zeit sogar nochmal angesehen und ich kann davon immer noch nichts. Es wäre natürlich befriedigender gewesen, wenn ich ihn beleidigt UND eine gute Note bekommen hätte.

Aber in der Oberstufe hatte ich sogar eine Lehrerin, die hat mir zu 13 bis 15 Punkten in Mathematik verholfen - das liegt im 1er-Bereich. Aber sie hat sich auch immer über mich aufgeregt, weil ich mich im Unterricht nie gemeldet habe. Sie kannte meinen Namen aber eh nicht, also habe ich es als sinnlos erachtet, mich zu melden. Dass sie mich ausgeblendet hat, war aber auch so gar nicht schlecht. Sie hat im Unterricht immer irgendwelche Leute drangenommen, die sich nicht gemeldet haben - also die sich, so wie ich, NIE gemeldet haben. Aber weil sie mich eben nicht kannte, hat sich mich auch da nie drangenommen. Also verlief meine Oberstufen-Mathematik-Zeit tatsächlich sehr friedlich. Sie hat sich immer nur dann über mich aufgeregt, wenn sie versucht hat, Epochalnoten zu vergeben. Also das sind Noten für die mündliche Mitarbeit. Da scheint ihr dann wohl immer aufgefallen zu sein, dass ich existiere UND dass ich mich nie melde. Deswegen wurde ich einige Male an die Tafel berufen, oder gerufen. Aber auch das lief ohne größere Blamagen gut ab. Anders, als in der Mittelstufe. Da wurde ich in Physik mal an die Tafel gerufen und hatte keine Ahnung, worum es eigentlich die ganze Zeit im Unterricht ging. Also habe ich alles, was in meinen Gedanken noch so auffindbar war, an die Tafel gezeichnet. Dabei handelte es sich am Ende um ein Strichmännchen, welches einen Besen in die Höhe hielt.

Damit wollte ich irgendwelche Kräfte darstellen. V oder so? Jedenfalls habe ich dafür eine 6 bekommen.

Das war im 7. Schuljahr, da stand ich dann kurzzeitig in fünf Fächern auf der Note 5, also mangelhaft. Das war wohl dieses berüchtigte 9. Schuljahr, in welchem viele Leute die Klasse wiederholen müssen. Mit dem Unterschied, dass es mich im 7. Schuljahr ereilte und ich am Ende die Klasse nicht wiederholen musste und auch keines meiner Zeugnisse jemals ein "mangelhaft" zierte.

Das Problem ist ja, dass ich mit Sicherheit nicht die erste Person bin, die das hier alles von sich gibt. Aber alle Berichte, die ich über die Schulzeit und die Auswirkungen auf Schüler im Internet finde, sind von irgendwelchen hochgebildeten Doktor-Psychologen-Sozialbeobachtern, die sich gaaaaanz intensiv mit der Materie beschäftigt haben, so, als wäre das, also als wären **WIR** ein wissenschaftlich höchst komplexes Gebiet. Ja, die haben dafür extra studiert, das muss man sich mal vorstellen! Dabei geht es doch so viel einfacher, man müsste uns einfach mal fragen. Oder man müsste einfach mal auf die eigene Schulzeit zurückblicken. Ich wurde jedenfalls noch nie von irgendeinem dieser Schulwissenschaftler zu meiner Schulzeit befragt. Und wenn wir uns als (ehemalige) Schüler mal irgendwo beschweren, nimmt uns halt auch keiner Ernst. Ich wette, wenn Erwachsene irgendwo von ihrem Schultrauma aus der Kindheit und Jugendzeit berichten würden, würden viele Leute sie auslachen und/oder nicht ernstnehmen. Und es gibt genug Eltern, bei denen sich die Kinder von heute auch nicht beschweren können, weil die Eltern sich dann nämlich aufregen, die Kinder würden sich doch einfach nur "anstellen" und dies und das. Und das sind bestimmt die Arschloch-Eltern, die wie die Arschloch-Lehrer ihr eigenes Schultrauma an uns Kindern oder Jugendlichen oder anderen Erwachsenen ausleben.

Hallo Sohn, wir sind deine Arschlocheltern.

Man sei "viel zu sensibel", das sagen bestimmt dann auch viele. Das sagen eh schon viele, dass wir zu sensibel geworden sind und nichts mehr aushalten würden. Wir waren ja nicht im Krieg, wir wissen ja nicht, wie das früher war, als sich alle nur von Kartoffelschalen ernährt haben. Und die Wahrheit, dass die Kartoffeln weggeworfen worden sind, damit sie uns diese schauderhaften Geschichten erzählen können, sie hätten nur Kartoffelschalen zum Fressen gehabt, wurde halt auch unter den Tisch gegraben - zusammen mit den Kartoffeln. Anders kann ich mir diese große Kartoffelnot von damals auch nicht erklären, wenn sich doch angeblich alle Leute von Kartoffelschalen ernährt haben. Was ist denn mit den Kartoffeln passiert?

> Hier ruhen die Kartoffeln, deren Schale sie beraubt worden sind.

Ich habe übrigens jetzt im Nachhinein erfahren, dass man es "unter den Tisch kehren" nennt. Irgendwie macht das ja auch mehr Sinn, Tische stehen meistens auf einem Boden, den müsste man dann ja erstmal aufbrechen, um etwas darunter zu vergraben. Also haben sie die Kartoffeln wohl unter den Tisch gekehrt. Meine Mama hat nämlich nicht verstanden, als ich ihr jetzt wieder aus meinem Buch erzählt habe, was ich denn unter den Tisch gegraben haben soll. Da wollte ich mich schon wieder aufregen, weil man sowas doch kennen sollte und ich ÜBERHAUPT NICHTS unter den

Tisch gegraben habe; für mich war "unter den Tisch graben" eben sowas wie "ins Fettnäpfchen treten", so ein Sprichwort eben. Ist ein Sprichwort eigentlich auch eine Metapher? Gut, dass ich ihr das erzählt habe, sonst würde das ja jetzt keiner verstehen, der mein Buch liest. Aber vielleicht würde ich dann bei irgendwelchen Gesprächen mit Zeitschriften und Zeitungen befragt werden, was ich denn damit gemeint haben könnte, Kartoffeln unter dem Tisch zu vergraben, oder irgendwelche Schüler in der Schule würden das analysieren. Das wäre richtig lustig geworden, wenn dann alle Leute deswegen so verwirrt gewesen wären. Dabei habe ich mich einfach nur vertan. Und so enden dann auch die armen Schüler bei Interpretationen von *Effi Briest* und Co., die nicht wissen, was der Autor damit gemeint haben könnte, weil dieser beim Schreiben seines Buches verwirrt war und damit eigentlich gar nichts meinte bzw. aussagen wollte, so wie ich. Also eigentlich kann ich meiner Mittelstufenlehrerin ja dankbar dafür sein, dass sie uns das Interpretieren damals erspart und uns ihre eigenen Interpretationen gegeben hat. Aber eigentlich sollten wir auch froh darüber sein, dass wir keinen Krieg mehr führen. Und ich hoffe, das bleibt auch so. Aber bei unserer jungen Generation mache ich mir da eigentlich nicht so viele Sorgen. Ich mache mir diese Sorgen nur noch solange, bis alle alten Leute abkratzen. Wir jungen Leute blockieren uns höchstens nur noch bei *WhatsApp*. Das ist dann unsere Form des Krieges. Für richtigen Krieg sind wir sozial viel zu schüchtern und irgendwie auch sozial "verstört", das hängt bestimmt auch mit dieser ganzen tollen Technik zusammen - heute nennt man das "socially awkward", glaube ich. Wenn neben uns im Zug jemand einschläft und mit seinem Kopf auf unserer Schulter landet, haben wir wohl eher noch Angst, diese Person aus ihrem Schlaf zu wecken als dass wir dazu bereit wären, sie vielleicht von unserer Schulter zu stupsen.

Das ist mir vorhin auch schon wieder beim Einkaufen aufgefallen. Anstatt, dass ich Leute darum bitte, mit ihrem Einkaufswagen vielleicht etwas zur Seite zu gehen, damit ich daran vorbeikomme, warte ich aus sicherer Entfernung ab, ob sie sich bewegen werden. Und wenn nicht, dann gehe ich eben durch einen anderen Gang, um auf die andere Seite der Leute zu kommen.

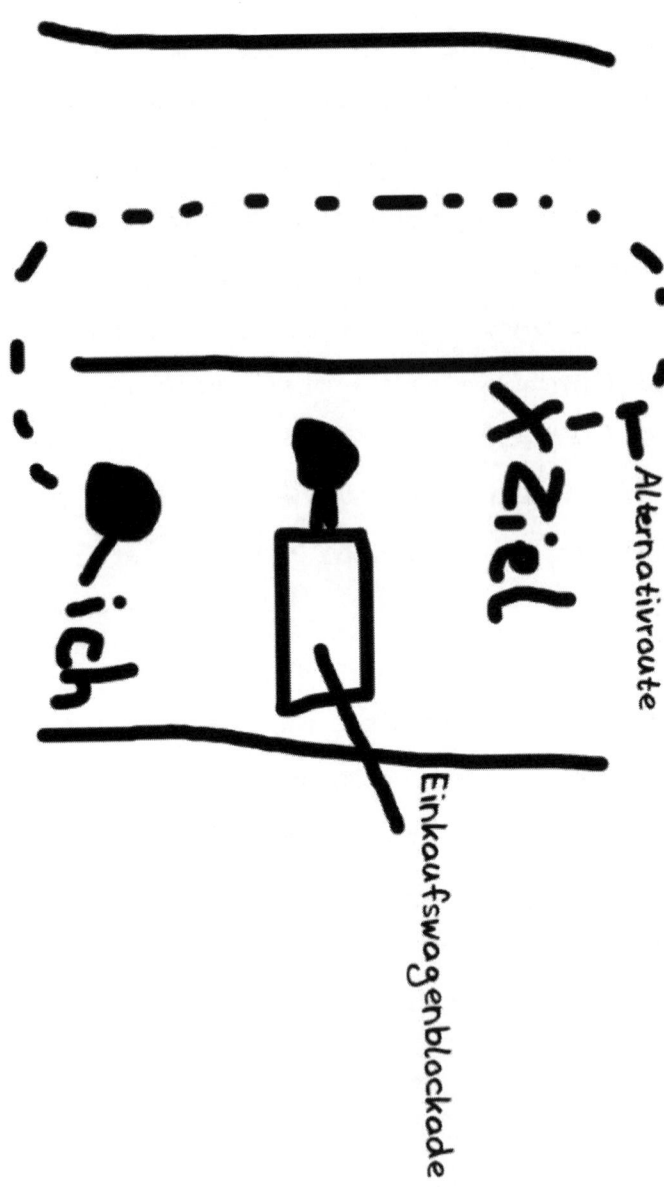

Mein ermogeltes Abitur – Wie ich volle Kanne beschissen habe

Bitte das Buch drehen, hochkant passt das Bild leider nicht mehr dahin.

5 DIE GLÜHBIRNE

Also ich bin mir noch nicht sicher, ob mir "Die Glühbirne" als Kapitelbezeichnung so gut gefällt. Eigentlich wollte ich das, was ich jetzt schreibe, auch in das letzte Kapitel in Form der "dritten Rettung" packen, aber irgendwie ist mir das alles für ein Kapitel zu viel geworden, das hatte ich aber wohl auch schon erwähnt. Und da ich jetzt schon angefangen habe, die Glühbirne in meinen Text einzubauen, muss ich das Kapitel wohl doch so nennen, sonst muss ich den ganzen Text ja nochmal ändern. Und wie wir gelernt haben, ändert man seine Entscheidungen am besten nicht mehr. Ich glaube, bei so einem Buch sollte man auch nicht zu viel ändern oder zu lange über den Text nachdenken. Sonst kommt da am Ende sowas Erzwungenes heraus wie bei diesen ganzen Komikern. Da gibt es so einen Komiker, der angeblich immer "Kennste? Kennste?" sagt, glaube ich. Marcus Barth oder so, kann das sein? Ich schaue mir solche Komiker nicht an. Naja, jedenfalls sagt man diesem Komiker nach, dass seine Witze keiner lustig findet, also 'keiner' ist gelogen, sonst wäre er ja nicht so bekannt, wobei ich ihn halt nicht kenne, aber wenn ich nach all meinen Witzen so eine Frage stellen müsste, bezweifle ich ja, dass meine Witze überhaupt einer versteht. Ich glaube übrigens, er heißt gar nicht Marcus Barth, also scheine ich ihn ja doch irgendwie zu kennen, aber ich sag' jetzt nicht, wie er eigentlich heißt, sonst bekomme ich noch Ärger wegen Rufmord oder so. Ich lese mir das Buch nämlich jetzt vor der Veröffentlichung nochmal durch und habe Angst, dass ich noch wegen Rufmord oder so verklagt werde, deswegen werde ich hier nochmal ganz besonders aufpassen. Ich bin mir auch gar nicht sicher, ob er wirklich immer "Kennste? Kennste?" sagt, das habe ich irgendwo mal gehört. Und so entstehen Gerüchte. Vielleicht sollte ich das Kapitel "Gerüchte" nennen und dann über Gerüchte aus der Schule erzählen. Und wenn ich mich verschreibe, geht es dann nicht mehr um Gerüchte, sondern um Gerichte. Und wenn ich mich dann nochmal verschreibe, dann kann ich was über Gerüche erzählen. Deutsch ist schon eine schöne Sprache. Das ist mir schon beim Schimmelreiter Hau'n'Se Rein aufgefallen. Wäre ich damals auf diese Bezeichnung für ihn gekommen, hätte ich mir seinen Namen in der Deutschklausur bestimmt merken können. Aber das musste ich ja eh nicht, weil ich von meinem Handy abgeschrieben habe.

> **Nächste Woche live!**
> **Komiker Hau'n'Se Rein**
> **—bekannt aus dem Reiterschimmelbuch!**

Ich versuche jetzt mal wieder auf den Weg zurückzukommen, also meinen roten Faden wiederzufinden. Aber ich finde, dass ich den roten Faden eigentlich nie verloren habe. Vielleicht hat er zwischendurch mal eine andere Färbung angenommen, aber es ist immer noch der selbe Faden. Wenn ich nur darüber schreiben würde, wie ich beim Abitur beschissen habe, wäre das Buch wohl nur 5 Seiten lang. Ich finde, es ist wichtig, alles im Gesamtzusammenhang zu sehen. Und deswegen ist es auch wichtig, dass ich etwas über meine Unter- und Mittelstufenzeit erzähle und dass ich über aktuelle Geschehnisse in der Welt philosophiere.

Aber um den roten Faden mal wieder aufzugreifen: Nachdem ich nun erzählt habe, wie es für mich so war, in die Oberstufe zu kommen und was ich in der

Mittelstufe so erlebt habe, befinden wir uns im Teil dieser Geschichte nun im Jahr 2016, inzwischen wohl schon etwa am Ende des Jahres 2016. Zu Hause ging zu dem Zeitpunkt alles drunter und drüber und ich hatte immer noch mit meiner Glutenintoleranz zu kämpfen. Und mit der häuslichen Umstellung. Und mit der Schule. Und weil es so nicht mehr weitergehen konnte, musste ich mir etwas überlegen.

Ich hatte im Internet schon oft von diesen neuartigen Spickermethoden gehört. Dabei kam immer wieder der sogenannte Flaschen- oder Etiketten-Spicker zur Sprache. Da geht es darum, dass man ein Flaschenetikett einscannt und dieses am Computer mit Hilfe eines Bildbearbeitungsprogrammes so abändert, dass bei den Inhaltsangaben nicht mehr "Natrium, Kalium und Co." steht, sondern, in welchem Jahr z.B. die Französische Revolution begann. Weil das ja auch so viel wichtiger ist, als die Angaben darüber, was ich da eigentlich gerade trinke.

Die Problematik dieser Flaschenspicker ist aber, dass..

a) vielen Lehrern diese Art des Spickens inzwischen geläufig ist und sie deswegen Flaschen kontrollieren oder es sogar verbieten, dass ich eine Flasche auf meinem Tisch platzieren darf.

b) solche Flaschen meist ein Etikett haben, welches aus irgendeinem durchsichtigen Plastik ist und ein normaler Drucker solche Etiketten nicht ausdrucken kann. Mein Flaschenetikett wäre dann deswegen immer aus Papier und das ist durchaus auffällig.

c) auf einer Flasche im Normalfall sowieso nicht so viel draufsteht, ich also nicht viel Platz habe, um irgendwelche schulischen Informationen auf dieser Flasche zu platzieren.

Also um es kurz zu machen, ist die Idee dieser Flaschenspicker nicht schlecht, aber nicht unbedingt praktikabel. Das ist wie mit diesen "Lifehacks", also Tipps, um das Leben scheinbar zu erleichtern. Diese Lifehacks sind nur so lange gut, bis man sie selbst mal ausprobiert hat.

> Ihh, auf meinem Messerblock aus Spaghetti haben sich Motten angesiedelt!

Mir ging es darum, einen Spicker zu haben bzw. zu entwickeln, auf welchem ich ohne Probleme ALLE Informationen, die ich für eine Kursarbeit benötigen würde, unterbringen konnte. Und wenn man darüber nachdenkt, was man alles für eine Kursarbeit über Gene und Vererbung und dieses ganze Zeugs in Biologie wissen muss, ist das eine große Anforderung, die ich an so etwas Unauffälliges wie einen Spicker gestellt habe. Ich habe lange darüber nachgedacht, welches Objekt sich in meinem Mäppchen, in der Schule oder in meinem Zimmer befinden könnte, das diese Anforderungen erfüllt.

–Die Anforderungen der Unauffälligkeit und des ausreichenden Platzes.–

Und so wurde die

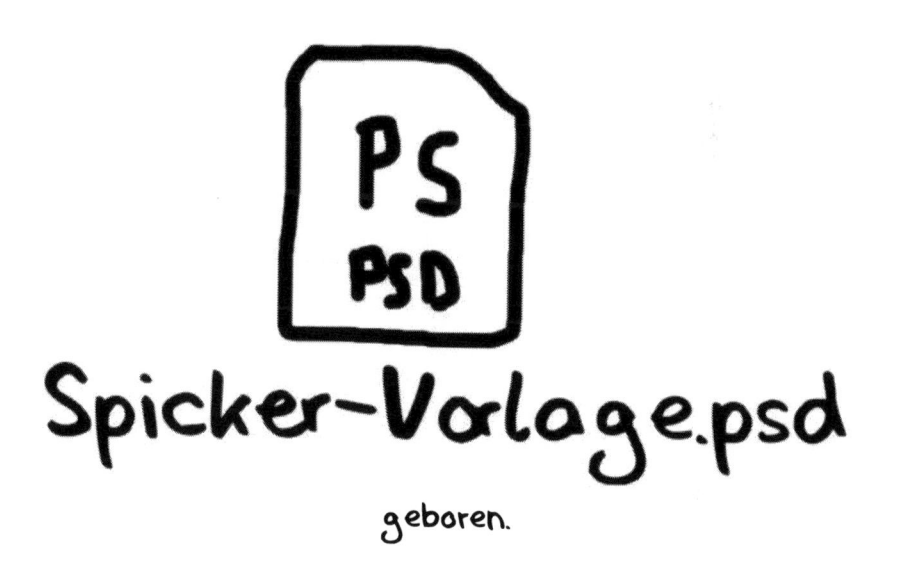

Spicker-Vorlage.psd

geboren.

Also noch nicht ganz, aber sie war gerade dabei, geboren zu werden. Um zu verstehen, was ich genau getan habe, ist es wichtig, wieder etwas Vorgeschichte zu erfahren. Im Jahr 2013 habe ich die Bildbearbeitung für mich entdeckt. Also ich war vorher schon daran interessiert, Bilder zu bearbeiten. Ich fand es erstaunlich, dass es möglich war, meinen Bruder auf einen riesigen Geldhaufen zu setzen. Naja, zumindest in digitaler Form. Aber in besagtem Jahr habe ich angefangen, WIRKLICH zu verstehen, was Bildbearbeitung bedeutet. Irgendwann war ich in der Lage, Bilder so zu bearbeiten, dass nicht mehr ersichtlich war, dass sie überhaupt bearbeitet worden sind. Seitdem hängt z.B. ein Bild von Nicole an meiner Wand, auf welchem sie als *McDonalds-Mitarbeiterin* tätig ist. Ich fand es ganz erstaunlich, was inzwischen technisch alles möglich war.

Und dieses Wissen kam mir dann in der Oberstufe zu Gute. Auf der Suche nach einem geeigneten Spicker habe ich in meinem Mäppchen nämlich eine Fineliner-Packung gefunden. In dieser Packung befanden sich sechs Fineliner. Ein schwarzer, ein roter, ein blauer, ein pinker, ein grüner und ein lila-farbiger, wobei die Farbe der Fineliner eigentlich irrelevant ist. In dieser Packung befand sich auch ein Stück Pappe, welches so geformt war, dass es auf der Vorderseite dafür sorgte, dass die Stifte an Ort und Stelle blieben.

Auf der Rückseite der Pappe befand sich der Barcode der Packung, damit der Artikel an der Kasse abgescannt werden konnte und ZUSÄTZLICH befand sich auf der Rückseite dieses Pappstückes ein riesiger Text, also naja, viele kleinere Texte, darüber, was in der Packung enthalten ist. Oder so ähnlich. Ich habe mir diese Texte nie durchgelesen. Jedenfalls stand da auf fünf oder sechs verschiedenen Sprachen irgendetwas über Fineliner.

Die Pappe war in einem hellen Blauton gefärbt, was von Vorteil für mich war, da man auf einer sehr dunklen Pappe bzw. auf dunklem Papier nach dem Druck meinen Spickertext nicht mehr hätte lesen können. Zusätzlich hatte ich das Glück, dass die Packung, in welcher sich die Fineliner und die Pappe befanden, schon so verdreckt war (was ich meinem sich ständig im Mäppchen entleerenden Spitzer zu verdanken hatte), sodass der Blick anderer Leute noch weniger auf den Text auf der Pappe fiel, sondern viel eher von dem ganzen Dreck abgelenkt worden ist. Man muss sich das vorstellen wie ein absolut verdrecktes Auto. Wenn ich einen Sportwagen in der Entfernung sehen würde, der ziemlich eingeschlammt ist, würde ich den Sportwagen wohl nicht beachten und erst recht nicht auf die Idee kommen, dass sich unter dem ganzen Dreck überhaupt ein Sportwagen befinden könnte. Der Dreck auf der prinzipiell durchsichtigen Fineliner-Packung war also im Prinzip eine Tarnung.

Tarnfinelinerpackung im Irak

Fineliner

Damit hatte ich schon einmal den Gegenstand meiner Wahl gefunden. Aber ein Spicker wurde daraus nun noch lange nicht. In mühseliger Kleinstarbeit habe ich mit unbeschrifteten Teilen der Pappe den Text, der sich mit den Finelinern befasste, abgedeckt. Also digital meine ich. Man muss sich das so vorstellen, als hätte jemand auf eine Tapete gekritzelt und man würde mit Teilen der Tapete, die man noch übrig und nicht an die Wand geklebt hat, dieses Gekritzel dann wieder überdecken. Aus direkter Nähe sieht es dann vielleicht nicht ganz so gut aus, aber aus weiterer Entfernung ist eigentlich nicht auszumachen, dass sich dort mal etwas anderes befand. Ich zeig' euch das einfach mal.

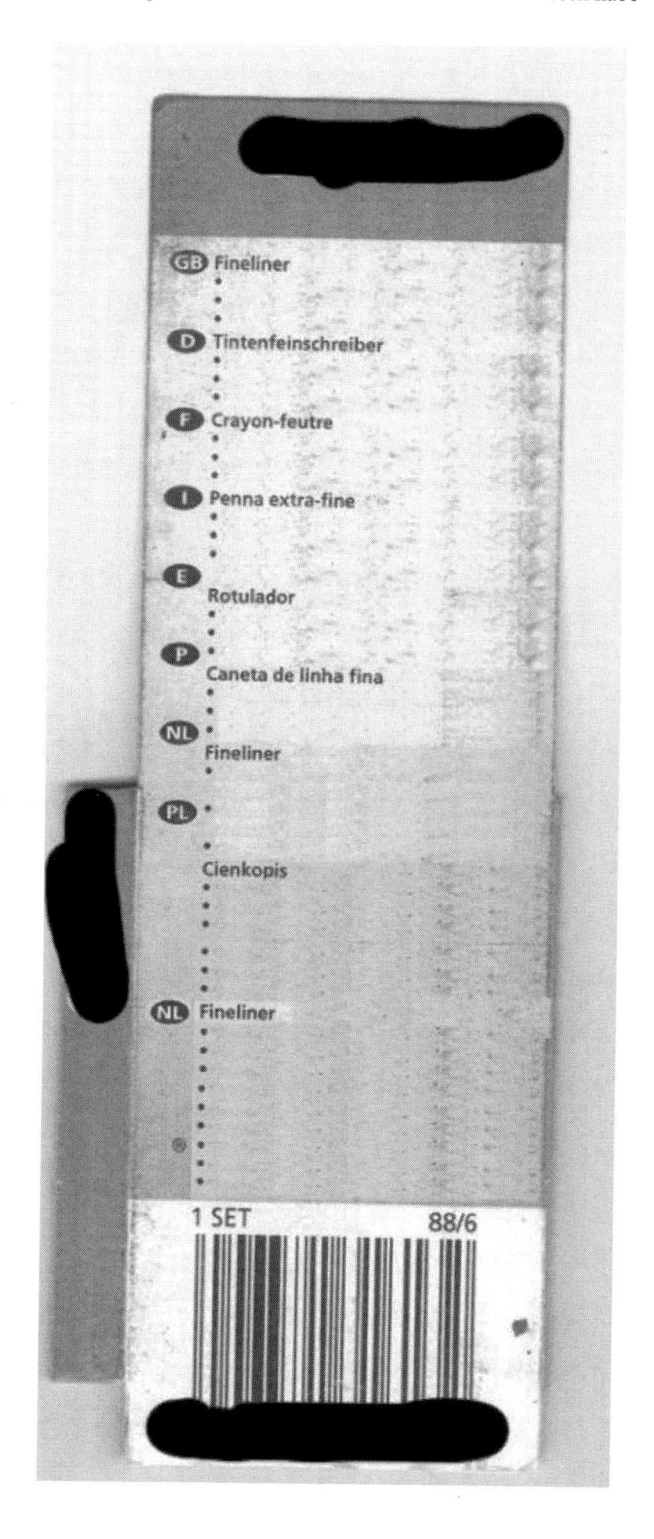

Mein ermogeltes Abitur – Wie ich volle Kanne beschissen habe

Die Firma habe ich mal abgedeckt, das muss ja jetzt auch nicht jeder wissen, von welcher Marke die Packung ist. Aber wie man sieht, ist durchaus erkennbar, dass ich den Text mehr schlecht als recht mit Teilen der Packung überdeckt habe. Spätestens ausgedruckt und mit neuem Text versehen, ist das aber nicht mehr auszumachen, deswegen wäre es sinnlos gewesen, mit dem Abdecken des Textes allzu viel Zeit zu verschwenden.

Nun hatte ich also dort, wo sich die Finelinertexte befanden, Platz, um mein Schulzeug aufzuschreiben. Diese Vorlage habe ich dann einfach ausgedruckt, ausgeschnitten und in die Packung über das Original-Pappding geschoben. Da hat sich auch wegen der Plastikhülle nichts verschoben, ich musste den Spicker also auch nicht auf der Pappe fixieren. Ich habe aber darauf geachtet, dass der Spicker etwas größer als die Originalpappe war, damit die Pappe unter dem Spicker nicht hervorscheinen konnte.

Im Laufe der Oberstufenzeit habe ich meinen Spicker sogar immer weiter angepasst, quasi "geupgradet". Mir ist aufgefallen, dass in der Packung noch etwas Platz war, die Pappe hat oben und unten an der Packung nicht komplett abgeschlossen. Also habe ich meine Spicker-Vorlage am Computer mit Hilfe von

Bearbeitungsprogrammen verlängert und konnte somit noch mehr Informationen auf dem Spicker platzieren. Das sieht man bei dem Bild der Vorlage z.B. daran, dass da zwei Mal "NL Fineliner" steht. Ich hab' diesen Teil der Packung einfach kopiert und nochmal darunter gesetzt.

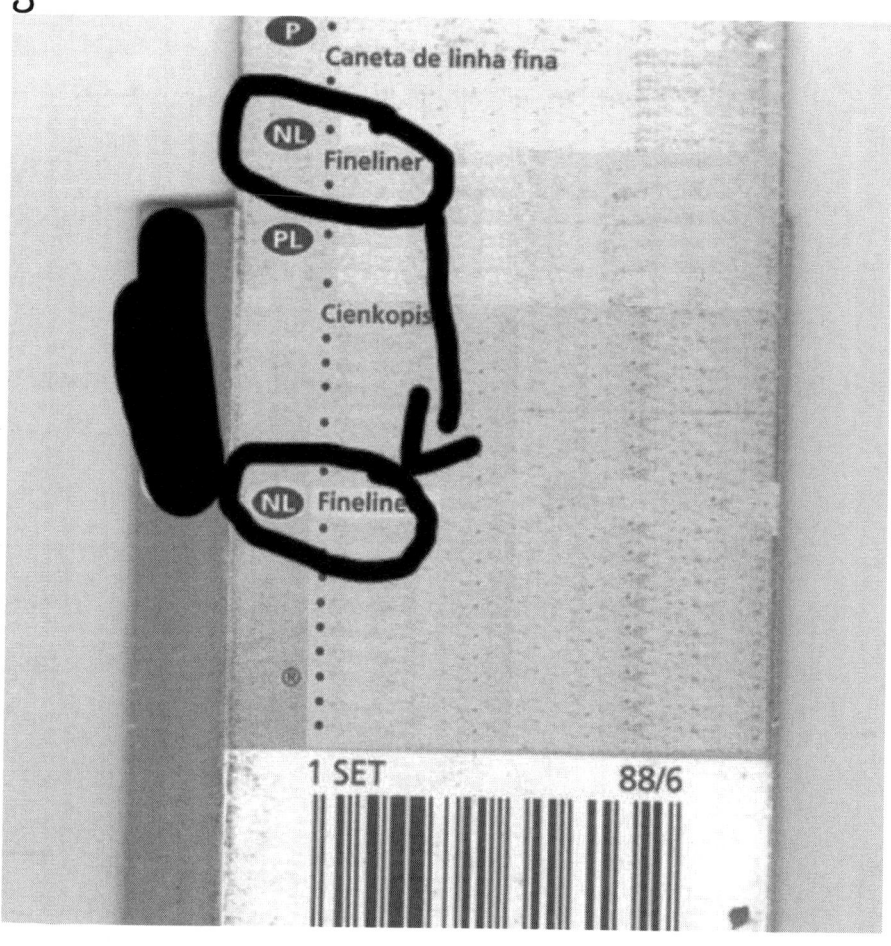

Zu diesem Zeitpunkt habe ich aber noch nicht alle für eine Kursarbeit oder für einen Test benötigten Informationen auf meinen Spicker geschrieben, weil der

Platz immer noch nicht ausreichend war. In Tests mag der Platz wohl oft ausgereicht haben, in Kursarbeiten sah es aber etwas kritischer aus. Also habe ich zunächst nur die Informationen, die ich mir wirklich nicht merken wollte oder konnte, auf den Spicker geschrieben.

Da mir das aber recht schnell nicht mehr gereicht hat und ich festgestellt habe, dass der Spicker sehr SICHER ist (dazu werde ich gleich noch einmal kommen), habe ich eine zweite Papprückseite mit den restlichen Informationen für eine Kursarbeit oder einen Test beschriftet, ausgedruckt und auf die VORDERSEITE der Packung gepackt. Ich hatte also keine Fineliner-Packung mit einer Vorder- und einer Rückseite, ich hatte eine Finelinerpackung mit zwei Rückseiten. Also egal, auf welche Seite man die Packung gedreht hat, man hat sich quasi immer die Rückseite mit den Texten über Fineliner angeschaut. Und das hat zunächst dann auch gereicht, um alle Informationen, die ich für einen Test oder eine Klausur benötigen würde, auf diesem Spicker unterzubringen.

Und so war er geboren, der Spicker mit dem Namen:

PS
PSD

Spicker-Vorlage.psd

Und keine Sorge, ich werde im Laufe des Buches auch mal ein richtiges Bild des ganzen Spickers einfügen. Ich kann mir vorstellen, dass es nur anhand des Textes schwierig ist, sich den Spicker jetzt auch tatsächlich vorzustellen. Aber alles zu seiner Zeit!

6 DÜRFEN HEISST NICHT KÖNNEN

So begann sie also. Die Spicker-Ära meiner Oberstufenzeit, also meine ganz persönliche Ära. Wobei ich mir jetzt gar nicht so sicher bin, was Ära eigentlich bedeutet. Und je öfter ich dieses Wort sage, desto komischer klingt das auch. Ära, Ära, Ära. Wo wir schon bei komischen Ausdrücken sind: Ich habe kürzlich gelernt, dass man "etwas anderes" und "unter anderem" klein schreibt, während man z.B. "etwas Negatives" groß schreibt. Ich werde meinen Text dahingehend auch nochmal überprüfen, aber ich möchte nicht ausschließen, dass mir dieser Fehler einige Male unterlaufen ist. Das sind aber auch viele Regeln in der deutschen Sprache.

Ich komme auf diese Kapitelüberschrift, weil ich an Waffen gedacht habe. Für mich war dieser Spicker ja eigentlich eine Waffe, um jede Klausur und jeden Test in der Schule zu bestehen. Und in Amerika darf sich jeder eine Waffe kaufen, glaube ich. Soweit ich weiß, braucht man dort für eine Waffe keinen Waffenschein. Man kann da Waffen wohl sogar einfach im Supermarkt kaufen. Stellt euch das mal vor, da steht man in der

Süßwarenabteilung und einen Gang weiter werden einem Pistolen und Schrotflinten angeboten. Aber nur, weil die Leute sich eine Waffe kaufen dürfen, heißt das nicht, dass sie damit auch umgehen können. Soweit ich weiß, gibt es immer wieder Berichte von Leuten, die aus Versehen irgendwelche anderen Leute umgebracht, also abgeschossen haben. "Aus Versehen", wie das in diesem Zusammenhang schon klingt. Ich glaube aber, dass die Leute in Amerika ihre Haustüren nicht abschließen. Also ich weiß nicht, ob das alle so machen, aber dann könnte ich es schon verstehen, wenn sie sich zu Hause unsicher fühlen. Aber anstatt mir eine Waffe zu kaufen, würde ich meine Tür dann doch lieber abschließen.

Naja, jedenfalls, nur, weil ich jetzt die potentiell ultimative Spickerwaffe hatte, hieß das nicht, dass ich damit auch wirklich umgehen konnte.

Im Laufe der Oberstufenzeit habe ich mir dann deswegen einige persönliche Regeln zum Spickerumgang erarbeitet. Ich habe viel dazugelernt und konnte mit meiner Spickerwaffe immer besser umgehen. Außerdem habe ich auch festgestellt, welchen außergewöhnlichen Vorteil dieser Finelinerspicker bot, womit ich jeden Lehrer Schachmatt gesetzt habe.

1. Das Zebra

Am Anfang habe ich, wie schon erwähnt, nur die Rückseite meines Spickers, also die tatsächliche Rückseite der Finelinerpackung, für den Zweck des Spickens verwendet.

Das lief dann bei Arbeiten so ab: Ich habe geschaut, welche Informationen meines Spickers ich wann in der Klausur benötige und habe mir manchmal auch einige Informationen vom Spicker direkt auf das Aufgabenblatt der Klausur geschrieben. Vor allem in Mathematik habe ich das oft so gemacht, da mathematische Formeln auf einer Finelinerpackung, auf der sich ansonsten nur ein Buchstabenwirrwarr befindet, durchaus auffallen können. Also habe ich zu Beginn der Klausur diese Formeln auf das Aufgaben- oder ein Schmierblatt geschrieben und konnte die Finelinerpackung für den Rest der Arbeit umdrehen. So konnte kein Lehrer wahrnehmen, dass diese Finelinerpackung eigentlich ein Spicker voller Informationen war. Die Wahrscheinlichkeit, so erwischt zu werden, lag dadurch bei nahe Null. So, wie ein Zebra aufgrund seiner Streifen mit der anderen Masse der Zebras verschwimmt und ein Jäger kein einzelnes

Beutetier mehr ausmachen kann, so ist auch mein Finelinerspicker mit dem Rest meiner Klausurmaterialien, wie meinem Kugelschreiber, einem Lineal oder einem Bleistift, verschmolzen. Also habe ich in allen Klausuren immer, wenn benötigt, die Spickerseite meiner Finelinerpackung zu mir gewandt und danach wieder auf die Zebraseite umgedreht. Damit das nicht zu auffällig war, habe ich manchmal meine Finelinerpackung hochgenommen, einen Stift entnommen und dann die Packung eben andersherum wieder auf den Tisch gelegt. Das ist eine ganz natürliche Handlung und somit wesentlich unauffälliger, als wenn ich wie ein Verrückter während der Klausur scheinbar sinnlos ständig meine Finelinerpackung wie ein Spiegelei wende.

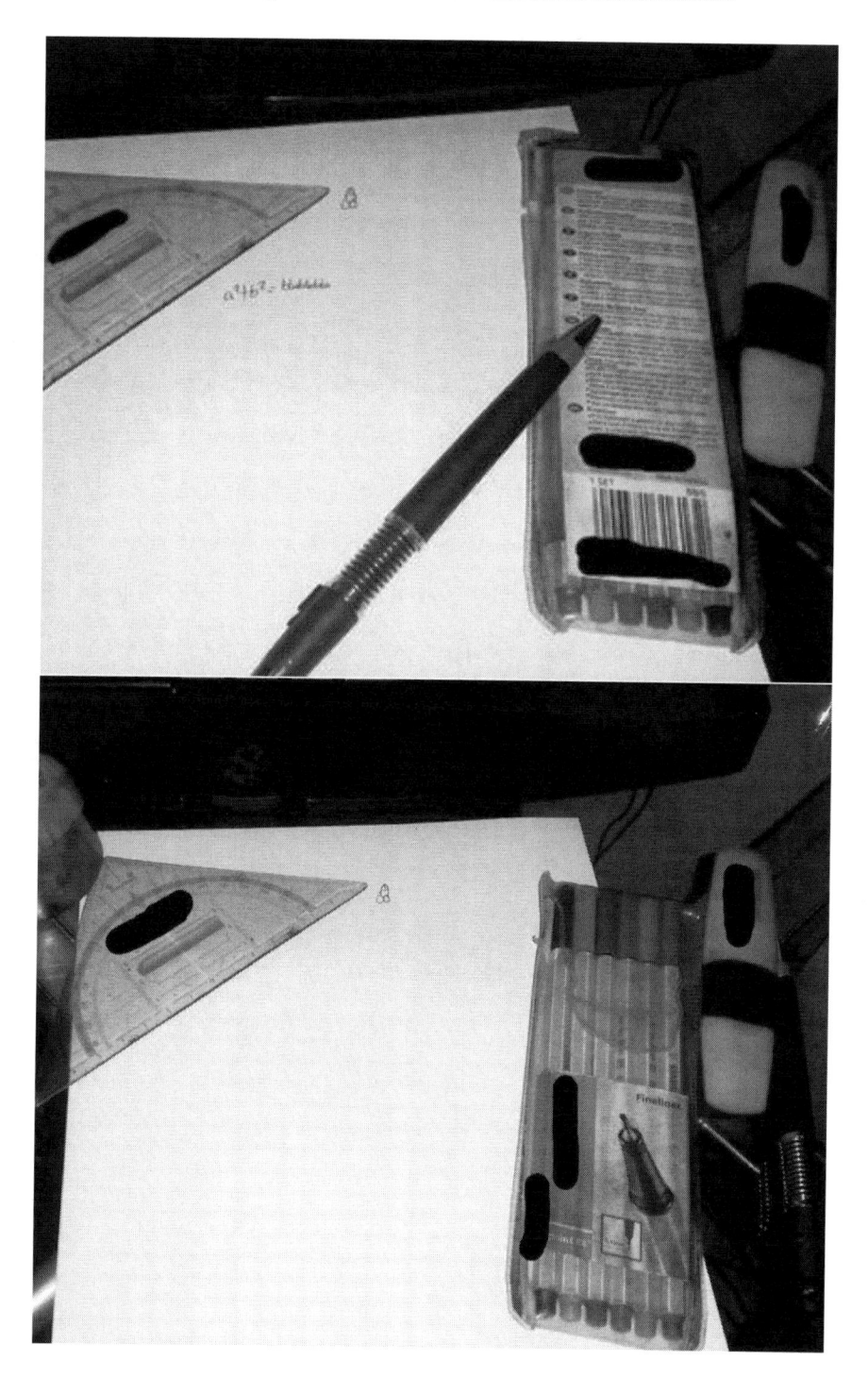

Mein ermogeltes Abitur – Wie ich volle Kanne beschissen habe

Ich muss zugeben, das habe ich nicht nur zu Beginn der Spickerzeit so gemacht, wie ich es am Anfang des Textes beschrieben habe. Ich hab' das natürlich bei allen Arbeiten und Tests so gemacht, wenn alle Informationen auf eine Seite des Spickers gepasst haben. Und wenn ich einen doppelseitigen Spicker hatte, habe ich die Packung eben auf die unauffälligere Seite gelegt. Wenn ich z.B. auf einer Spickervorlage den Barcode entfernt hatte, um noch mehr Platz für meine Texte zu haben, habe ich dann in der Klausur die Finelinerpackung auf die Seite mit dem Barcode nach oben gelegt, da so ein großer Barcode von dem Text auf der Packung ablenkt.

2. "Enten legen ihre Eier in Stille. Hühner gackern dabei wie verrückt. Was ist die Folge? Alle Welt isst Hühnereier."
-Henry Ford

Das ist vermutlich die WICHTIGSTE Regel. Nicht nur beim Spicken, sondern im ganzen Leben. Und es ist wohl auch die, die jeder Mensch am schwierigsten einhalten kann: Einfach mal die Schnauze halten. Und das musste ich sehr schmerzhaft feststellen. Ich werde es wohl nie verstehen, aber Tatsache ist, wir Menschen wollen alles Tolle, was uns widerfahren ist oder was wir entdeckt haben, mit irgendwelchen Menschen teilen. Naja, und das Schlimme auch. Und ich kann euch jetzt schon sagen, dass ICH aus meiner negativen Erfahrung NICHTS gelernt habe, sonst würde ich jetzt nicht dieses Buch schreiben, sondern schweigen und genießen, dass ich mit Beschiss durch mein Abitur gekommen bin.

Aber um jetzt mal zum Punkt zu kommen: Natürlich habe ich Menschen von meinem Spicker erzählt. Und zwar nur den Menschen, denen ich scheinbar wirklich vertrauen konnte. Dazu gehörten meine Mutter und mein

Bruder.... und Nicole und Julia. Naja, also ich dachte mir, dass ich es denen schon erzählen kann. Wir haben viel zusammen durchlebt und Nicole kenne ich in der Theorie sogar schon seit 2004 oder 2005. Das sind zum aktuellen Zeitpunkt nun 14 Jahre. Und seit der neunten oder zehnten Klasse waren wir eigentlich ein schier unzertrennliches Freundespaar. Man hat sich von Problemen erzählt und man konnte sich vertrauen, das dachte ich zumindest. Aber bei Geld hört die Freundschaft auf. So sagt man. Und ich sage, bei guten Noten hört die Freundschaft auch auf. So brutal war unser Leben als Schüler. Die Leute haben schon Recht, wenn sie behaupten, dass der Ernst des Lebens beginnt, sobald man die Schule zum ersten Mal betritt. Aber ich finde, der Ernst des Lebens beginnt schon bei der Geburt.

Da fällt mir ein, dass ich im Kindergarten mal den Tick hatte, alle Stühle, auf denen niemand saß, mit gleichem Abstand von den Tischen entfernt aufzustellen. So, wie das eben heute bei manchen Leuten ist, die sich drei Mal die Hände waschen müssen oder ihre Dinge nach einem bestimmten System anordnen, welches auf keine Fall verändert werden darf. Aber ich glaube, solche Systeme hat wohl jeder. Also habe ich alle Stühle mit gleichem Abstand an den Tischen platziert und dadurch einem Mädchen, welches sich gerade hinsetzen wollte, den

Stuhl unter'm Arsch weggezogen. Das tat mir natürlich sehr leid, aber im Nachhinein ist das eigentlich ganz lustig. Aber nach solchen Geschichten sollte man nie vergessen, dass Kinder nur Kinder sind und sie deswegen nicht oder nicht zu hart bestraft werden sollten, wenn sie irgendetwas gemacht haben, was eigentlich nicht in Ordnung ist. Ich hätte wahrscheinlich ein Trauma davongetragen, wenn man mich nach meiner damaligen Tat angeschrien hätte. Ich habe mich sowieso schon ganz elendig gefühlt, weil mir das Mädchen so sehr leid tat.

Meine Mama hat mir mal erzählt (sie war früher Erzieherin), dass ein Kind im Kindergarten sich zu viel Wasser in ein Glas eingeschenkt hatte und es dadurch übergelaufen ist. Also das Glas, nicht das Kind. Dann hat eine Kindergärtnerin das Kind dazu gezwungen, das ganze Glas Wasser als Bestrafung auf EINMAL auszutrinken. Danach hat das Kind sich nie wieder getraut, irgendwas im Kindergarten zu trinken. Und DAS passiert, wenn man seine Kinder im Kindergarten abgibt. Ich hab' ihr auch schon gesagt, sie soll mal ein Buch darüber schreiben, was im Kindergarten alles so passiert. Das sind genau die gleichen Arschloch-Menschen, die auch in der Schule Kinder unterrichten. Also natürlich sind nicht alle so, aber es reicht schon, dass es solche Leute überhaupt gibt.

Ich bin die Arschloch-Erzieherin eurer Kinder.

Aber um jetzt mal in einer verständlichen Reihenfolge aufzuklären, was in der Oberstufe passiert ist: Ich habe Jana und Nicole in der Oberstufe von meinem Finelinerspicker erzählt und ihnen diesen auch gezeigt. Tatsache ist, dass ich ihn sogar mal meiner Mama in die Hand gedrückt habe und meinte "Schau, das ist ein Spicker." Und sie hat sich die Packung von allen Seiten angeschaut und meinte "Wooo?". Damit bestätigte sich meine Theorie, dass sich kein Mensch irgendwelche Texte durchliest. Deswegen weiß ich ja auch nicht, was

EIGENTLICH auf der Finelinerpackung steht, obwohl ich mich damit so sehr beschäftigt habe. Ich glaube, die meisten Leute wissen nicht einmal, DASS auf diesen Packungen irgendetwas draufsteht. Also nur zu, nehmt mal eine Packung in die Hand, ihr werdet erstaunt sein. Jedenfalls waren Nicole und Jana jedes Mal sehr erstaunt, wenn sie sich meinen Spicker vor einer Klausur angesehen haben. Aber im Nachhinein bin ich mir nicht so sicher, ob sie NUR erstaunt waren oder ob sie ÜBERHAUPT erstaunt waren oder ob sie ausschließlich NEIDISCH waren.

Denn jedes Mal, nachdem ich eine Klausur mit einer guten oder einer sehr guten Punktzahl bestanden hatte, jedes Mal, nachdem ich einen Test mit Bravour gelöst hatte und jedes Mal, nachdem sie mehr oder weniger versagt hatten, musste ich mir die Worte: "Das lag ja eh alles an deinem Spicker." anhören. Mir wurde also nachgesagt, solche Leistungen hätte ich nicht ohne meinen Spicker erbringen können. So, als wären mir die Noten zugeflogen. Und nun bitte ich euch, zum Ende des Kapitels "Das Jahr des Chamäleons" zu wechseln. Richtig, diese Information sollte für diesen Teil meines Buches noch einmal von großer Bedeutung sein. Und so schließt sich auch der Kreislauf, so führt sich der rote Faden durch mein Werk.

Ich war nämlich auch vor meiner Spickerzeit keine

schlechte Schülerin. Ich habe zuvor durch Fleiß ähnliche Leistungen erbracht. Und auch Regel 1 "Dürfen heißt nicht Können" bestätigt sich hier wieder und zeigt eine generelle Schwäche des menschlichen Charakters auf. Ich habe niemanden daran gehindert, sich meine Spickermethoden zu Eigen zu machen. Ich hätte Jana und Nicole sogar dabei unterstützt, ihre eigenen Spicker zu entwerfen. Und ich habe viel Zeit dafür aufgewendet, alle relevanten Informationen auf diesen Spicker zu bringen. Nun werde ich auch den altbekannten Spruch "Da kann man auch gleich lernen, wenn man so viel Zeit für einen Spicker verschwendet." widerlegen. Nein, ich hätte es nicht geschafft, mir innerhalb eines Abends alle Informationen und geschichtlichen Hintergründe zur Französischen Revolution einzuprägen. Aber es war kein Problem, mir diese Zahlen und irrelevanten Informationen auf ein Stück Papier zu drucken.

Menschen haben das Talent, neidisch auf andere Menschen zu sein, aber wenn man ihnen dann sagt "Dann mach' das doch auch.", dann heißt es nur "Ja, aber, aber, aber." oder sie sagen gar nichts. Viele Leute beschweren sich ja auch über die reichen Menschen dieser Welt. Und dabei vergisst man dann, dass dieser Typ von *Facebook*, der wohl mehr Geld verdient als er es in der gleichen Zeit verbrennen könnte, nur erfolgreich geworden ist, weil er dafür gearbeitet hat. Aber ich glaube, wie bei meinem Spicker ist Glück auch ein Teil des Erfolges. Aber nur durch Glück entwickelt sich kein Erfolg. Selbst einen Lottoschein auszufüllen, ist theoretisch gesehen Arbeit. Ich sage damit jetzt nicht, dass es gerecht ist, dass einige Leute Milliarden haben, während andere Leute am oder unter dem absoluten Existenzminimum leben, aber ich sage damit, dass dazu halt schon oft auch Arbeit gehört, sowas zu erreichen. Und ich glaube ja, dass es Jana und Nicole DURCHAUS ebenfalls bewusst war, dass es Arbeit macht, so einen Spicker zu entwickeln und vor jeder Klausur zu präparieren. Ich habe vor Klausuren alle relevanten Informationen zusammengetragen, Jana hat vor einer Erdkundeklausur z.B. gar nichts gemacht; oder sie hat sich einen Papierspicker kurz vor knapp geschrieben und trotzdem versagt. Der Unterschied war nur, dass ich mit meiner Spickermethode erfolgreich war und meine Freundinnen waren das trotz ihres Beschisses zumeist nicht.

Und so hat es sich durch meine Oberstufenlaufbahn gezogen, dass ich von den Personen, welchen ich zu dieser Zeit abseits meiner Familie am meisten vertraut habe, herabgewertet wurde, obwohl sie selbst oft beschissen haben. Und ja, ich bin der Meinung, sie haben mich herabgewertet, indem sie meine Zensuren herabgewertet haben. Ich habe schon extra keinen Aufschrei veranstaltet, wenn ich eine Klausur mit 14 Punkten erhalten habe. Ich habe nach einer Klausur nicht darüber gesprochen, wie schrecklich doch alles war und dass ich mit Sicherheit sowieso komplett versagt habe. Ich habe sie auch nicht für ihre Zensuren bemitleidet. Ich habe geschwiegen und genossen, doch leider zu spät.

Zum Ende der Oberstufenzeit habe ich mich dann mit Nicole und Jana zerstritten, da wir alle diverse private Probleme hatten und es darin resultierte, dass niemand mehr Verständnis für die Wehwehchen der anderen hatte. Als ich mir also zum hundertsten Mal den AJADUDAJANI anhören müsste, als unsere

Englischlehrerin dem ganzen Kurs Waffeln ausgegeben hat (welche in der Schule immer vor der Ferienzeit frisch gebacken worden sind und deren Duft sich durch das ganze Schulgebäude gezogen hat) und ich dann meine Trauer darüber, dass ich keine Waffel haben durfte, diesen Freundinnen mitgeteilt habe und mir nur der Spruch "Dann back' Dir doch selbst welche." entgegnet worden ist, war die Lawine wohl unausweichlich. Das wurde mir übrigens auch oft angekreidet, dass meine Sätze zu lang seien, also von Deutschlehrern und dieser Satz war eindeutig zu lang. Also ich wollte Waffeln haben, durfte sie nicht essen, war traurig, hab' das meinen Freundinnen gesagt und sie haben mir den "Back' Dir selbst was."-Spruch entgegnet. So. Und mich hat das so sauer gemacht, weil es nicht einfach ist, glutenfrei zu backen. Am Anfang haben meine Waffeln immer am Waffeleisen geklebt und sind beim Öffnen des Eisens auseinandergerissen und nach einem Tag waren die Waffeln trocken und ungenießbar. Also dachte ich mir zu diesem Zeitpunkt: "Ja, back' doch selbst mal, dann weißt du, dass das nicht so einfach ist.". Leuten, die kein Geld haben, sagt man ja auch nicht "Dann druck' Dir dein Geld doch selbst.". Also, das sollte man zumindest wohl niemandem sagen. Naja, ihre Aussage war dann der Tropfen, welcher mein Fass zum Überlaufen gebracht hat und kurz darauf haben wir uns für die restliche Oberstufenzeit zerstritten. Es fing damit an, dass ich angeblich immer die Laune verdorben und alles schlecht geredet hätte und endete damit, dass sie mich dann aus unserer Gruppe ausgeschlossen haben. Vielleicht fing aber auch alles mit meinem Spicker und meinen guten Zensuren an. Wenn man es so sieht, ist der Spicker quasi ein Teufelswerkzeug. Als hätte ich mit ihm meine Seele verkauft. Aber ich glaube, alles fing tatsächlich damit an, als meine Mama erkrankt ist. Das hat mich sehr geprägt und ich war plötzlich so selbstständig und habe so viel Lebenserfahrung gesammelt, wie einige in 50 Jahren nicht.

Wobei ich sagen muss, dass das auch alles sehr kindisch klingt, wenn ich es jetzt hier so wiedergebe. Aber ich glaube, Menschen sind sowieso kindisch und unvernünftig. Immerhin hassen sich viele Eltern nach der Scheidung abgrundtief, obwohl sie mal zusammen ein Kind gezeugt haben.

Mir kam das aber gerade Recht, dass wir uns so zerstritten haben. Wir haben bis zum Abitur (und auch danach) kein Wort mehr miteinander gewechselt, während ich zuvor noch im Unterricht ständig von ihnen abgelenkt worden bin und auch selbst abgelenkt habe. So konnte ich mich wenigstens darauf konzentrieren, was der Lehrer da vorne eigentlich erzählt hat.. naja, oder auf mein Handy. Nach dem Abitur haben Nicole und ich dann auch wieder zueinandergefunden und fliegen demnächst sogar gemeinsam in den Urlaub. Viele ihrer Eigenschaften, die mir erst im Laufe des Streits wirklich bewusst geworden sind, nerven mich zwar auch jetzt noch, aber ich glaube, irgendwas nervt einen auch an jedem Menschen. Wahrscheinlich würde ich mir selbst auf den Sack.. also Geist gehen, wenn ich mit einem Klon von mir zu tun haben müsste. Ich kann auch gar nicht sagen, was am Ende der tatsächliche Auslöser für diesen absoluten Kontaktabbruch war. Nicole und Jana sind fest davon überzeugt, dass das alles meine

Schuld war und ich glaube, dass wir alle schuld waren.

Und was hat das jetzt alles mit dieser Regel zu tun? Nun ja, nach dem Abitur habe ich von Nicole irgendwann erfahren, dass die beiden mich während des Abiturs bei den Lehrern anschwärzen wollten, dass ich diesen Finelinerspicker besitze. Hätten sie das getan, wäre ich wohl während des Abiturs kontrolliert worden, dann wäre alles aufgeflogen und ich hätte mein Abitur nicht bestanden. Hätte, hätte, hätte, das haben sie nicht getan, ich habe mein Abitur bestanden und meine Überzeugung, Erfolg hängt mit Glück zusammen, hat sich dadurch gefestigt. Und auch, dass ich Nicole nie wieder vertrauen werde. Mit Jana habe ich sowieso nichts mehr zu tun.

Und auch die Überzeugung, dass es besser ist, man schweigt und genießt, hat sich gefestigt. Also, erzählt es NIEMANDEM, wenn ihr irgendwo bescheißt oder wenn ihr im Lotto gewonnen habt oder großen Erfolg habt oder sonst etwas Tolles passiert ist. Den Leuten kann man nicht vertrauen. Dann sind sie neidisch auf euch, bringen euer süßes Baby um und rauben euch aus und am Ende sitzt IHR dafür dann noch im Knast.

Ich weiß ja nicht, was das sollte, mich beim Abitur anschwärzen zu wollen. Wenn man SCHLAU ist, dann schaut man sich sowas doch ab und verwendet es dann selbst, um einen eigenen Vorteil daraus zu ziehen. Was hätten sie bei mir daraus gezogen? Tja, vielleicht Genugtuung, aber das hätte denen im Leben auch nichts gebracht.

Wenn die Leute die Pflanzen, die wasserabweisend sind, alle abgebrannt hätten, dann hätten wir jetzt keine Pflanzen mehr, die sich vor dem Regen schützen können und ERST RECHT keine Regenjacken, weil wir uns an diesen Pflanzen dann nie ein Vorbild genommen hätten. Aber sowas machen die Leute ja eh schon; das macht ja Spaß, den ganzen Regenwald abzuholzen. Und noch mehr Spaß macht es, mit dem Flugzeug da nach dem Abitur hinzufliegen, um dem Regenwald dadurch zu helfen, die Umwelt mit dem Flugzeug zu verschmutzen.

3. Sicher ist, wer sicher ist.

Im Laufe meiner Spickerkarriere habe ich auch gelernt, dass sicher ist, wer sicher ist. Es geht immer nur darum, was man ausstrahlt. Ich habe einen Freund, der in einer hohen Position in einem Unternehmen sitzt und immer dann, wenn er keine Ahnung hat, mit irgendwelchen Fremdwörtern um sich wirft und die Leute mit Sätzen wie "Wussten Sie das nicht?" konfrontiert. Das führt dazu, dass diese Leute nicht verstehen, wovon er eigentlich spricht und dadurch sehr verunsichert werden, weil dieser Freund gleichzeitig so selbstsicher agiert, obwohl sie eventuell viel mehr Ahnung gehabt hätten als er. Eine "Doch, doch, natürlich wusste ich das."-Antwort ist da sehr geläufig, obwohl die Leute das gar nicht wissen KÖNNEN, weil dieses Wissen NICHT existent ist. Das kann man oft bei Ausschnitten von *Raab in Gefahr* beobachten, das war früher Teil der Sendung *TV TOTAL*, glaube ich. Stefan Raab hat sich dieses Prinzip meiner Meinung nach zu Nutze und damit irgendwelche Leute im Fernsehen zu absoluten Deppen gemacht.

> Bei Ihnen gibt's doch heute sicher Schamermaladade im Schnitzenwutzen, richtig?

> Ja, das habe ich gestern im Radio gehört.

Es ist also auch ganz egal, wie richtig die Informationen sind, die man von sich gibt, wenn die Sätze mit Wörtern wie "Ähh" und "ich glaube" gefüllt werden. Oder man während seiner Ansprache nervös auf- und abwippt und man allen Blicken ausweicht. Dann wirkt man nicht mehr seriös und dann zweifeln die Leute auch eher an den Aussagen, die man von sich gibt.

Und dieses Prinzip habe ich mir auch zu Nutze gemacht. Bei Klausuren und Tests habe ich nicht versucht, meinen Spicker zu verstecken. Ich habe nicht extra meine Hand oder irgendwelche Unterlagen über meine Finelinerpackung gelegt, wenn ein Lehrer durch die Gänge gelaufen ist, um uns zu kontrollieren. Und wenn ich während einer Arbeit durch den Raum geschaut habe, um besser nachdenken zu können, und ein Lehrer mich angeschaut hat, dann habe ich, wenn mir das aufgefallen ist, nicht schnell wieder auf mein Blatt gestarrt. Ich habe den Lehrer angestarrt. Also naja, "angestarrt" ist da vielleicht das falsche Wort. Ich habe ihn freundlich angesehen und dann in aller Ruhe wieder den Blick zu meinem Blatt gewendet. So mache ich das auch immer noch, wenn Leute mit mir reden - also bei Bewerbungsgesprächen. Ich schaue den Leuten in die Augen und wende meinen Blick nicht ab, während ich spreche. Damit es aber nicht so aussieht, als würde ich diese Personen anstarren, mit denen ich spreche, blinzle ich dann ab und zu ganz friedlich mal. So ähnlich, wie das Katzen machen, wenn man sie anstarrt. Dann blinzeln sie einem einmal langsam zu, um zu zeigen, dass sie sich nicht mit einem anlegen wollen. Wenn man Katzen anstarrt, gilt das nämlich eigentlich als Bedrohung. Und diesen Konflikt wollen sie dadurch vermeiden.

Vielleicht sieht das in echt aber auch ganz gruselig aus, wie ich irgendwelche Leute anstarre und mein friedlicher Blick und mein langsames Blinzeln gleichen eher einem hämischen Grinsen und einem psychopathischen Augenblick. Also dem Blick meiner Augen, nicht der andere Augenblick. Also ein psychopathischer Blick meiner Augen in dem Augenblick, wenn ich sie anblicke. Der Ausdruck in meinen Augen, so könnte man das auch nennen. Und dann schauen die Lehrer wieder weg, weil sie mich so merkwürdig finden und irgendwie Angst haben. Aber das macht ja nichts, das würde den Zweck, dass sie mich in Ruhe lassen, ja auch erfüllen.

> Warum schaut die mich so an?

Und ich glaube, dass das erst einmal schwer ist, so zu agieren. Die meisten Leute haben vor einer Klausur oder einem Test ja sowieso schon große Angst, kriegen Schweißausbrüche und erleiden Schnappatmung. Und wenn man DANN noch einen Spicker hat und weiß, dass man einen Kopf kürzer ist, wenn man damit erwischt wird, macht es das wohl nicht besser. Deswegen gebe ich den Tipp, nicht nur beim Abitur zu spicken, sondern damit anzufangen, wenn man in die Oberstufe kommt, wenn man damit nicht eh schon in der Mittelstufe angefangen hat. Und dann sollte man immer nur den Spicker nach EINER Methode verwenden. Man sollte keine neuen Spicker ausprobieren, wenn man sich bei einem recht sicher ist und man damit gut zurecht kommt, weil man sich sonst wieder unsicher fühlt. Außerdem braucht man auch einige Klausuren bei den Lehrern, um abschätzen zu können, ob der Spicker der Wahl wirklich sicher genug für das Abitur ist. Ich würde an eurer Stelle eh zum Finelinerspicker raten. Aber ein Kugelschreiber mit eingebauter Kamera, mit welchem ihr die Klausur aufnehmen und direkt an einen Doktor-Professoren vermitteln könnt, der euch dann über eure kabellosen Ohrstecker erklärt, was ihr bei den Aufgaben hinschreiben müsst, ist natürlich auch nicht schlecht.

Generell gilt: Stellt zu eurem Spicker eine Verbindung her. So, wie zum Kugelschreiber, den ihr in jeder Klausur verwendet. Das gibt Sicherheit, da der Spicker irgendwann zur standardmäßigen Klausurausstattung gehört und man nicht jedes Mal in Panik bei der Klausur sitzt und sich auf nichts mehr konzentrieren kann, weil man die ganze Zeit daran denkt, dass neben einem ein Spicker liegt und man jederzeit erwischt werden könnte. Man denkt ja auch nicht die ganze Zeit an den

Kugelschreiber, mit welchem man die Klausur schreibt. Und irgendwann fühlt man sich mit Spicker dann sogar sicherer als ohne, weil man weiß, dass man vor einer Klausur nicht noch einhundert Mal irgendwelche Jahreszahlen im Kopf durchgehen muss. Man weiß, dass sie auf dem Spicker stehen und egal, wie viele Blackouts man haben sollte, solange man am Ende nicht ohnmächtig auf dem Boden liegt, kann man alle Informationen während einer Prüfung immer wieder nachschauen.
SO, wie es auch EIGENTLICH gehandhabt werden sollte in der Schule! Uns sollten Informationen und Hilfsmittel gegeben werden, die dann NICHT in der Klausur abgefragt werden, sondern, die man immer mit sich führen darf, um andere Aufgaben zu lösen. Und Aufgabe 1, oft auch Aufgabe 2, in einer Klausur sind meist Wiedergabeaufgaben. Man soll dort tatsächlich einfach das, was man "gelernt" hat, wiedergeben. Viele Leute, die gut auswendig lernen können, nutzen das für sich. Aber das ist nicht Sinn und Zweck einer Schule, wenn man mich fragt.

Natürlich ist es auch mir noch ab und zu passiert, dass ich wegen dem Finelinerspicker mal unsicher geworden bin, auch wenn ich jetzt von dieser Selbstsicherheit schreibe. Einmal haben wir in Kunst eine Klausur geschrieben und als wir die Klausur zurückbekommen haben, habe ich meine Klausur zunächst nicht erhalten. Also die Leute wurden aufgerufen, ihre Arbeit bei der Kunstlehrerin abzuholen und es haben noch zwei Arbeiten gefehlt. Meine, und die einer Mitschülerin. Und dann habe ich gesehen, dass die Lehrerin eine Arbeit mit 0 Punkten (das entspricht einer 6) in der Hand hatte, auf der irgendwas davon geschrieben stand, dass diese Person abgespickt hatte. Da dachte ich natürlich, ich wäre erwischt worden und das war einer vieler Momente, in denen ich dachte, dass es das jetzt mit mir war. Aber ich hatte in der Kunstklausur 14 oder 15 Punkte und die Mitschülerin wurde wohl beim Bescheißen erwischt, ätschi bätsch, ich bin durchgekommen.

Aber es ist letztendlich ganz egal, ob man dadurch mal verunsichert ist, SOLANGE man diese Unsicherheit überspielt. So gut es eben in diesem Moment geht. Man sollte halt auf keinen Fall anfangen zu weinen, wenn man glaubt, man wurde erwischt und dann trifft es am Ende doch jemand anderen. Und man sollte sich auch nicht dadurch verunsichern lassen, dass jemand anderes erwischt worden ist und seine Spicker dann nie wieder verwenden.

Es ist wie beim Pokern. Am besten pokert ihr regelmäßig, dann könnt ihr dieses Pokerface bei Klausuren während des Spickens aufsetzen. Denkt einfach immer daran: Das Leben ist bei einer schlechten Note auch nicht vorbei. 0 Punkte in einer Klausur oder in einem Test lassen sich immer irgendwie ausgleichen. Ich habe meine 6 bei der Wurzelarbeit in Mathematik mit dem "Sie sind ein Arschloch"-Lehrer ja auch verkraftet. Also das war zwar noch in der Mittelstufe, aber da denken ja auch viele schon, ihr Leben ist vorbei, wenn sie eine schlechte Note bekommen.

Wir hatten mal eine Mitschülerin in der Mittelstufe, die ging sogar so weit, dass sie die ganze Brockhaus-Reihe mehr oder weniger auswendig lernen wollte. Hätte sie das gemacht, hätte sie damit wenigstens zu *Wetten, dass..?* gehen können, aber die Sendung gibt es ja auch schon nicht mehr.

4. "Ich kenn' da eine Abkürzung!"

Ja, wer kennt sie nicht, die altbekannten Abkürzungen, bei welchen man sich dann irgendwann verläuft und tragischerweise feststellen muss, dass man doch viel schneller gewesen wäre, wenn man den normalen Weg genommen hätte. Aber das ist nicht immer so. Ich habe mal gehört, dass man, wenn man in London Taxifahrer werden möchte, das ganze Straßennetz auswendig lernen muss. Wenn man dann nämlich jemanden an einen bestimmten Ort bringen muss, so wie das als Taxifahrer eben ist, hat man den Weg schon im Kopf und kennt auch diverse Schleichwege, welche einem ein Navigationsgerät nicht vorschlagen wird. Manchmal benutze ich mein Navigationsgerät, wenn ich mir einen bestimmten Teil einer Strecke nicht gut einprägen kann. Aber bei dem restlichen Weg wundere ich mich dann, wieso das Navigationsgerät möchte, dass ich einen Umweg fahre, wenn es doch auch einen direkten Weg gäbe.

Ich habe mal einige Zeit als Pizzalieferantin gearbeitet und kannte die ganzen Straßen und Adressen da auch nicht. Und ich muss sagen, dass ich mich sehr oft verfahren habe, wenn die Leute in irgendwelchen

Seitenstraßen gewohnt haben, weil diese Straßen teilweise laut Karte gar nicht existent waren. Dann kann mich das Navigationsgerät natürlich auch nicht dorthin leiten, wenn es die Straße gar nicht gibt. Das ist immer lustig, wenn man die Karte bei seinem Navigationsgerät nicht aktualisiert hat und dann angeblich durch ein Gebiet fährt, in welchem sich nichts befindet bzw. welches gar nicht existiert. Aber die meisten Smartphones benutzen ja Google Maps, das ist eigentlich immer recht aktuell, finde ich.

Naja, und dieses Prinzip der Abkürzungen lässt sich auch bei einem Spicker anwenden. Das ist jetzt wohl nichts Neues und vielleicht fällt das auch eher unter die Kategorie der Eselsohren, ähh, ich meine Eselsbrücken. Aber zur Vollständigkeit halber (Sagt man das überall in Deutschland so?) ist es wohl ganz

gut, wenn ich auch diesen Punkt zur Sprache bringe, da er ganz essentiell für eine gute Spickerstrategie ist. Und er ist auch ganz logisch. Je mehr Abkürzungen ich bei meinem Spicker verwende, desto mehr Text passt natürlich auch darauf. Das fängt an bei den üblichen Abkürzungen wie "z.B." anstelle von "zum Beispiel" oder "d.h." anstelle von "das heißt". Zu dieser Überlegung gehört natürlich auch, welche Worte man eigentlich prinzipiell ganz weglassen kann. Wenn ich eine Kursarbeit über die *Französische Revolution* schreibe, ist es wohl unnötig, das nochmal auf den Spicker zu schreiben. Wenn ich mich also auf die *Französische Revolution* beziehe, genügt im richtigen Zusammenhang meist schon der Buchstabe "R" oder man kann es ganz weglassen. Und Worte wie unser oben genanntes "zum Beispiel" sind eigentlich auch irrelevant, da man sich das meist denken kann, dass es sich bei etwas Genanntem um ein Beispiel handelt. Manchmal habe ich auch ein kompliziertes Wort am Anfang meines Spickers genannt und im späteren Verlauf nur noch abgekürzt. Zum Beispiel die Worte "exotherm" und "endotherm". Die habe ich dann einmal ausgeschrieben und ansonsten nur noch die Abkürzungen "ex" und "en" verwendet.
Das alles mag zunächst vielleicht etwas primitiv und banal klingen, aber so eignet man sich im Laufe der Zeit

fast schon eine eigene Sprache an und lernt auch, welche Informationen für eine Kursarbeit überhaupt relevant und welche irrelevant sind. Es gibt ja diese Leute, die ganze Bücher und Hefte Wort für Wort auswendig lernen. Also die Leute lernen dann nicht nur Formeln, um mathematische Probleme lösen zu können, die lernen die Probleme gleich auch noch auswendig, inklusive aller Zahlen. Und wir? Wir sind schlau, schreiben uns eine abgekürzte Version dieser Formeln auf den Spicker.

Um mal zu zeigen, wie das Ganze dann so aussehen könnte, habe ich hier mal einen Satz über die *Französische Revolution* aus einem *Wikipediaartikel*. Ich weiß gar nicht, warum ich mich immer auf die *Französische Revolution* beziehe, ich mag Geschichte gar nicht.

"Die **Französische Revolution** von 1789 bis 1799 gehört zu den folgenreichsten Ereignissen der neuzeitlichen europäischen Geschichte." (wikipedia.org/wiki/Französische_Revolution)

Daraus wird dann im ersten Schritt vielleicht ein "Franz. Rev., 1789-1799, folgenreichste Ereignisse d. neuzeitlichen europäischen Geschichte".

Und im zweiten Schritt ein "R.,1789-1799, folgenreichst. Ereign. d. neuzeitl. europ. Geschichte".

Was am Ende sogar zu einem "R.1789-99,folgenreichs.Ereig.d.neuz.europ.Gesch." werden könnte.

Da fällt uns auf, dass ich sogar die Leerzeichen weggelassen habe. Das kann man auch bei einigen Worten machen, wenn man gut darin ist, die Übersicht im Chaos zu behalten. Zumindest hinter einem Komma sind Leerzeichen bei einem Spicker eigentlich irrelevant. Man könnte diese ganzen Wörter jetzt auch noch weiter abkürzen. Aber DA kommen wir zum entscheidenden, gefährlichen Punkt. Mir ist es schon einige Male passiert, dass ich mich beim Abkürzen überschätzt habe. Jede

Wette darauf, dass ich morgen nicht mehr wüsste, dass ich "neuzeitlich" bei diesem Spickerbeispiel mit "neuz." abgekürzt habe. Wobei es bei "neuz." sogar noch etwas einfacher ist, da wohl nicht viele Worte mit einem "z" hinter "neu-" weitergeführt werden. Wenn ich dieses Wort nur mit "neu." abgekürzt hätte, könnte sich dahinter eben jedes Wort verstecken. Vielleicht übersehe ich auch, dass ich da überhaupt etwas abgekürzt habe, was dann in einem Satz über die neue europäische Geschichte enden würde. Daher habe ich mir meinen Spicker auch am Morgen vor einer Klausur immer noch einige Male durchgelesen bzw. bin ihn überflogen, um herauszufinden, ob ich mich noch an alle Abkürzungen erinnern kann. Also, Abkürzungen sind gut, aber zu viele Abkürzungen enden im Wirrwarr, da wäre der normale Weg dann besser.

Es ist sowieso sehr wichtig, sich den Text auf dem Spicker mal vor der Klausur durchzulesen, damit man dann nicht während der Klausur am Tisch sitzt und auf seinen Spicker starrt, um herauszufinden, was man da eigentlich geschrieben hat, weil man es aufgrund der geringen Schriftgröße nicht mehr entziffern kann. Beim Entwerfen des Spickers prägen sich einem aber sowieso schon viele Gesamtzusammenhänge ein und man kann sich Einiges erschließen. Das heißt aber immer noch nicht, dass ich dann im Kopf weiß, in welchem Jahr die

Französische Revolution begann. Das ist nämlich auch so ein Mythos, dass man, nachdem man den Spicker geschrieben hat, eh alles weiß und den Spicker dann gar nicht mehr bräuchte. Zumindest bei MIR war das nicht so. Ich wusste danach fast genau so wenig wie vor der Spickervorbereitung.

5. Schachmatt

Ich habe noch nie Schach gespielt, aber das, was ich in Filmen und Fernsehsendungen daraus mitgenommen habe, ist, dass Schachspieler ihren Gegner analysieren und im Kopf nicht nur den nächsten, sondern gleich die nächsten zehn Züge planen. Vielleicht spielen sie gedanklich das Spiel ja auch schon zu Ende, während sie noch bei ihrem ersten Zug sind. Ich glaube, die richtig krassen Schachspieler können ihren Gegenspieler dann so gut einschätzen, dass sie mit einer ziemlichen Sicherheit sagen könnten, welchen Zug der Gegner als Nächstes ausführen wird.

Und auch dieses Prinzip machen wir uns zu Nutze, indem wir jeden Lehrer analysieren und seine Schwächen gegen ihn ausspielen. Auch das ist natürlich ein Prozess und kann nicht von Anfang an zu 100%igem Erfolg führen, da jeder Lehrer andere Schwächen und Stärken hat, andere Aufgaben stellt und sowieso ganz anders unterrichtet als der andere Lehrer. Jeder Lehrer glaubt ja sowieso, dass SEINE Unterrichtsmethode die einzig wahre ist.

Das ist eine Regel, die ich gar nicht großartig erläutern kann, da nichts, was auf mich zutrifft, auch auf andere Leute zutreffen muss. Aber es gibt da durchaus einige grundlegende (Charakter-) Eigenschaften, auf die man bei einem Lehrer achten sollte.

1. (x) Kann ich?

Ich hatte Lehrer, die haben sehr genau darauf geachtet, welche Hilfsmittel man auf dem Tisch hatte, ob alle Handys eingesammelt worden sind oder die die Mäppchen kontrolliert haben. Aber ich hatte ebenso auch Lehrer, bei denen man wahrscheinlich sein Mathebuch während einer Mathematikklausur auf den Tisch hätte legen können. In unserem Informatikunterricht hat unser Lehrer beispielsweise auf nichts geachtet, also haben alle Leute von ihrem Handy abgeschrieben. Ich glaube, es gab sogar eine Informatikklausur-WhatsApp-Gruppe, in welcher sich während der Klausur einige Schüler ausgetauscht haben. Aber da war ich nicht drinnen. Prinzipiell habe ich diese Einstellung oder Verpeiltheit, was auch immer zu diesem geistesabwesenden Zustand des Informatiklehrers führte, aber auch auf meine Weise genutzt und musste mir die Mühe eines Finelinerspickers dort im Informatikunterricht bei Klausuren und Tests dann gar nicht mehr machen. Es gab dort aber auch Leute, die haben nicht beschissen und sogar eine miese Note in Kauf genommen. Das habe ich nie verstanden, da jede Informatikklausur für mich eine geschenkte Note war.

Es gilt, abzuwägen, ob man es eher mit einem Luchs oder einer Blindschleiche als Lehrer zu tun hat.

2. (y) Anforderungen
Ja, das ist eigentlich auch schon die letzte Arsch-Regel. Ich fand es ganz lustig, kleine Ärsche da einzufügen. Aber es ist auch die Regel, die mich am weitesten gebracht hat: Man sollte sich bei jedem Lehrer die Frage stellen, was er eigentlich von einem fordert. Diese Frage sollte man sich wohl sowieso IMMER stellen, ganz EGAL, ob man jetzt einen Spicker benutzt oder nicht. Vielleicht ist das auch so eine allgemeine "Wie überlebe ich die Oberstufe"-Regel. Die werde ich gleich mal noch meiner Liste aus einem der ersten Kapitel hinzufügen. Ist es ein friedlicher

Lehrer, bei welchem man in Klausuren eher etwas wiedergeben muss oder ist es ein Lehrer, der Wissen als Grundvoraussetzung ansieht und irgendwelches Zeug zur Aufgabe stellt, wobei man etwas analysieren muss?

Beispiel. (das ist selbstverständlich ein Nasenaffengesicht)
In meinem Biologiekurs hat eigentlich niemand wirklich viel verstanden. Und ich hab' auch nicht so viel verstanden, weil ich nie aufgepasst und dadurch nichts mitbekommen habe. Ich habe alle Informationen und Zusammenfassungen mitgeschrieben, weil der Lehrer immer alles haargenau an die Tafel geschrieben hat, weil irgendwelche Streberkinder sich natürlich alles Wort für Wort merken wollten, aber ich habe keine Hausaufgaben gemacht und Aufgaben aus dem Buch habe ich auch nicht bearbeitet. Das lag auch daran, weil wir eh jede Hausaufgabe im Unterricht besprochen haben und wieder alles Schritt für Schritt an der Tafel wiedergegeben worden ist. Und irgendwelche Schüler machen sich IMMER die Mühe, alle Hausaufgaben zu bearbeiten und sich dann im Unterricht 100 mal zu melden. Das sollte man sich zu Nutze machen und deswegen nichts machen, was einen nur unnötig stressen könnte. Man bearbeitet die Hausaufgaben eh nur

halbherzig und oft ist das Meiste falsch, dann kann man es auch ganz lassen.

Ich wusste jedenfalls, dass ich in Biologie nicht aufpassen müsste, also habe ich diese Zeit genutzt, meinen Körper auf einen Energiesparmodus herunterzufahren. Diese Stunden der Ruhe waren sehr wichtig, wenn man sich dann im Erdkundeunterricht wieder konzentrieren musste. Ich hab' nachts zur Oberstufenzeit nie länger als 5 Stunden geschlafen und zum Abitur hin hat sich diese Zeit auf unter dreieinhalb Stunden verkürzt. Da waren die Stunden in der Schule ein wahrer Überlebenskampf. Aber das hat man uns allen auch angesehen, es war wirklich ein schauderhafter Anblick, wie wir leichenhaft in unseren Stühlen hingen. Und "hingen" ist dabei gar keine Übertreibung, ich saß in jedem Unterrichtsfach so auf meinem Stuhl:

Naja, jedenfalls habe ich dann nach der ersten Biologieklausur in der Oberstufe bei diesem Lehrer festgestellt, dass 90% der Aufgaben daraus bestehen würden, irgendetwas wiederzugeben. Die anderen 10% waren dann Aufgaben, bei denen man dieses "Wissen" anwenden sollte. Diese Aufgaben haben aber nur einen winzigen Bruchteil der Gesamtpunktzahl ausgemacht und zudem wurden sie so simpel gestellt, dass man sie mit dem Wissen, welches man vom Spicker auf das Papier kopiert hatte -und etwas Verstand-, sehr einfach lösen konnte. In Biologie lag meine Zensur im Zeugnis sogar einmal bei 15 Punkten und das ohne, dass ich irgendwas für Biologie gemacht habe, außer gedankenverloren die Zusammenfassungen von der Tafel abzuschreiben... oder sie mit dem Handy abzufotografieren. So wusste ich genau, wie ich bei diesem Lehrer vorzugehen hatte und ich war für den Rest der Oberstufenzeit in diesem Fach erfolgreich.

Beispiel 2.

Deutschklausuren. Diese Klausuren sind eigentlich immer gleich aufgebaut, solange sich der Lehrer im Verlauf der Oberstufe nicht ändert. Also ich meine eigentlich, solange man nicht irgendwann einen anderen Lehrer hat. Aber ein plötzlicher Sinneswandel in Form einer Identitätskrise, wie der Verlust von Frau

Flechtzopfstängels Haarstängel, führt natürlich vielleicht auch dazu, dass Lehrer ihre Klausurformen ändern.

Ich glaube, die erste Aufgabe in einer unserer Deutschklausuren war oft eine Zusammenfassung, dann kam eine Interpretation und dann eine Argumentation... oder sowas in der Art. Ich weiß nur, dass ich bei Frau Flechtzopfstängel in den Deutschklausuren immer schlecht abgeschnitten habe. Egal, was ich getan habe. Und Wörter, die sie nicht gut lesen konnte, wurden mir auch immer als Fehler angestrichen. Aber so ist das bei Lehrern, deren Schrift man selbst nicht lesen kann.

Diese Lehrerin hat uns aber immer gezwungen, eine sogenannte "Hinführung zum Thema" zu schreiben. Das bedeutet, wenn wir eine Lektüre gelesen haben, die zur Zeit der Romantik geschrieben worden ist, mussten wir zu Beginn dieser Klausur eine Hinführung zum Thema Romantik verfassen. Also dahingehend, was das überhaupt für ein Zeitalter war und wieso das Buch das so gut da reinpasst und sowas. Da sei angemerkt, dass wir das Wort "Buch" bei ihr auf keinen Fall verwenden durften. Bei ihr haben wir keine Bücher gelesen - sondern nur "Lektüren". Und im Deutschunterricht habe ich auch nie aufgepasst.

Also hatte ich auch keine Ahnung über die Romantik.

Aber da ich wusste, dass so eine Hinführung bei jeder Klausur gefragt war und da ich ebenfalls wusste, um welche Lektüre und welches Zeitalter es sich handeln wird, habe ich mir solche Hinführungen zu Hause aufgeschrieben. Die habe ich dann auf meinen Spicker kopiert und in der Klausur nur noch abgeschrieben. Das hat mir wirklich den Arsch gerettet, weil ich nie in der Lage gewesen wäre, mir in so einer Klausur eine Hinführung auszudenken. Viele haben die sich aber auch zu Hause vorgeschrieben, aber dann meistens eben auswendig gelernt. Aber ich hab' mal gesehen, wie eine Person sich die Hinführung ganz klein auf einen Zettel gedruckt hat, den sie dann hinter ihr Mäppchen gelegt hat. Das war auch durchaus clever.

Ich wusste aber auch, dass so eine BUCHinterpretation immer damit beginnt, dass man erstmal eine Einleitung zum Buch schreibt. Also darüber, worum es im Buch eigentlich im Groben geht. So eine kurze Zusammenfassung. Da ich die Bücher aber auch nie gelesen habe, habe ich mir die Zusammenfassungen dazu auch vor der Klausur zu Hause zusammengebastelt und mir dann auf den Spicker kopiert. So konnte ich mich dann während der Klausur auf die Analyse und Interpretation des gegebenen Textabschnittes konzentrieren. Das hat mir letztendlich auch nichts gebracht, weil ich das Meiste wohl falsch interpretiert habe, aber darum ging es in dem Beispiel auch nicht. Manche Sachen kann man sich eben nicht erspicken. Naja, das dachte ich mir zu DIESEM Zeitpunkt noch. Wahrscheinlich habe ich auch Vieles nicht gut interpretiert, weil ich keine Ahnung über das Buch hatte. Da hat wohl der Gesamtzusammenhang gefehlt, in welchen alles gesetzt werden sollte. Zumindest dachte ich das zu DIESEM Zeitpunkt auch noch. Später hat sich das alles WIDERLEGEN lassen, das werde ich aber noch genauer ausführen.

Beispiel 3.

Tja, Erdkunde, da habe ich in der Oberstufe vollkommen versagt. Also, naja, vollkommen ist nicht wahr, meine Noten lagen immer noch im 3er-Bereich. Andere Leute hatten Mühe, da überhaupt auf eine 4 zu kommen. Merkwürdigerweise waren in Erdkunde die Jungs bei uns alle besser als die Mädchen. Mir schien es so, dass das daran lag, dass man in Erdkunde WIRKLICH etwas verstehen musste. Wenn man verstanden hat, wie die Welt funktioniert und wie alles zusammenspielt, hatte man in Erdkunde sehr gute Chancen. Das mag jetzt vielleicht so vorurteilsvoll klingen, aber da hatte ich wirklich das Gefühl, dass Männer prinzipiell logischer denken als Frauen. Da gibt es mit Sicherheit auch

Ausnahmen, aber die gab es in UNSEREM Erdkundekurs nicht. Jedenfalls haben in unserem Erdkundekurs die Jungs immer Spitzenleistungen vollbracht, während ich nur mit Mühe und Not bzw. mit Beschiss und allen Erfahrungen, die ich bis auf den letzten Millimeter zusammengekratzt habe, an meine Note gekommen bin, die im Mittelfeld lag. Anders, als in Biologie war es in Erdkunde kein "Ich schreib' einfach alles, was an der Tafel steht, auf.", sondern ein "Der Lehrer redet nur, aber schreibt überhaupt nichts an die Tafel.". Das war wie in einem Vorlesungssaal an der Uni mit dem Unterschied, dass Dozenten an der Universität meistens noch irgendwelche Folien zu ihrem Geschwätz gezeigt haben. Unser Erdkundelehrer hat aber nur geschwätzt. Ich habe also versucht, alles, was mir irgendwie sinnvoll erschien, mitzuschreiben. Kurz vor einer Kursarbeit habe ich dann versucht, alle Informationen, die mir bei einer Analyse helfen könnten, zusammenzutragen. Prinzipiell hatte ich, anders als in Biologie und Deutsch, in Erdkunde eher einen "Universalspicker". Der hat z.B. einige weiche und harte Standortfaktoren aufgelistet oder einen Leitfaden, was ich alles beachten muss, wenn ich beschreiben möchte, wo ein Ort genau auf unserer schönen Erde liegt. Meistens musste man in Erdkunde nämlich irgendwelche Standorte analysieren. Und das beinhaltet eben, was da vor Ort so vor sich geht, irgendwelche Auswirkungen von irgendeinem Zeug und so weiter und so fort. Flora, Fauna, und was es nicht alles gibt. Für mich war Erdkunde dahingehend immer sehr frustrierend, da ich durchaus nachvollziehen konnte, welche Umstände zu was führen, wenn man es mir dann mal erklärt hat, aber ich bin darauf selbst überhaupt nicht gekommen.

Ich weiß noch, als ich meinen Vater gefragt habe, ob er mir Zeugs für mein Erdkundeabitur erklären könnte. Der hat da irgendwelches Zeug analysiert, darauf wäre ich nach meiner 3-jährigen Oberstufenkarriere niemals gekommen. Und er hat die Schule vor 33 Jahren oder so verlassen. Und ich glaube nicht einmal, dass er besonders lange gebraucht hat, um zu seinen Schlussfolgerungen zu kommen. Ich weiß auch noch, dass er mir erklärt hat, inwiefern die Meeresströmungen das Klima beeinflussen - aber das habe ich bis heute nicht 100%ig verstanden.

Naja, und dann war da noch der Teil in Erdkunde, den alle regelrecht verabscheut haben: der RIESIGE Auswendiglernpart. Wir mussten in Erdkunde mal ALLE Bodenarten (oder Bodentypen?) auswendig lernen. Podsol, ferralitische Böden, Schwarzböden und sowas. Dazu mussten wir wissen, wie dieser Boden zusammengesetzt ist (also chemisch) und welche Besonderheiten er hat. Ist er besonders fruchtbar? Sowas eben.

Einmal waren wir auch im Stahlwerk und mussten dann auswendig lernen, wie Stahl produziert wird. Schritt für Schritt. Weil Koks da auch eine Rolle spielt, muss ich seitdem immer an das Lied *Mutter, der Mann mit dem Koks ist da.* von *Falco* denken.

Ich habe immer noch ein Trauma davon, als wir alle Städte und Flussarme vom Rhein auswendig lernen mussten - vom Oberrhein bis zum Unterrhein. Dafür hat der Lehrer den Rhein und dieses ganze Zeugs an die Tafel gezeichnet und wir mussten das abzeichnen. Da habe ich mir dann ein System für meinen Spicker überlegt. Als ich dann die Klausur gesehen habe, habe ich festgestellt, dass die Abbildung des Rheins da überhaupt nicht so aussah, wie das, was ich vorher per Hand in mein Heft gezeichnet hatte. Deswegen hat dieses ganze System der Städte und Zuflüsse auch keinen Sinn mehr gemacht. Das finde ich immer noch unverantwortlich, dass er uns nicht einfach eine Kopie vom Rhein gegeben hat. Naja, ist halt Pech, wenn man nicht so akkurat zeichnen kann.

Also jedenfalls musste ich vor jeder Kursarbeit in Erdkunde überlegen, wie ich dieses ganze Zeug, das ich hätte auswendig lernen müssen, und diese allgemeinen Sachen, die man immer braucht, auf meinen Spicker kriegen könnte. Oft hat nicht alles auf meinen Spicker gepasst und dann hatte ich wirklich keine andere Wahl mehr, als irgendwelche Sachen auszuschließen. Lernen war für mich keine Option, weil ich mit solchen Kursarbeitsvorbereitungen immer erst am Abend vor der Kursarbeit begonnen hatte. Und ich konnte mir eh nichts merken, weil ich immer so totmüde war.

Beispiel 4.
Kommen wir zum letzten Beispiel dieser Regel. Englisch. Auch dort war jede Kursarbeit gleich aufgebaut. Die erste Aufgabe bestand darin, einen fremden Text zusammenzufassen. In der zweiten Aufgabe sollten wir den Text analysieren und in der dritten Aufgabe sollten wir eine Argumentation zum Thema des Textes schreiben. "Ist Integration von Menschen anderer Kulturen in eine bereits bestehende Gesellschaft mit ihrer Kultur sinnvoll?" Sowas in der Richtung.
Und da hatte ich wirklich nur einen Universalspicker, den ich so bei jeder Klausur verwenden konnte. Auf diesem Spicker standen irgendwelche Wörter, die man in einer Argumentation verwenden konnte, wie "Moreover", "In

Addition" "On the one hand.. on the other hand" und so; Stilmittel, weil ich mir nicht immer merken konnte, wie sie im Englischen hießen, auch, wenn ich sie im Deutschen schon kannte, und ich glaube, das war's auch soweit. Da es sich bei Englischklausuren meist um einen unbekannten Text hielt, konnte man eh nichts lernen - abseits eben von dem Zeug, mit welchem sich ein Text besser formulieren ließe. Und Wörter, die man nicht kannte, konnte man auch im Wörterbuch nachschlagen. So, wie die Kursarbeiten im Englischunterricht aufgebaut worden sind, sollten sie generell aufgebaut werden, finde ich. Aber das Glück, welches ich hatte, hatten nicht alle Schüler. Manche mussten auch im Englischunterricht sehr viel über irgendwelche Lektüren und irgendeinen Schwachsinn wissen.

Dafür hatten die dann wieder das Glück, im Erdkundeunterricht nichts über Stahltypen und Bodenherstellung wissen zu müssen. Also ich meine über Stahlherstellung und Bodentypen.

Ich denke, diese Beispiele haben gut veranschaulicht, dass ein Spicker je nach Lehrer angepasst werden muss. Bei manchen Lehrern kann man einen Universalspicker verwenden, der nur sehr selten angepasst werden muss, bei manchen Lehrern muss er vor jeder Klausur neu geschrieben werden und darauf befinden sich dann nur Informationen, die man hätte auswendig lernen können und bei manchen Lehrern muss eine Kombination aus Allem angewendet werden und bei manchen Lehrern ist alles schier hoffnungslos. Aber ein Spicker ist besser als kein Spicker, so zumindest meine Rede. Und wenn der Lehrer einen eh nicht beachtet, dann kann man auch gleich sein Handy benutzen. So lange, bis sie diese komischen Geräte in Klassenräumen haben, die einem anzeigen, ob jemand sein Handy angeschaltet hat. Die habe ich mal bei einer Theorieprüfung gesehen, als ich beim TÜV war. Ich hab' auch schon gehört, dass sie in Schulen angewendet werden sollen. Aber immerhin können sie kein Blatt Papier in einer Finelinerpackung mit ihrem technischen Schnickschnack ausfindig machen, deswegen setzen wir sie Hachschatt. Also Schachmatt natürlich.

7. CUT

Irgendwie habe ich langsam die Übersicht verloren. Eigentlich wollte ich dieses Kapitel "Schachmatt" nennen, um zu beschreiben, welchen absolut außergewöhnlichen Vorteil dieser Spicker im Vergleich zu allen anderen bietet. Aber dann habe ich einen Unterpunkt dazu, wie man den Spicker am besten anwendet, schon so benannt.

Um den Überblick wieder zu gewinnen, bin ich dann mal durchgegangen, welche Unterabschnitte ich im vorherigen Kapitel so angewendet habe, aber da es so viele waren und ich nicht nur Spickerregeln, sondern auch noch Lehrerbeobachtungsregeln und diverse Beispiele genannt habe, dachte ich, dass es eine ganz gute Idee wäre, jetzt mal einen Cut zu setzen, so, wie man das in Filmen auch macht, wenn eine Szene "im Kasten" ist. Sagt man das eigentlich so, weil Szenen, die man gefilmt hat, sich dann auf dem Filmband befinden? Sie sind ja dann auf dem Band, der sich im "Kasten" des Gerätes befindet, mit welchem man den Film aufgenommen hat. Also früher war das halt so, glaube ich. Jetzt ist ja alles digital. In Filmen und Cartoons sieht man ja auch manchmal, wie dann in Kinos beim Projektor die Leute sitzen, die das Filmband in den Projektor stecken. Deswegen habe ich als Kind immer in die Richtung geschaut, aus welcher der Film an die Leinwand projiziert worden ist, ob ich da jemanden sehe, der an einem Projektor sitzt. Aber ich glaube, ich habe da nie jemanden gesehen. Ich weiß gar nicht, wie das heute bei Filmen ist. Wahrscheinlich ist der Projektor mit einem Computer verbunden. Das muss erstaunlich gewesen sein, früher Stummfilme zu sehen, zu welchen irgendjemand dann Klaviermusik gespielt hat.

Ich muss sagen, ich finde es gar nicht so einfach, ein Buch zu schreiben. Am Anfang war ich richtig motiviert und habe mir jeden Abend vorgenommen, etwa 20 Seiten zu schreiben. Das hat dann meistens so zwei bis drei Stunden gedauert. Aber dann hat man einen Abend mal keine Lust und wenn man an dem Abend dann etwas anderes macht, dann ist die Wahrscheinlichkeit, dass man am Abend DARAUF dann auch wieder etwas anderes macht, viel größer. Ich habe mal angefangen, Spanisch zu lernen und hab' dann einige Tage lang jeden Tag etwas Neues gelernt, Grammatik geübt und Vokabeln wiederholt. Irgendwann habe ich dann plötzlich damit aufgehört und dann nie wieder damit angefangen. Inzwischen könnte ich fast schon wieder von vorne anfangen. Ich konnte mir nicht einmal merken, ob man "Gracias" eher als "Graßias" oder als "Grathias" ausspricht. Das ist nämlich gar nicht so einfach - in dem Spanischlernbuch stand dann da der Name "George", also ich würde das als "Dschordsch" aussprechen. Und die Dame von der CD hat den Namen dann als "Rorche" ausgesprochen. Ich war ganz schockiert, wie man SO einen Namen GANZ ANDERS aussprechen kann, als ich das tun würde.

Mein Bruder hat mal im früheren Auto meiner Mutter eine Spanisch-Lern-Kassette gefunden. Die war ganz komisch. Da wurden Urlaubssituationen nachgespielt. Da war dann ein Mann, der in Spanien wegen Durchfall zum Arzt gegangen ist. Das ist ja erstmal etwas, was wirklich vielen Urlaubern passiert. Und dann hat der Arzt gefragt, was der Mann den gegessen hätte. Aber dann meinte der Mann, er hätte Tiefkühlkartoffeln gegessen. Ich wüsste nicht, dass es überhaupt Tiefkühlkartoffeln gibt. Und in einer anderen Szene war der Mann in einer Kneipe und dann hat der Kellner ihn gefragt, ob er lieber ein warmes oder ein kaltes Bier trinken möchte. Ich kann mir nicht mal vorstellen, dass sowas JEMALS schon mal jemand gefragt worden ist. Die Leute beschweren sich doch auch immer nur, wenn ihr Bier zu warm ist. Irgendwann hört man auf der Kassette statt Spanischlektionen dann Rockmusik. In dem Auto meiner

Mutter gab es nämlich nur einen Kassettenspieler, also saßen wir abends dann an einem CD-Spieler, haben da Musik abgespielt und das mit einem Kassettenspieler aufgenommen, damit wir uns die Musik im Auto anhören konnten. Man könnte jetzt meinen, dass ich schon hundert Jahre alt bin, aber das ist noch gar nicht so lange her. Das war, glaube ich, vor zwei Jahren. Da habe ich meinen Führerschein und dann das Auto meiner Mutter bekommen, weil sie damit ja nicht mehr fahren konnte. Und weil das Auto im Jahre 1998 erbaut worden ist, hatte es eben noch keinen CD-Spieler. Um Musik von meinem Handy zu hören, habe ich mir dann eine Kassette gekauft, die schiebt man in den Kassettenspieler im Auto und an der Kassette war ein Kabel, welches man in den AUX-Anschluss im Handy gesteckt hat. Ich war immer ganz fasziniert davon, wie das funktionieren konnte, dass ich dann meine Spotify-Playlist durch die Kassette abspielen konnte. Tja, selbst das funktioniert bei neuen Handys ja jetzt irgendwie nicht mehr, weil die, soweit ich das mitbekommen habe, teilweise gar keinen AUX-Anschluss mehr haben.

Letztes Jahr habe ich dann einen *VW Polo* bekommen, der hat keinen Kassettenspieler mehr. Dafür hat er einen CD-Spieler, der sich im HANDSCHUHFACH befindet. Immer, wenn ich CDs im Auto hören will, muss ich mir also vor der Fahrt sehr gut überlegen, welche CD ich mir anhören möchte, weil ich während der Fahrt unmöglich das Handschuhfach auf der Beifahrerseite öffnen kann, um die CD zu wechseln. Aber vielleicht ist das ja auch in ganz vielen anderen Autos anderer Marken auch so, das weiß ich natürlich nicht, mir ist das nur bei meinem Auto aufgefallen und das ist eben ein *VW Polo*, bevor ich hier verklagt werde.

Immer, wenn ich mich bei irgendwelchen Leuten darüber aufrege, heißt es nur, dass halt niemand mehr CDs im Auto hört. Das glaube ich aber nicht. Es ist doch viel praktischer, wenn man Musik-CDs im Auto hat, die man immer austauschen kann, als wenn man jedes Mal sein Handy mitnehmen und irgendwelche Einstellungen vornehmen muss. Wenn ich 5 Minuten zum Supermarkt fahre, wäre mir das viel zu umständlich, dann extra mein Handy per Bluetooth mit dem Auto zu verbinden. Da mache ich dann lieber kurz die CD an. Ich war sogar schlau und habe mir ein Gerät gekauft, welches Kassetten auf meinen Computer übertragen kann. Dann habe ich die Autokassetten übertragen und auf eine CD gebrannt und kann mir die jetzt auch im neuen Auto anhören.

Manchmal überlege ich ja, ob, wenn ich mal Kinder habe, ich sie das durchleben lasse, was ich auch durchlebt habe. Also nicht falsch verstehen, ich will nicht, dass sie

Kartoffelschalen fressen sollen - zumal ich das ja zum Glück nie erleben musste; ich meine damit, dass sie in ihren jungen Jahren z.B. auch einen Kassettenspieler bekommen. Oder ich ihnen einen Computer mit einem Diskettenlaufwerk zeige. Oder sie von mir ein Tastenhandy bekommen, mit welchem wir dann gegenseitig SMS austauschen können. Wir hatten als Kinder auch Walkie Talkies, das braucht ja jetzt irgendwie auch keiner mehr, wenn man immer ein Smartphone benutzen kann. Ich fände es halt schade, wenn mein Kind nie wüsste, was eine Kassette ist oder wie es ist, ein Handy ohne Internetfunktion und "touchbarem" Bildschirm zu benutzen. Oder dass man eine Kamera auch ohne Smartphone benutzen kann. Vor Kurzem war ich in Berlin bei der Liveshow der Fernsehserie *Kenny vs. Spenny*. Da konnte man sich dann nach der Show nochmal mit den Leuten der Serie unterhalten und Bilder mit ihnen machen. Und alle außer mir haben dafür ihr Smartphone benutzt. Das lag aber primär daran, dass mein Handy zu langsam ist, um innerhalb von drei Minuten die Kamerafunktion zu öffnen, also benutze ich immer meine Digitalkamera, da geht das ganz schnell. Ich meine, meinetwegen können die dann mit 12 oder so ein Smartphone kriegen. Aber ich will trotzdem, dass sie wissen, dass es auch mal einzelne Geräte für die Funktionen gab, die sich in einem Smartphone alle vereinen. Es gab bzw. gibt MP3-Player, Kameras, Tastenhandys, Gameboys und all das Zeug. Aber inzwischen braucht man das ja alles nicht mehr. Man kann ihnen natürlich nicht wirklich alles beibringen und zeigen, so, wie man selbst aufgewachsen ist. Ich erinnere mich ja selbst nicht mehr an alles. Und ich glaube auch nicht, dass meine Eltern mir alles gezeigt haben, womit sie so ihre Kindheit verbracht haben. Aber ich finde trotzdem, dass man ihnen einen Einblick in die frühere Zeit geben sollte. Ich glaube sogar, dass es am wichtigsten ist, wenn Kinder nicht von Anfang an damit aufwachsen, dass es das Internet gibt und dass dieses immer zugänglich ist. Wenn ich an meine Kindheit zurückdenke, glaube ich, dass es mich überfordert hätte, wenn ich ständig durch das Internet Zugriff auf alle Informationen der Welt gehabt hätte. Aber ich wollte eigentlich gar nicht so tief in die Materie gehen. Es ist ja auch nicht alles schlecht, Smartphones sind ja auch an sich eine tolle Sache. Aber das ist ein Kassettenrekorder eben auch. Außerdem glaube ich manchmal, dass, je mehr Sachen wir haben, die unser Leben vereinfachen sollen, es umso komplizierter wird. Wer kein Smartphone hat, muss sich eben auch nicht damit rumärgern, wenn der Bildschirm kaput geht. Und wer kein Auto hat, beschwert sich auch nicht über steigende Benzinkosten. Aber der beschwert sich dann vielleicht darüber, wenn die Bahn zu spät kommt.

> Ihr 67. Kaffe wird zubereitet...

> Haben Sie versucht, Ihr Gerät mal neuzustarten?

Vor Kurzem bin ich dann auch noch krank geworden, also ich habe eine Ohrenentzündung bekommen, und auch, wenn das Schreiben nichts mit dem Hören zu tun hat, habe ich mich gar nicht dazu in der Lage gefühlt, überhaupt irgendwas zu schreiben. Also um mal darauf zurückzukommen, dass ich jetzt schon länger nicht mehr an dem Buch geschrieben habe.

Während des Schreibens höre ich mir auch immer Ludovico Einaudi an, das ist ein Klavierspieler. Und wenn ich nichts höre, dann kann ich mir das ja gar nicht anhören, dann schreibe ich ja in einer ganz anderen Atmosphäre. Das ist vielleicht auch mal gar nicht schlecht, aber wenn man plötzlich mitten während eines Buchverfassungsprozesses etwas an der Umgebung ändert, in welcher man schreibt, dann ändert sich ja vielleicht auch die Weise, wie man schreibt. Und ich fände es komisch, wenn ich ein Buch lesen würde und ganz plötzlich während des Buches ändert der Autor dann die Art und Weise, wie er schreibt. Ich glaube, als Leser macht man sich nämlich gar keine Gedanken darüber, wie lange Leute eigentlich an ihren Büchern sitzen. Ich habe ja noch den Vorteil, dass ich zwischendurch immer ein paar Bildchen zeichnen kann, wodurch ich einige Buchseiten "gutmache" und das Buch dann am Ende dicker erscheint, als es vielleicht eigentlich ist und ich nicht ganz so viel schreiben muss... wobei ich natürlich trotzdem all meine Gedanken niederschreiben möchte. Aber ich meine, jemand, der einen ganzen Roman mit 400 Seiten schreibt, sitzt daran vielleicht Jahre und da dann immer zu wissen, worum es eigentlich im vorherigen Kapitel ging, ob man im Präsens geschrieben hat und wie man sich ausgedrückt hat, ist vielleicht gar nicht so einfach. Jedenfalls habe ich meine Ohrenentzündung jetzt fast überwunden und meine Gedanken, die nichts mit dem Spicker zu tun haben, niedergeschrieben, jetzt kann ich mich wieder auf das Wesentliche konzentrieren.

8. ALLWETTERJACKE

Ich glaube, bei dem Begriff "Allwetterjacke" oder "Funktionsjacke" kommt allen Leuten dieser Gedanke vom deutschen Wanderer mit seinen Wanderschuhen und seinem Wanderrucksack in den Kopf, der aufgrund seiner Allwetterjacke aus diesem komischen, wasserabweisenden Plastikstoff beim Wandern immer richtig vorbereitet ist. Meistens sind das aber schon etwas ältere Erwachsene, an die man da denkt. Jungen Leuten ist das wichtiger, cool auszusehen, glaube ich. Oder, uns ist es eigentlich egal, ob wir nass werden oder ob unsere Schuhe in der Theorie für einen Wanderausflug ungeeignet wären. Ich habe jedenfalls keine Allwetterjacke und ich habe auch keine Wanderschuhe. Ich trage immer die selben Schuhe. Im Sommer, im Winter und sogar im Sportunterricht habe ich die getragen. Auch, wenn man das eigentlich nicht machen sollte, aber ich hatte keine Lust, für den Sportunterricht in der Schule immer extra Sportschuhe mitzunehmen. Also würde ich meine Schuhe als Allwetterschuhe bezeichnen - für mich sind sie das zumindest.

Und so ist es auch mit meinem Spicker gewesen, es war ein Allwetterspicker. Also naja, "Allwetter" ist dafür die falsche Bezeichnung, aber es geht mir darum, dass ich Tests und Arbeiten immer in unterschiedlichen Umgebungen geschrieben habe. Mal war ich in einem normalen Schulraum, ein anderes Mal waren wir im Physiksaal, bei welchem die Tische so ähnlich angeordnet sind, wie die Sitze im Kino, und manchmal haben wir sogar im Sportunterricht auf dem Boden der Turnhalle einen Test geschrieben. Und ich konnte meinen Spicker üüüüberall verwenden.

In Ethik z.B. hat unsere Lehrerin ganz genau darauf geachtet, dass wir nicht irgendwo abspicken. Nicht nur, dass sie uns während der Klausur ganz genau beobachtet hat, nein, wir mussten vor jeder Klausur auch immer unser Mäppchen vom Tisch verschwinden lassen. Das einzige, was wir auf dem Tisch haben durften, waren zwei, drei Stifte, ein Lineal, ein Radiergummi und sowas. Eben das Nötigste. Und ich hatte den Vorteil, dass die Finelinerpackung so kompakt und schmal war, dass sie nicht unter das "Mäppchengesetz" gefallen ist. Meistens habe ich auch gar nicht mit einem Kugelschreiber, sondern mit einem schwarzen Fineliner geschrieben. Also lag bei mir auf dem Tisch oft ein Bleistift, ein Radiergummi und die Finelinerpackung. In der Finelinerpackung waren nämlich auch noch farbige

Fineliner, die man gut benutzen konnte, wenn man irgendwas unterstreichen wollte. Also kam überhaupt niemand auf die Idee, mir zu sagen, ich solle doch meine Finelinerpackung vom Tisch nehmen. Während andere Leute also keinen Spicker benutzen konnten, weil sie kein Stück Papier im, unter oder vor dem Käppchen verstecken konnten, konnte ich meinen Spicker einfach offen auf dem Tisch liegen lassen. Der Lehrerin ist das nie aufgefallen. Und dabei hat sie mich immer sehr genau beobachtet. Ich weiß nicht, woran das lag, aber sie hatte es auf mich und Nicole immer besonders abgesehen. Vielleicht lag das daran, weil wir im Unterricht (vor unserem großen Streit) immer nur Scheißdreck gemacht haben. Diese besagte Lehrerin hatte immer den Tick "mhm" zu sagen. Also haben wir mal über eine Doppelstunde hinweg eine Strichliste gemacht, wie oft dieses Wort gefallen ist; das war alles, worauf wir im Unterricht dann geachtet haben. Der absolute Niveautiefpunkt unserer Karriere waren wohl die Zeichnungen von Strichmännchen, die sich in einer Orgie alle gegenseitig einen blasen, also gegenseitig einen Luftballon aufblasen, weil sie sich alle so sehr mögen. Und es handelt sich dabei ganz sicher nicht um das, woran ihr jetzt denken mögt. Die Schule hat uns echt verdummt, ich weiß nicht, wie wir auf solche Sachen gekommen sind.

Im Informatikunterricht habe ich auf eine Mandarine mal ein fröhliches Gesicht gemalt, ein Bild gemacht, die Schale aufgerissen und ein trauriges Gesicht darauf gemalt und noch ein Bild gemacht. Das war dann der körperliche und psychische Zerfall einer Mandarine. Das, was mich aber bisher wohl am meisten belustigt hat, war die Feststellung, als ich eine Biologieklausur zurückbekommen habe, dass ich einem Asiaten auf einem Bild einer Aufgabe ein Hitlerbärtchen und böse Augenbrauen gezeichnet habe, denn daran habe ich mich gar nicht mehr erinnert. Dieses Bild werde ich jetzt hier einfügen und das wird vermutlich auch das einzige Bild sein, welches in diesem Buch echt und nicht gezeichnet worden ist. Also vielleicht blende ich auch noch ein Bild von dem echten Spicker ein, das weiß ich aber noch nicht. Ich frage mich aber, was der Biologielehrer sich dachte, als er meine Klausur gesehen hat. -*Tja, **Zukunftskati hat sich dazu entschieden, doch***

einige Originale einzublenden.–

> 9) Anschlag auf Kim Jong Nam
> Lange war unklar, mit welcher Substanz Kim Jong Nam (linkes Bild) starb. Mit nordkoreanischen Machthabers Kim Jong Un (rechtes Bild) gesprüht hatte Flughafen von Kuala Lumpur eine Substanz ins Gesicht gesprüht hatte
> ...un verkündeten malaysische Ermittler, es habe sich
> ...webeproben von Gesicht und Augen des T...
> ...britannien entwickelt und gilt als chemi...
> ...ode führende Dosis bei einem F...
> ...mm wird. Wenn die Ve...
> ...mm der geruch-...
> ...usgespr...

Wie ich vorhin schon davon gesprochen bzw. geschrieben habe, kam es auch zwei Mal vor, dass wir einen Test in der Sporthalle auf dem Boden geschrieben haben. Und ich finde, NIRGENDS würde ein Häppchen mehr auffallen als auf dem Boden einer Sporthalle, wenn man zum Ausfüllen eines Testes nur einen einzigen Stift benötigt. Ich hatte von Sport keine Ahnung und niemals wäre ich freiwillig auf die Idee gekommen, mir Basketball- und Volleyballregeln zu merken. Wenn wir

Basketball gespielt haben, wusste ich meistens nicht mal, in welchen Korb ich den Ball jetzt eigentlich werfen muss. Meistens war ich mir gar nicht so sicher, wer überhaupt in meinem Team ist, wir hatten nämlich nicht immer diese bunten Bändchen, für welche manche Leute zu fett oder zu groß und andere Leute wiederum viel zu klein waren. Die waren eh immer widerlich, die haben so nach Schweiß gerochen, ich bezweifle **SEHR** stark, dass die **JEMALS** gewaschen worden sind. Also ich meine diese Trikots, die nur aus einem Band bestanden, welches an einer Stelle zusammengenäht worden ist.

Naja, lange Rede, kurzer Sinn: Auch auf dem Turnhallenboden ist mein Spicker nicht aufgefallen, da ich eh immer mit dem schwarzen Fineliner aus der Packung geschrieben habe. Ob ich also die ganze Packung mit in die Turnhalle nehme oder nicht, war da nicht weiter auffällig. Das war aber auch lächerlich, unser Sportlehrer hat uns nur gesagt, um welches Thema es sich bei dem Test handelt und nicht, was wir eigentlich lernen sollten. So haben sich viele eben Wikipediaartikel draufgeschafft – und ich auch, aber eben nur auf meinen Spicker. Das hat dann auch gereicht; einmal hatte ich in Sport im Zeugnis sogar 13 Punkte. Das lag daran, dass der Lehrer da irgendwie in Vaterschaftsurlaub war oder so und die Note des schriftlichen Volleyballtestes die einzige Note war, die er in diesem Halbjahr von uns hatte. In einem anderen Halbjahr hatte ich dann 8 Punkte, weil die Note aus dem Test für Basketballregeln erneut die einzige Note war, die der Lehrer von mir hatte, weil ich mich vor allen anderen Basketballnoten gedrückt habe. Wir waren immer in gemischten Teams mit Mädchen und Jungen und ich habe meine Chancen, den 2m großen Klausel zu decken, als sehr gering eingestuft. In allen Basketballspielen habe ich mich komplett zurückgehalten, um nicht zu sterben. Ich habe nur darauf gewartet, dass einer mal den Basketball an seinen Kopf kriegt und daran stirbt. Ich dachte ja, ich überlebe die Basketballzeit nie, aber das habe ich wohl doch, sonst würde ich jetzt nicht hier sitzen und ein Buch schreiben.

Einmal hat mich einer aus unserem "Team" beim Basketballspielen angeschissen, ich solle mich doch auf die Bank setzen, wenn ich eh so unfähig sei. Das habe ich mir natürlich nicht zwei Mal sagen lassen, habe diese Person als Arschloch bezeichnet und bin nach Hause gegangen. Diese Person ist im Internet inzwischen sogar recht bekannt und erzählt immer irgendwas von wegen "Wenn die Leute alle respektvoll zueinander wären, wäre die Welt ein besserer Ort.". Ja, das würde ich auch sagen, wenn ich kleine Mädchen beim Basketballspiel in der Schule als unfähig bezeichne.

Ich bin der Arschlochjunge aus dem Sportunterricht.

9. ORDNUNG IST DAS HALBE LEBEN

Tja, wir sind jetzt sogar schon fast am Ende, was meine Spickererfahrungen betrifft. Ich habe euch gelehrt, wie man einen Spicker herstellt, wie man ihn anwendet, wie man Lehrer manipuliert und welche Vorteile er bietet. Und jetzt wird es Zeit, etwas zu lehren, was sich leider nie vermeiden lässt. Da kann der Spicker auch noch so toll sein. Und wie es die Kapitelüberschrift schon beschreibt, geht es hierbei um Ordnung. Naja, nicht nur um Ordnung. Aber es ist eigentlich recht simpel - zumindest, zu beschreiben, was ich damit meine. Die Informationen, die einem dann letztendlich zu einer guten Note verhelfen, fliegen einem ja nicht einfach so zu. Einen Spicker zu haben, ist keine Erlaubnis zum Schwänzen und Abgammeln. Der Spicker dient nur dazu, keine zusätzlichen Informationen lernen zu müssen, die man dann eh direkt nach der Arbeit wieder vergisst. Der Spicker nimmt es einem natürlich nicht komplett ab, sich in einer Deutschklausur korrekt auszudrücken oder Aufgabenstellungen in Arbeiten zu verstehen. Er kann in Mathematik auch keine Aufgaben lösen, sondern nur Hilfestellungen geben, wie man die

Aufgabe lösen könnte.

Wie die Ordnung aussieht, die man in sein Schulzeug bringt, ist natürlich individuell. Es gibt Leute, die legen sich hunderte Ordner mit irgendwelchen Zetteln an, markieren sich irgendwelche Sachen und machen sich Stichpunkte zu allem Möglichen. Es gibt aber auch Leute, die haben einen riesigen Haufen voller schulischer Unterlagen, die aber augenscheinlich gar nicht sortiert sind. Es gibt auch Leute, die passen im Unterricht auf, aber schreiben nicht mal irgendetwas mit und Unterlagen sind was für Versager. Aber die Leute sind wahrscheinlich eher weniger die, die sich überhaupt die Mühe machen würden, einen Spicker zu entwickeln. Das sind meistens die, die dann mit einem ordentlichen 2,6er Schnitt die Schule verlassen und damit vollkommen zufrieden sind, weil sie keine größeren Mühen dafür aufgebracht haben und die eh fast nie in der Schule anzutreffen waren. Das sind aber auch leider meistens die Leute, die es verdient hätten, ein richtig gutes Abitur zu haben, weil das die Leute sind, die ich als die cleversten Personen der Schule wahrgenommen habe; aber der 1er-Schnitt ist meist eher denen vorbehalten, die richtig viel lernen, ziemlich fleißig sind und gar nicht mal unbedingt so viel verstehen.

Naja, jedenfalls wäre ich mit meinem Spicker nicht so weit gekommen, wenn ich mich nicht dazu überwunden hätte, immer die Schule zu besuchen und auch mitzuschreiben, was es mitzuschreiben galt. Hätte ich in der Schule gar nicht aufgepasst, auch, wenn es vielleicht den Eindruck macht, ich hätte es nie getan, dann hätte ich wohl auch nicht gewusst, was ich eigentlich auf meinen Spicker schreiben sollte. Dann hätte ich vielleicht auch nicht verstanden, wie ich diese Formeln anwenden sollte, die ich mir für Mathematik aufgeschrieben habe. Dann hätte ich vielleicht nicht gewusst, wie man eine Analyse oder eine Argumentation schreibt. Und das sind essentielle Fähigkeiten, die man im Laufe der Schulzeit immer wieder benötigt, die einem kein Spicker der Welt abnehmen kann - also bisher, ich sage nicht, dass es in der Zukunft nicht ganz anders aussehen kann. Aber viele Leute in unserem Deutschstammkurs in der Oberstufe wussten bis zuletzt nicht, wie man eine Analyse aufbaut, wie man richtig zitiert oder was Grammatik eigentlich ist. Da ist es dann natürlich auch nicht verwunderlich, wenn man versagt und einem auch der beste Spicker nichts bringt. Das sind vermutlich auch die einzigen Fähigkeiten, die die Schule einem wirklich lehren kann und sollte und die immer weiter in den Hintergrund geraten. Bei uns mussten sehr viele Leute nachfragen, was denn eine bestimmte

Aufgabenstellung bedeute, weil die Leute irgendwie nicht mehr selbst nachgedacht haben.

Stattdessen musste ich halt, um meinen Spicker anwenden zu können, ständig im Geschichtsunterricht aufkreuzen, aufschreiben, was besprochen worden ist, nur, damit ich dann für die Klausur diese Unterlagen hatte, um sie auf meinen Spicker zu kopieren. Das meine ich mit dieser Ordnung. Ich glaube, wenn man kein System hat, wie man seine Unterlagen ordnet und auch wiederfinden kann und wie man sich überhaupt diese Unterlagen beschafft, dann wird es schwierig, einen Spicker auf die effizienteste Art und Weise zu verwenden. Ich habe mir halt Notizen im Unterricht gemacht, die ich dann vor einer Klausur an meinem Computer zusammengetragen habe. Dann habe ich mir all diese Informationen angeschaut, überlegt, was davon für die Klausur relevant sein könnte und dann habe ich sie auf meinen Spicker kopiert. Viele andere Leute lernen nicht anders. Die schauen sich ihre Unterlagen an, fassen das wichtigste nochmal auf Blättern zusammen und lernen das dann. Und DAS, diesen finalen Schritt, der die meiste Zeit in Anspruch nimmt, habe ich mir gespart, indem ich das, was andere gelernt haben, auf den Spicker kopiert habe. Und so habe ich die Schulzeit überlebt. Ich hatte ein System, um alle benötigten Informationen in einer Ordnung, in der ich es nachvollziehen konnte, aufgreifen zu können, wenn es daran ging, einen Spicker zu gestalten. Alles andere, wie das Formulieren von Texten, das Verstehen von Aufgabenstellungen und das Konzentrieren während einer Arbeit, sind Fähigkeiten, die man nicht einfach auf einen Spicker bringen kann, die muss man sich tatsächlich aneignen. Insbesondere, was die Konzentration und Leistungsbereitschaft der Schüler während einer Klausur anging, war das in der Schule das Abbild des absoluten Armutszeugnisses unserer Zeit. Manche Schüler haben schon zwei Stunden vor Klausurenende ihr Zeug abgegeben, einfach, weil sie aufgegeben haben oder keine Lust mehr hatten. Das ging sogar soweit, dass Leute bei einer Analyse in Deutsch den Text überhaupt nicht bis zum Ende ausformuliert hatten, der hat dann einfach mitten im Satz.

Da muss man sich dann aber auch nicht wundern, wenn die Noten dementsprechend schlecht ausfallen. Selbst, wenn man mit seiner Arbeit fertig ist und noch Zeit hat, kann man diese ja nochmal auf etwaige Fehler überprüfen. Wobei ich das nie gemacht habe, mir hat das schon gereicht, mir den Text beim Verfassen hundert mal durchzulesen, da wollte ich ihn echt am Ende nicht nochmal von vorne bis hinten lesen.

Wenn ich mir das so durchlese, komme ich mir so streberhaft vor. Aber ich kann es irgendwie bis heute nicht nachvollziehen, warum man die Zeit und die Möglichkeiten, die man hat, nicht auch nutzt. Vielleicht sind ja wirklich alle Leute deprimiert und unmotiviert und frustriert, was sehr schade ist.

10. ICH SPRINTE NICHT GERNE

Gemeinsam haben wir nun meine gesamte Oberstufenzeit durchlebt. Den Beginn, wie ich versucht habe, zu überleben und auf Frau Flechtzopfstängel gestoßen bin, die Entdeckung meines Spickers und meiner Glutenintoleranz, der Streit mit Jana und Nicole, meine Sportzeit, generelle Schultraumata und meine Erfahrungen, die ich in Verbindung mit dem Spicker über die Schule, Lehrer, Schüler und das Leben gemacht habe.

In diesem Teil des Buches befinden wir uns nun in den letzten Schulwochen. In den letzten Wochen vor dem Abitur schreibt man in den drei Leistungskursen ein sogenanntes Probeabitur. Also ich glaube, dass man es so nennt. Das ist eine Klausur, die unter den Bedingungen des Abiturs geschrieben wird. So, wie diese letzten Klausuren aufgebaut werden, wird auch das Abitur aufgebaut und die Zeit, die man für diese Klausuren hat, gleicht auch der Zeit, die man dann für das tatsächliche Abitur hat. Der einzige Unterschied bei uns war, dass man diese Klausuren noch im normalen Unterrichtsraum geschrieben hat, während das Abitur in der Aula der Schule geschrieben worden ist. Da sitzen dann nicht, wie in den Klassen, etwa 25 Leute (wobei wir im Deutschkurs am Ende nur noch 12 Leute oder so waren), sondern da sitzen dann ungefähr 70 Leute, die mit einem gemeinsam das Abitur bestreiten.

Das war jetzt quasi der Endspurt, bevor es dann ans Abitur ging. Und wie es die Kapitelüberschrift beschreibt, sprinte ich nicht gerne. Ich glaube, das war die Disziplin, die ich beim Sportunterricht am wenigsten ausstehen konnte. Ich habe es gehasst, an der Startlinie zu hocken und darauf zu warten, dass an der Ziellinie jemand dieses Holzding zusammenschlägt. Beim Geräusch des Aufeinandertreffens dieser Holzteile musste man dann lossprinten, aber ich kann irgendwie nicht auf Kommando sprinten. Das ist so ein: von 0 auf 100. Wenn man eh schon rennt, ist es einfacher, dann zum Ende hin nochmal an Geschwindigkeit zuzulegen. Aber wenn man da so hockt und nicht mal eine bequeme Position einnehmen kann, weil die Füße auf bzw. an solchen Fußblöcken positioniert werden müssen, dann ist das zum Scheitern verurteilt. Ich habe da immer versagt, vielleicht hatte ich deswegen auch davor immer so große Panik. Ich hab' nur einmal beim Sprinten eine gute Note bekommen und hab' da auch die anderen Mädchen, die gegen mich antreten mussten, abgehängt. Das war der 400m-Sprint und ich habe nur alle abgehängt, weil meine Ausdauer wohl größer war als die der anderen. Da hatte ich die Chance, auf einer längeren Strecke eine hohe Geschwindigkeit zu halten. Bei einem normalen 70m- oder 100m-Sprint (ich weiß jetzt gar nicht genau, wie viele Meter das immer sind) geht das natürlich nicht. Nach dem Sprint war mir dann aber schlecht, ein Mädchen hat sogar ins Klo gekotzt. Also saß ich da am Boden und hatte dementsprechend keine Lust mehr, dann noch Basketball spielen zu müssen, ich mag Basketball ja sowieso schon nicht. Da meinte der Sportlehrer dann, dass ich mich nicht so anstellen solle.

Vielleicht hätte ich ihm auf die Schuhe kotzen sollen.

Also meine letzten Klausuren habe ich jedenfalls in meinen drei Leistungskursen Deutsch, Englisch und Erdkunde geschrieben. Ich weiß gar nicht mehr, ob ich das im Buch mal erwähnt habe, welche meine Leistungskurse waren. Das ist aber wohl auch je nach Bundesland in Deutschland unterschiedlich mit diesen Leistungskursen. Mal ganz abgesehen davon, wie der höchste Schulabschluss in anderen Ländern aufgebaut ist, da gelten dann wieder ganz andere Regeln. Jedenfalls haben manche Leute vier Leistungskurse, manche nur drei und bei manchen ist Mathematik sogar verpflichtend. Da muss dann jeder im Abitur in Mathematik eine schriftliche Prüfung ablegen, das ist bei uns hier aber nicht so. Und deswegen hatte ich nur drei Leistungskurse, auf die ich mich für den schriftlichen Part des Abiturs vorbereiten musste. Mathematik war mein mündliches Prüfungsfach, das ist aber viel weniger schrecklich, als wenn man in dem Fach eine richtige Prüfung schreiben muss. Manche Leute hatten zwei sprachliche Fächer als Leistungskurse, also z.B. Englisch und Italienisch, und als drittes Fach vielleicht Erdkunde. Die mussten dann in zwei Fächern ins mündliche Abitur gehen. Ich hab' das nie ganz verstanden, ich fand ja, dass es noch viel anspruchsvoller ist, zwei Fremdsprachen als Leistungskurse zu haben. Aber mir war das nur recht, dass Deutsch wohl mehr gezählt hat, sodass ich nur ein mündliches Prüfungsfach hatte.

Aber jetzt ging es erst einmal noch nicht um das Abitur, jetzt ging es darum, die letzten Klausuren zu bestehen. In Englisch war das ganz leicht. Hier hatte ich, wie immer, meinen Universalspicker und das Wörterbuch durfte man sich ja auch noch zur Hilfe nehmen. Zur Hilfe? Zuhilfe? Zu Hilfe?

In meinem Englischleistungskurs gab es auch keine großen Schwankungen, was meine Noten betraf. Ich lag da immer in einem guten 2er- bis 1er-Schnitt. Ich weiß auch gar nicht mehr, worum es in der letzten Klausur ging, wenn ich ehrlich bin. Das war vermutlich wieder irgendeine Textanalyse. Zusätzlich dazu gab es bei den Klausuren im Englischkurs aber auch noch das Lese- und Hörverständnis. Wie es die Namen schon beschreiben, musste man bei dem einen Teil Texte lesen und Aufgaben beantworten und bei dem anderen Teil Aufnahmen anhören, verstehen und da dann auch Aufgaben bearbeiten. Da konnte man auch nicht spicken. Entweder, man hat die Texte verstanden, oder, man hat es eben nicht verstanden. Ich muss sagen, beim Leseverständnis hatte ich keine großartigen Probleme. Beim Hörverständnis habe ich aber regelmäßig versagt.

Es ging sogar so weit, dass ich vor dem Abitur nochmal zum Ohrenarzt gegangen bin, weil ich das Gefühl hatte, immer große Probleme damit zu haben, Menschen zu verstehen. Auch in der deutschen Sprache muss ich oft drei Mal hinhören, was einer jetzt eigentlich von mir will. Wenn man es beim dritten Mal dann immer noch nicht verstanden hat, traut man sich auch nicht mehr, nachzufragen. Entweder kann man dann Glück haben und eine "Ja, du hast recht."-Antwort passt ganz gut oder man hat Pech und die Person fragt: "Ja, was jetzt, willst du jetzt morgen mitkommen oder nicht?". Noch peinlicher ist es, wenn die Person beim Reden lacht und dann lacht man eben auch, obwohl man keine Ahnung hat, was sie gesagt hat und sie hat einen wieder irgendwas gefragt. Da habe ich dann ja nämlich nicht mal etwas Falsches geantwortet, sondern, ich habe einfach gar nicht geantwortet, sondern NUR blöd gelacht.

Beim Ohrenarzt hat sich dann übrigens herausgestellt, dass ich doch ganz gut höre. Vermutlich sogar zu gut. Als ich Kopfhörer aufziehen und mir irgendwelche Piepsgeräusche anhören sollte, hat das Kopfhörerrauschen mich abgelenkt. Als ich die Arzthelferin darauf hingewiesen habe, meinte sie, das hätte noch nie jemand gesagt. Wahrscheinlich haben bei diesen Tests viele Leute angeblich eine Hörverminderung, obwohl sie nur wegen dem Kopfhörerrauschen manche Sachen nicht wahrgenommen haben. Ich muss ja sagen, ich habe auch etwas gehofft, dass der Ohrenarzt mir sagt, dass ich in der Tat schlecht höre, dann hätte ich beim

Hörverständnistest beim Abitur nicht mitmachen müssen. So kurz vor dem Abitur kommt man auf viele Ideen, wie man sich vor irgendetwas drücken und/oder sich irgendwelche Vorteile beschaffen könnte.

Nicole zum Beispiel hat nämlich Rheuma, das ist so eine Gelenkerkrankung. Wenn man das hat, dann können Lehrer einem mehr Zeit zum Bearbeiten von Aufgaben geben, weil Leute mit dieser Erkrankung potentiell Schmerzen in ihren Hand- und Fingergelenken haben könnten. Naja, also ich will nichts sagen, ich bin ja auch nicht Nicole, ich kann nicht nachfühlen, wie es ihr mit der Erkrankung geht, aber sie hat diese Extra-Zeit nie in Anspruch genommen.. BIS zum Abitur. Da hat sie diesen Vorteil natürlich für sich genutzt, um mehr Zeit für die Aufgaben zu haben. Aus unseren langjährigen Beziehungserfahrungen weiß ich aber, dass sie eigentlich gar keine Schmerzen hatte, die sie da hätte beeinträchtigen können. Aber mehr Zeit ist natürlich immer besser. In Biologie hat sie das beim Abitur dann auch genutzt. Ich glaube, sie hatte 40 Minuten mehr Zeit für die Aufgaben als die anderen. Aber gebracht hat es ihr letztendlich auch nichts. Und beim Englischabitur hat sie sogar schon vor dem normalen Abgabeschluss das Handtuch geschmissen.

So im Nachhinein bin ich natürlich ganz froh, dass ich keine Hörprobleme habe. Also ich bin mir da zwar immer noch nicht so sicher, weil, wenn ich mit Leuten rede, ich immer gefragt werde, warum ich denn so schreien würde, aber ich glaube ja, dass das meiner Euphorie geschuldet ist, wenn ich über etwas rede. Das Problem bei diesem Hörverständnistest in Englisch war auch, dass man da keine Kopfhörer bekommen hat und sich dementsprechend die Lautstärke auch nicht so anpassen konnte, wie es für einen selbst am besten war. Stattdessen wurden diese Aufgaben immer über einen CD-Spieler im Klassenzimmer abgespielt und wenn die Leute meinten, dass ihnen die Aufnahme laut genug ist, empfand ich sie immer noch als etwas zu leise. Beim Abitur war das nicht besser, weil man da dann mit 70 Leuten in einem riesigen Saal sitzt. Da kommen die Aufnahmen zwar durch riesige Lautsprecherboxen, aber die Qualität ist trotzdem nicht gut. Aber wir waren auch mal in London, da habe ich auch nichts verstanden. Das liegt gar nicht daran, dass ich die Worte prinzipiell nicht kennen würde, das liegt einfach daran, dass die Leute in Amerika und England immer so schnell sprechen und jedes zweite Wort verschlucken, während die Englischlehrer natürlich immer klar und deutlich sprechen. Und ich war nie der Freund davon, mir in der Freizeit irgendwelche englischen Filme oder Serien anzuschauen. Da muss man sich viel zu sehr konzentrieren und wenn ich mir sowas anschauen will, dann reicht es mir schon, mich auf die allgemeine Handlung zu konzentrieren, da brauche ich nicht noch irgendwelche Amerikaner, die meinen, am überfüllten Hauptbahnhof die wichtigste Szene des ganzen Filmes anzusprechen.

Und bei diesen Hörverständnisaufgaben ist das wirklich so, wie man sich das immer vorstellt und wie andere Leute auch davon berichten. Da steht dann ein Inder am überfüllten Hauptbahnhof in England, während dreißig Fußballfans vorbeilaufen, isst während des Gespräches noch ein Brot und ruft von einer Telefonzelle aus an, die jedes Wort mit einem Grundrauschen unterlegt. Und wäre das nicht schlimm genug, redet der Inder dann auch nicht davon, wie das Wetter so ist, sondern, er philosophiert über die politische Lage in Kathmandu. Ich muss mir das dann über die viel zu leisen oder absolut übersteuerten Lautsprecherboxen in der Aula anhören, in der eh alles hallt und dann die Frage beantworten, welches Brot der Herr Inder sich denn da eigentlich genehmigt hat und was Fußballfan 28 zu Fußballfan 15 gesagt hat. Ach ja, zum Beantworten der Fragen habe ich dann übrigens 10 Millisekunden. Und wenn man nicht aufpasst, dann übersieht man auch noch, dass auf der Rückseite des Blattes noch mehr Fragen stehen.

Also was ich von diesen Hörverständnisaufgaben halte, kann man sich wohl denken. In der Realität kann man doch nachfragen, wenn man etwas nicht verstanden hat. Und wenn die Person, mit der ich rede, feststellt, dass ich eh nichts verstehe, dann wird sie sich mit Sicherheit auch langsamer, lauter und verständlicher ausdrücken. Aber was weiß ich schon, ich bin ja nicht beim Ministerium für Bildumg- oder wie das auch immer heißen mag. Ich weiß natürlich genau, wie es heißt, aber am Ende verklagen DIE mich noch. Jedenfalls wollte ich nur darauf hinaus, dass mich die letzte Englischklausur vor keine weiteren Herausforderungen gestellt hat.

Ganz anders sah das in Erdkunde aus. Ich muss sagen, ich weiß jetzt auch gar nicht mehr so genau, worum es in der letzten Erdkundeklausur ging. Ich weiß nur, dass sie absolut schrecklich war. Wie immer habe ich mich auch für diese Klausur nach bestem Wissen und Gewissen vorbereitet, aber mein Wissen in Erdkunde war und ist bis heute recht beschränkt. Ich weiß Einiges über Planeten und unsere Galaxie und ich verstehe inzwischen auch viel mehr über unsere Einflüsse auf die Umwelt, über Wirtschaft und Globalisierung - wobei ich mit solchen Worten wie Kapitalismus immer noch nichts anfangen kann. **-Das hat sich inzwischen übrigens geändert. Hier spricht jetzt Zukunftskati, die sich ihren Text noch einmal durchliest und inzwischen habe ich mir ein Video über Kapitalismus angeschaut, damit ich da einen besseren Überblick habe.-** Aber das war nicht immer so - in der Oberstufe haben wir so viele Themen in Erdkunde angesprochen, da habe ich irgendwann dann wohl gar nichts mehr verstanden. Ich hatte eh das Gefühl, dass alles, was ich denke, immer nur falsch ist, also wusste ich auch gar nicht, was ich in irgendwelchen Klausuren abwägen sollte, wenn ich was gefragt worden bin, weil ich nicht mehr nachdenken konnte. Jetzt, wo ich so darüber nachdenke, glaube ich, dass es in der letzten Erdkundeklausur vor dem Abitur um Wirtschaft in China ging. "China als Handelsstandort", "China als

Weltwirtschaftsmacht" oder so. Also es war irgendwas mit Asien und Wirtschaft, soweit ich mich erinnern kann. Und das ist etwas, womit ich noch nie etwas anfangen konnte. Ich war nie in Asien, erst recht nicht in China und mit Wirtschaft habe ich mich auch nie befasst. *-Naja, ich habe mir ja inzwischen zumindest mal ein Video über Kapitalismus angeschaut.-* Ich glaube nicht, dass das alles war, worum es in dieser Klausur ging, aber es ist das, was mir im Gedächtnis geblieben ist. Ich weiß auch gar nicht mehr, was ich in der Klausur eigentlich geschrieben habe. Ich glaube, es ging auch noch um die Definition von irgendwelchen Wirtschaftsbegriffen, die ich mir natürlich nie durchgelesen hatte. Ich weiß noch ganz genau, dass ich mir sehr sicher war, dass ich versagen würde, wenn ich mir jetzt nicht etwas einfallen lassen würde.

Und, naja, mein Einfall war nicht besonders kreativ und ich hab' mich fast eingeschissen vor Angst, weil ich diesen Zug bei diesem Lehrer als sehr riskant aufgefasst habe, da er auch, wie meine Ethiklehrerin, mich immer sehr gut im Blick hatte, aber ich habe dann mein Handy ausgepackt und angefangen zu googeln. Es ging halt eh um alles oder nichts. Entweder google ich mit Erfolg und kann eine gute Note einfahren, oder ich google und werde erwischt und kassiere 0 Punkte oder ich google nicht und hab' am Ende vielleicht 3

Punkte. Das war für mich aber keine Option, als blieb nur das Googeln als meine einzige Chance. Das waren in den Leistungskursen ja auch die einzigen Klausuren in diesem Halbjahr (normalerweise sind es zwei Klausuren pro Halbjahr), also wäre die Zeugnisnote auch dementsprechend mies ausgefallen, wenn ich in Erdkunde richtig versagt hätte.

Und was soll ich sagen - das hat außerordentlich gut funktioniert. In den ersten drei Halbjahren nach 11/1 (also ab 11/2) hatte ich in Erdkunde immer nur 8 oder 9 Punkte. Im letzten Halbjahr hat man, wie erwähnt, in den Leistungskursen ja nur eine Kursarbeit geschrieben und weil die bei mir in Erdkunde so gut ausgefallen ist, schmücken mein Zeugnis in diesem letzten Halbjahr 12 Punkte, was Erdkunde angeht. In dieser Kursarbeit hatte ich wohl dementsprechend dann auch 12 Punkte, das war in Erdkunde das erste und einzige Mal. Tja, naja, es sind verdiente 12 Punkte des Internets. Also hiermit möchte ich dem Internet offiziell für diese Bepunktung danken.

Die andere Kursarbeit, die ich kurz vor dem Abitur geschrieben habe, war dann, wie sollte es nun anders sein, in Deutsch. Ja, und daran erinnere ich mich noch ganz genau. In der Kursarbeit ging es um *Faust*, also *Faust Teil 1*, da gibt es ja auch irgendwie mehrere Bücher und ich glaube, am Ende ist der Autor verrückt

geworden, man sagt diesen Werken nicht unbedingt nach, dass sie besonders toll gewesen sein sollen. Aber wer solche Bücher schreibt, der kann auch nicht normal gewesen sein.
Naja, das sagen die Leute über mich bestimmt auch irgendwann.
Ich kann gar nicht sagen, ob ich das Buch überhaupt gelesen habe, das kann ich mir aber eigentlich nicht vorstellen. Ich weiß nur, dass Faust von seinem Leben irgendwie gelangweilt war oder sowas und Gott dann Mephisto herausgefordert hat.
Sollte Faust seine Seele an Mephisto verkaufen? War das sowas? Also wie man sieht, habe ich nicht besonders viel Ahnung von dieser ganzen Geschichte.
In dieser letzten Kursarbeit hatte ich dann meinen Finelinespicker, auf welchem sich die Hinführung zum Thema befand. Soweit, so gut. Das war's dann aber auch schon. Wir mussten dann einen Textausschnitt in den Gesamtzusammenhang des Werkes einordnen und analysieren. Oder interpretieren. Ich weiß nicht, worin da der Unterschied liegt. Naja, jedenfalls wusste ich absolut nicht, wo sich diese dubiose Textstelle im Buch befinden sollte. Das wüsste ich wahrscheinlich nicht mal auf Anhieb bei Büchern, die ich wirklich gelesen habe. Halten wir uns kurz: Ich hab' dann die Textstelle gegoogelt und die Analyse von irgendjemandem mehr

oder weniger abgeschrieben. Natürlich nicht 1 zu 1 – Lehrer sind schlauer geworden. Wenn ihnen etwas zu gut vorkommt, dann googeln sie nach dem Text und könnten so herausfinden, dass man beschissen hat. Das ist mir mal in Englisch passiert. Da haben wir eine Klausur über *Romeo und Julia* geschrieben und wegen meinem Bruder, der diese Lehrerin einige Jahre zuvor auch hatte, kannte ich die Aufgaben schon. In einer Aufgabe sollte man Romeo und Julia im Allgemeinen zusammenfassen, also die Handlung. Da habe ich dann auch eine Zusammenfassung aus dem Internet genommen und die auf meinen Fineliner-Spicker kopiert. Der Lehrerin ist das dann aufgefallen, als sie die Klausur korrigiert hat. Aber außer einer Ermahnung, dass das ja irgendein Betrug sei, hatte das nie irgendwelche weiteren Konsequenzen, ich hab' für die Klausur sogar eine sehr gute Note erhalten. Also ich will ja nichts sagen, aber die Lehrer sind selbst schuld, dass ich bescheiße, wenn mir nie irgendwelche Konsequenzen drohen. Man muss nur mal an diesen Geschichtstest zurückdenken, als ich mir die Lösungen auf den Tisch geschrieben habe.
Jedenfalls habe ich eine Analyse für meine Deutschklausur aus dem Internet übernommen und hatte dann auch in dieser Klausur eine sehr gute Note – ich glaube, das war sogar meine beste Klausur in Deutsch während der Oberstufe.

Jetzt könnte man natürlich mal anschneiden, dass die Lehrer dann ja im Allgemeinen sehr neutral bewertet haben, da diese Klausuren plötzlich so gut ausgefallen sind, während ich bei den anderen immer scheinbar versagt habe, was dann wohl nicht an einem "scheinbaren" Versagen, sondern einem tatsächlichen Versagen meinerseits gelegen hätte. Sonst wären diese letzten Klausuren ja auch so schlecht ausgefallen, wenn die Lehrer eher mich als meine Leistungen bewertet hätten. Das ist ja auch immer etwas, worüber sich viele aufregen - dass ihre Leistungen eh immer nur danach bewertet werden, wie sehr ein Lehrer sie mag. Und das hätte ich mit diesen Erfahrungen dann ja jetzt widerlegt. Aber wartet mal ab, was ich über das Abitur zu berichten habe. Denn DAS konnte ich selbst nicht glauben.

11. POKER

So, das ist nun wohl das Kapitel, bei welchem man hätte vermuten können, dass es gar nicht mehr in diesem Buch erscheint. Immerhin sind wir inzwischen jenseits der 100 Seiten angelangt und ich habe noch kein einziges Mal tatsächlich über das Abitur geschrieben. Also ich hab' es mal erwähnt, aber das meiste handelte bisher von der Oberstufenzeit. Zwischen diesem und dem letzten Kapitel sind jetzt auch schon wieder einige Tage vergangen. Ich war vorgestern auch nochmal wegen meiner Ohrenentzündung beim Ohrenarzt, weil ich auf meinem linken Ohr immer so ein leichtes Taubheitsgefühl habe. Ich weiß nicht mehr, ob ich das erwähnt hatte. Naja, jedenfalls konnte die Ohrenärztin nichts finden. Dann bin ich wieder nach Hause gegangen und es ist echt nicht besser geworden. Die haben vor Ort sogar nochmal einen Hörtest gemacht, bei dem auch nichts festgestellt werden konnte. Aber ich glaube nicht, dass ich mir meine Beschwerden einbilde. Ich glaube ja, dass der Hörtest nur so gut ausgefallen ist, weil ich früher besonders gut gehört habe, wie sich von meinem Bericht über den damaligen Hörtest mit den rauschenden Kopfhörern ableiten lässt. Und jetzt höre ich eben auf dem einen Ohr schlechter, was bedeutet, dass ich jetzt eben nicht mehr außerordentlich gut, sondern nur noch normal-gut höre. Da ist es dann auch nicht verwunderlich, wenn denen beim Ohrenarzt nichts auffällt. Die haben inzwischen übrigens nicht mehr solche rauschenden Kopfhörer und sogar eine abgedämmte Kabine, dann kann man sich besser auf die Piepsgeräusche konzentrieren und muss nicht gleichzeitig noch versuchen, das schreiende Kind aus dem Nachbarzimmer auszublenden. So laut, wie DAS geschrien hat, hat das wohl ganz schlecht gehört. Wie alte Leute, die ins Telefon brüllen. Naja, jetzt versuche ich herauszufinden, was ich haben könnte, aber wenn man sich Sachen im Internet durchliest, könnte das ALLES sein. Ich hab' inzwischen sogar schon Panik, dass ich vielleicht wegen der Gehörgangsentzündung irgendwie den Druck in meinem Ohr nicht mehr ausgleichen kann. Und dann habe ich noch mehr Panik bekommen, weil ich in ein paar Wochen in den Urlaub fliege. Und wenn da der Druckausgleich in meinen Ohren nicht mehr funktioniert, dann explodiert doch ganz bestimmt irgendwas in meinem Ohr. Mein Hausarzt war übrigens nicht erfreut, als ich ihm davon berichtet habe, dass ich in den Urlaub fliege. Ich musste da wegen irgendwas anderem hin und man führt ja das ein oder andere nebensächliche Gespräch, wenn man behandelt wird. Nicht, dass sich Leute jetzt fragen, warum ich meinem Hausarzt so etwas erzähle. Jedenfalls meinte der Arzt dann zu mir "Schau Dir die Erde an, solange du noch kannst.". Und das sagt DER mir, während hinter ihm draußen auf der Wiese der Arztpraxis ein Rasenmähroboter das Gras auf eine Länge von 15mm stutzt und ahnungslose Insekten schreddert. Zugegeben, der Arzt kann dafür nichts, das Haus gehört der Frau des Arztes, der zuvor dort praktiziert hat. Der ist dann aber verstorben und seitdem arbeitet da jetzt dieser andere Arzt. Und ich weiß nicht, ob dieser neue Arzt irgendein Mitspracherecht hat, was den Rasenmähroboter anbelangt. Außerdem müsste ich ja erstmal ins Weltall fliegen, um mir die Erde anzuschauen.

Aber das Flugzeug wäre auch ohne mich weggeflogen. Also ja, da fast alle Leute so denken, gibt es ja genügend Leute, die mit dem Flugzeug fliegen. Wenn sich alle Leute wie dieser Arzt verhalten würden, dann würde halt keiner mehr Flugzeug fliegen und sich stattdessen auf dem 15mm-Rasen sonnen. Vielleicht ist das ja besser. Ich glaube ja nicht, dass es besser gewesen wäre, wenn ich mit dem Auto nach Gran Canaria gefahren wäre bzw. fahren würde, noch war ich ja nicht in Gran Canaria. Vor allem müsste ich dann ja auch noch mit der Fähre fahren, also wäre das doppelt belastend. Aber dann könnte man mich auch fragen, wieso ich überhaupt nach Gran Canaria will, wenn ich doch genau so gut auch in Deutschland Urlaub machen kann. Das ist auch eine berechtigte Frage, da wir momentan Ende Juli haben und es draußen etwa 39 Grad Celsius hat, da ist es in Gran Canaria vielleicht sogar noch kälter - also könnte ich mich ja auch hier an den Strand liegen und Urlaubshitze genießen. Aber viele Leute reisen nun mal gerne in ferne Länder, wenn wir danach gehen würden, dürfte man halt gar nichts mehr machen, was einem Spaß macht. Einen Fernseher braucht auch niemand! Und dieses Buch hier erst recht nicht; ich glaube nicht, dass einer im Urwald überleben könnte, nur, weil er sich mein Buch durchgelesen hat. Ich weiß nur, dass, wenn man völlig orientierungslos ist, man wohl einen Bach suchen und Richtung Bach- bzw. Flusslauf gehen soll, dann sollte man irgendwann zur Küste finden und wenn man jetzt nicht gerade auf einer einsamen Insel gestrandet ist, sollte man wohl irgendwann zur Zivilisation finden. Aber ich glaube, dass das in einer Wüste eher weniger erfolgsversprechend ist.

Jedenfalls hör' ich nichts, mir ist warm, weil in meinem Zimmer 30 Grad sind und müde bin ich auch, weil wir gerade 01:36 Uhr nachts haben. Das bedeutet, dass ich mein Kapitel über das Abitur auf morgen verschieben und mich jetzt ins Bett begeben werde.
Also war das jetzt doch nicht das Kapitel, auf welches jeder schon gewartet hat. Und die Überschrift "ALL IN" kann ich jetzt auch nicht mehr benutzen, weil das nicht passt. Aber weil das ein Begriff ist, den man beim Pokern benutzt und mir nichts anderes einfällt, nenne ich das Kapitel jetzt einfach so - "Poker". Tja, das ist auch das erste Mal in diesem Buch, dass ich am Ende eines Kapitels erkläre, warum ich das Kapitel so nenne, wie ich es nenne. Und ich geh' jetzt pokern, damit meine ich, dass ich jetzt schlafen gehe.

12. SOZIALPHOBISCHER WEIHNACHTSMANN

So, wir haben nun den 29.07.2019 und ich habe mich tatsächlich an mein Vorhaben gehalten und werde nun, einen Tag, nachdem ich das letzte Kapitel geschrieben habe, mit dem wichtigsten Teil dieses Buches beginnen. Heute hat es den ganzen Tag lang geregnet, deswegen hat es draußen und auch hier im Haus etwas abgekühlt, das macht das Schreiben etwas einfacher. Also naja, ich weiß nicht, ob das jetzt der wichtigste Teil des Buches ist, eigentlich finde ich alles relevant. Wenn ich das Buch hier an dieser Stelle begonnen hätte, dann wüsste ja keiner, mit welchem Spicker ich eigentlich beschissen habe. Und wieso ich beschissen habe, wäre dann auch eine niemals beantwortete Frage geblieben.

Wir befinden uns nun in diesem Teil der Geschichte in den Weihnachtsferien kurz vor dem Abitur. In unserem Bundesland wird das Abitur im Januar geschrieben, normalerweise findet das im Mai oder so statt. Das liegt, glaube ich, auch daran, dass wir eines, wenn nicht sogar das einzige Bundesland sind, in welchem das Abitur nicht verkürzt worden ist. Normalerweise findet das Abitur inzwischen nach zwölfeinhalb Jahren ein Ende und wir haben bei uns noch 13 Schuljahre. Das finde ich auch echt gut. Ich weiß nicht, was das soll, alle Leute so zu stressen und das Abitur nach vorne zu ziehen. Aber die Leute lassen sich bei uns trotzdem stressen. Weil wir das Abitur so früh schreiben, bewerben sich viele dann schon für das Sommersemester an Universitäten. Und das meist, bevor sie überhaupt schon die Ergebnisse von ihrem Abitur erhalten haben. Ich weiß gar nicht, wie das funktioniert, normalerweise werden die Leute ja je nach Notendurchschnitt zugelassen, die von der Uni wissen dann ja noch gar nicht, ob ich ein gutes oder ein schlechtes Abitur haben werde. Ich wollte mir den Stress jedenfalls nicht machen, ich habe mich erst für das Wintersemester an einer Universität angemeldet. Da war ich dann auch zwei, drei Wochen lang aktiv, aber danach bin ich nur noch zu absoluten Pflichtveranstaltungen aufgekreuzt und nach den Weihnachtsferien bin ich gar nicht mehr hingegangen, das waren dann die Weihnachtsferien Ende 2018. Ich konnte mit diesem Unizeug irgendwie gar nichts anfangen. Die haben die ersten Wochen nur die grundlegendsten aller grundlegenden Themen behandelt und mit den Leuten da habe ich mich auch nicht verstanden. Die wollten mit mir nach der Uni immer noch irgendwas unternehmen und ich wollte immer nur nach Hause. Einmal habe ich mich dann dazu überreden lassen und bei einem Studenten zu Hause übernachtet. Also gut, von "Ich will gar nichts mit den Leuten machen." zu "Ich habe dann bei ihm übernachtet.", ist das natürlich ein großer Sprung, aber ja, so war das eben. Danach habe ich dann mal einen anderen Typen nach Hause gefahren, weil ich ein netter Mensch bin, und der hat mich dann gefragt, ob ich einen gewissen "Blablabla" kennen würde. Und dann meinte ich zu ihm "Ja, wieso?" und dann meinte er "Ja, das ist ein sehr guter Freund von mir." Tja, so stellte sich dann heraus, dass dieser Typ, den ich heimgefahren habe, der was von mir wollte, der Freund von Blablabla war, der auch was von mir wollte, bei dem ich mal übernachtet habe. Nachdem ich das dann erfahren hatte und Blablabla, bei dem ich übernachtet habe, sich dann ein neues Mädchen zum Angraben gesucht hatte, habe ich beschlossen, dass es doch die klügste Entscheidung wäre, die Universität nie mehr zu besuchen. Also habe ich das gemacht, alle Leute blockiert, sodass sie mich auf keinen Fall mehr kontaktieren konnten und bin für sie wahrscheinlich vom Erdboden verschluckt worden. Tatsache ist aber, dass ich an der Universität noch eingeschrieben bin, weil die Versicherung und diese Finanzamtleute da ja immer einen Nachweis haben wollen, dass man nicht arbeitslos ist. Das mag vielleicht feige klingen, die Universität plötzlich nie mehr besucht und alle Leute blockiert zu haben, aber ich glaube nicht, dass ich denen so wichtig war. Mir waren sie zumindest nicht wichtig und ich hatte keine Lust, mich da noch irgendeiner Konfrontation zu stellen und mich zu rechtfertigen, warum ich nicht mehr zur Uni gehen will. Ich wollte da übrigens auch nicht mehr hingehen, weil die 80km weit entfernt war und ich mir am Anfang nichts bei der Entfernung dachte. Also bin ich da jeden Tag mit dem Auto hin und zurück gefahren und habe innerhalb dieses einen Semesters, welches ich ja nicht einmal ganz besucht habe, bestimmt 700€ Spritgeld aus dem Fenster geworfen. Ich wollte halt auf keinen Fall Zug fahren, weil ich dann irgendwie erstmal an den Bahnhof hätte kommen müssen und bestimmt 2 Stunden unterwegs gewesen wäre, wo ich mit dem Auto doch nur 55 Minuten fahren musste - also einfache Strecke natürlich. Naja, ich weiß nicht, ob ich auf diese Universitätserfahrung gerne verzichtet hätte, ich hab' da ja schon Einiges gelernt. Zum Beispiel, dass ich Universitäten nicht mag.

Bei uns an der Schule, um jetzt mal von Universitäten wegzukommen, gab es auch die Möglichkeit, in die "Begisklasse" zu kommen. Also so spricht man das aus, ich weiß nicht, ob man das auch so schreibt. Da wird dann nach dem sechsten oder siebten Schuljahr entschieden, ob das nächste Schuljahr quasi übersprungen werden soll. Also die Leute, die in diese Klasse gekommen sind, haben ihr Abitur ein Jahr vor mir geschrieben. Am Anfang war ich etwas traurig darüber, dass nicht vorgeschlagen worden ist, dass ich doch auch in die Begisklasse gehen könnte. Man fühlt sich irgendwie dumm, wenn man dann nur zu den "normalen" Schülern gehört, denen nicht zugetraut wird, diesen Schritt gehen zu können. Aber so im Nachhinein bin ich froh darüber, dass ich eine längere und dafür entspanntere Schulzeit hatte. Ich weiß nämlich, dass viele Kinder, die damals in die Begisklasse gekommen sind, gar kein besonders gutes Abitur bekommen haben. Es hieß immer, dass man diesen Schülern eben in einem kürzeren Zeitraum das beibringen könne, was wir auch lernen würden. Also es war gar nicht so, dass vorausgesetzt worden ist, dass diese Kinder mehr könnten als wir - in dem Sinne mehr Vorwissen mitbringen würden. Es wurde nur vorausgesetzt, dass man ihnen alles schneller vermitteln könnte. Aber ich glaube ja, dass im Endeffekt Vieles, was uns beigebracht worden ist, bei denen dann aus dem Lehrplan gestrichen worden ist. Die haben mit Sicherheit letztendlich weniger gelernt als wir. Die Schüler in der Klasse haben sich auch immer so verhalten, als wären sie etwas Besseres gewesen als die, die diese tolle Verkürzung nicht hatten. Also ich glaube, sowas prägt den eigenen Charakter nur auf negative Art und Weise.

Jedenfalls ist das der Grund, warum wir unser Abitur im Januar geschrieben haben. Also die Begisklasse war nicht der Grund, sondern das nicht verkürzte Abitur - ich glaube, das nennt man G9. Und das Arschlochabitur ist das G8.

Hallo, ich bin das Arschlochabitur.

Ich hatte mir ja fest vorgenommen, rechtzeitig anzufangen zu lernen. So, wie es auch die anderen Schüler gesehen haben, dachte ich nämlich, dass ich auf KEINEN Fall beim Abitur bescheißen sollte. Da war es eher ein "Lieber habe ich ehrliche 7 Punkte, als dass ich erwischt werde und mein Abitur gar nicht mehr bestehe.". Wenn man bei einer Kursarbeit abspickt und erwischt wird, dann hat man eben 0 Punkte in der Arbeit, aber das bedeutet noch lange nicht, dass man das Schuljahr nicht mehr bestehen kann. Aber wenn ich beim Abitur bescheiße, ist ja alles, worauf ich hingearbeitet habe, hinfällig. Also ich weiß jetzt nicht, ob man das Abitur dann eigentlich nochmal wiederholen dürfte, aber ich glaube nicht. Vermutlich müsste man das ganze Schuljahr dann nochmal wiederholen und das wäre MEIN größter Albtraum gewesen. Viele Leute schreiben "Albtraum" ja als "Alptraum". Ich kann gar nicht nachvollziehen, dass man das wirklich so schreiben darf, ich muss da immer an die Alpen denken.

Naja, also jedenfalls war ich mir recht sicher, dass ich beim Abitur nicht bescheißen würde, da mir das viel zu riskant war. Ich wollte mein Abitur echt nicht nochmal wiederholen bzw. am Ende gar nicht mehr wiederholen können. Aber wie das nun mal so ist, ist die Weihnachtszeit irgendwie immer die stressigste Zeit im Jahr. Ich weiß jetzt gar nicht mehr, WAS in den Weihnachtsferien im Jahr 2017 so nervenaufreibend war, aber das lag wohl an der Weihnachtszeit generell. Und ich weiß erst recht nicht, was das soll, das Abitur DIREKT nach den Weihnachtsferien anzusetzen, wenn doch alle genau wissen, dass in der Weihnachtszeit immer alles so stressig ist. NACH der Weihnachtszeit und nach Silvester ist ja die nächsten Monate, wenn man Ostern mal rausnimmt, gaaaar nichts. Da könnte man eigentlich viel besser für das Abitur lernen.

Ich mag die Weihnachtszeit sowieso nicht besonders

gerne. Da kann ich nicht mehr in die Stadt gehen, weil ich dann an den Krepp- und Bratwurst-Ständen vorbeilaufen muss und mein AJADUDAJANI mich immer wieder daran erinnert, dass ich das alles gar nicht mehr essen darf. Und die fröhliche Musik und die lächelnden Weihnachtsmänner in Supermärkten erinnern mich dann immer daran, wie schön Weihnachten als Kind noch so war und wie schrecklich das alles jetzt ist. Also naja, als Kind war die Weihnachtszeit auch nicht immer so schön. Wir haben Heiligabend immer mit unserer Mutter, meiner Tante, meinem Onkel und meinem Opa verbracht und irgendwann nach Weihnachten haben wir dann quasi nochmal mit meiner Oma und meinem Opa väterlicherseits und meinem Vater gefeiert. An Silvester waren wir, also mein Bruder und ich, dann manchmal zu Hause bei unserer Mutter und manchmal bei unserem Vater. Das war einerseits natürlich cool, doppelt Weihnachten zu feiern und auch doppelt Geschenke zu bekommen, aber ich glaube, es wäre schöner gewesen, wenn es nur ein gemeinsames Weihnachtsfest gegeben hätte. Irgendwann, als wir dann älter wurden und meine Oma und mein Opa väterlicherseits gestorben sind, hat sich das dann auch so ergeben, dass wir nach Weihnachten gar nicht mehr bei unserem Vater nochmal gefeiert haben. Als Kind oder Jugendlicher macht man sich darüber gar nicht so viele Gedanken, aber wenn ich jetzt darüber nachdenke, glaube ich, dass mich das als Vater wohl traurig machen würde, wenn ich immer an Heiligabend ohne meine Kinder feiern müsste. Man sagt ja auch, dass sich an Heiligabend die meisten Leute umbringen. Ich kann das schon verstehen, dass die Leute depressiv werden, wenn man dann zur Weihnachtszeit gar niemanden mehr hat.

Naja, und als dann meine Mama so krank geworden ist, haben wir ein Weihnachtsfest mal bei ihr im Krankenhaus verbracht, das war durchaus sehr traumatisierend, weil es ihr so schlecht ging, dass sie eigentlich zu gar nichts in der Lage war. Die Feste danach waren in Ordnung, irgendwie. Da waren dann mein Bruder, meine Mama und ich im Haus unserer Tante und unseres Onkels und haben da mit ihnen und unserem Opa mütterlicherseits Weihnachten gefeiert. Aber mich hat das immer gestresst. Ich mag das nicht, irgendwo Heiligabend zu verbringen, wo ich mich nicht heimisch fühle. Wenn, dann möchte ich Heiligabend entweder bei uns zu Hause oder bei meinem Vater verbringen, aber nicht bei anderen Verwandten.

Ich bin auch nicht unbedingt der sozialste Mensch; am 25.Dezember ist dann immer noch der Weihnachtsbrunch mit den ganzen anderen Verwandten und der war, bevor meine Mama krank geworden ist, immer bei uns zu Hause. Das ging dann noch, weil ich mich auch mal zurückziehen konnte. Als sie krank geworden ist, wurde der Brunch zu anderen Verwandten verlegt und weil meine Mama da verständlicherweise nie mitkommen möchte, fühle ich mich da immer ganz alleine, weil ich niemanden habe, mit dem ich mich da so wirklich unterhalten kann. Und zurückziehen kann ich mich da auch nicht. Und was essen sowieso nicht, weil es da nie glutenfreien Kuchen oder sowas gibt. Ich muss mir dann da auch immer selbst mein Brot mitbringen. Also sitze ich immer beim Weihnachtsbrunch und hoffe einfach, dass er so schnell wie möglich wieder vorbei ist. Tja, naja, kurz vor meinem Abitur habe ich meinen Exfreund hingeschickt und der hat dann den Verwandten gesagt, ich hätte keine Zeit, weil ich für das Abitur lernen müsse. Das war aber eigentlich nicht wahr, ich hab' in der Zeit gar nicht gelernt. Also ich WOLLTE, aber das habe ich dann doch nicht getan. Eigentlich war das ja merkwürdig. Da haben meine ganzen Verwandten zum ersten Mal meinen Exfreund kennengelernt und ich bin nicht mal mitgekommen, um ihn ihnen vorzustellen. Das muss für ihn ja eigentlich genau so, wenn nicht sogar NOCH unangenehmer gewesen sein als für mich, ich kenne die ganzen Verwandten ja. Aber ich glaube, mein Exfreund hatte weniger Probleme mit solchen sozialen Situationen als ich. Und da er jetzt eh mein Exfreund ist, kann mir das egal sein, wie er sich da gefühlt hat.

Ich war nach Heiligabend und dem Weihnachtsbrunch immer für die nächsten Tage komplett erschöpft, weil ich das alles erstmal verarbeiten musste. Das können Leute nie verstehen. Wenn ich mich mit ihnen getroffen habe und dann erstmal ein oder zwei Wochen Ruhe von ihnen möchte, um das Treffen zu verarbeiten, denken die, ich bin verrückt geworden oder so, glaube ich. Aber das ist eigentlich auch nicht mein Problem. Ich denke mir immer, dass, wenn Leute sich von mir abwenden, weil ich nichts mit ihnen unternehmen möchte, dass das doch umso besser für mich ist, weil ich dann nicht in die unangenehme Situation gerate, mir immer irgendeine Ausrede überlegen zu müssen, wieso ich mich nicht treffen kann, weil das niemand verstehen kann, dass ich eben manchmal ein paar Wochen lang keine Lust auf gesellschaftlichen Spaß mit irgendwelchen Leuten habe. Nur, dass ich Zeit habe, heißt ja nicht, dass ich auch Lust habe, irgendwas zu machen. Ich glaube, manche Leute treffen sich nur mit ihren "Freunden", weil sie sich dazu verpflichtet fühlen, dass man sich ab und zu eben mal treffen muss. Naja, also nach letztem Weihnachten ist mein Opa verstorben, deswegen weiß ich jetzt gar nicht so genau, wie sich das alles entwickeln wird. Ich weiß jetzt nicht, ob wir Heiligabend dann trotzdem wieder bei unserer Tante und unserem Onkel verbringen oder ob wir dieses Mal vielleicht zu Hause bleiben. Seit ein paar Monaten haben wir nämlich auch wieder ein Wohnzimmer und generell ein ganz gemütliches Haus, nachdem ich alles aufgeräumt habe und tagtäglich zur Müllkippe gefahren bin und irgendwelche Möbel gekauft und sie aufgebaut habe. Nachdem mein Opa gestorben ist, konnte man nämlich auch Vieles von ihm endlich entsorgen. Wie ich am Anfang des Buches erwähnt hatte, haben ja die Verwandten diese ganzen Räume aus Panik wegen meiner Mutter leergeräumt und ich war bis zu diesem Zeitpunkt zu depressiv, als dass ich mich darum irgendwie hätte kümmern wollen. Und irgendwann war ich dann endlich bereit und habe mich der Sache angenommen. Ich war so oft bei der Müllkippe, dass die Leute mich jetzt noch erkennen, wenn ich da nach Monaten mal wieder aufkreuze. Einen der Müllmänner habe ich sogar mal beim Einkaufen gesehen und mich dann gefragt, woher ich den eigentlich kenne. Ich dachte ja, ich hätte bei dem Mal Pizza ausgeliefert. Naja, und jetzt liege ich manchmal friedlich auf unserem Sofa im Wohnzimmer, welches früher mal das Esszimmer war und freue mich, dass ich das kann. Vor ein paar Monaten hätte ich niemals gedacht, dass dieser Tag jemals nochmal eintreten wird. Ich dachte ja, dass das alles hier zum Scheitern verurteilt ist und ich habe eigentlich nur darauf gewartet, im Lotto zu gewinnen, damit wir endlich in ein schönes Haus umziehen können.

Auf die Idee, dass man es sich doch auch hier in diesem Haus noch schön machen könnte, wäre ich niemals gekommen, der Gedanke schien mir irgendwie viel zu absurd. Aber umso stolzer bin ich auf mich, wenn ich mir das Haus jetzt anschaue und weiß, dass ich alles ganz alleine aufgeräumt habe.

Naja, nichtsdestotrotz mag ich es nicht, wenn Leute in unser Haus kommen. Ich fühle mich dann unwohl, weil ich finde, dass das eigene Heim etwas sehr Privates ist und Vieles über einen offenbaren kann. Deswegen mag ich es auch nicht, wenn irgendwelche Leute hier übernachten. Genau so wenig mag ich es aber auch, wenn ich bei anderen Leuten übernachten muss. Deswegen vermeide ich es auch, mich mit irgendwelchen Leuten anzufreunden, die weiter weg wohnen. Wie man sieht, musste ich ja deswegen auch bei diesem Blablabla-Typen von der Uni übernachten. Deswegen weiß ich aber auch nicht, ob ich das besser finden würde, wenn unsere Tante und unser Onkel nächstes Weihnachten bei uns zu Hause wären. Unabhängig davon, dass wir ja eh immer die Weihnachtsfeste vor der Krankheit meiner Mama mit denen bei uns verbracht haben und sie das Haus und so eh kennen, fühle ich mich da dann schon unwohl. Ich finde das sowieso immer wieder gruselig, wie sehr man sich im Alter von Menschen distanzieren kann. Früher, als ich kleiner war, fand ich das immer super, dass meine Tante und mein Onkel an Heiligabend bei uns waren. Und heute fühle ich mich nicht mal mehr wirklich wohl, wenn ich mit denen zu lange an einem Tisch sitzen muss. Das liegt aber auch daran, dass ich ständig darüber ausgefragt werde, was ich denn jetzt beruflich machen wollen würde. Mein Onkel meinte schon zu meinem Bruder, dass er sich Sorgen mache, dass ich beruflich nichts mehr finden könnte. Und dabei habe ich mein Abitur letztes Jahr erst geschrieben und bin gerade 20 Jahre alt geworden. Und es gibt Leute, die ändern mit 45 Jahren nochmal ihre berufliche Ausrichtung. Die Leute tun immer so, als wäre mein ganzes Leben jetzt für'n Arsch, weil ich noch nicht im 3. Semester Wirtschaftsklugscheißerei studiere und im Monat 3500€ brutto verdiene. Mein Vater sagt mir auch ständig, dass ich mir was überlegen soll, damit ich nicht wie die anderen Leute ende und mein Leben lang jeden Tag 8 Stunden lang bis zum Tod in einem Drecksjob feststecke. Aber ich weiß gar nicht, was so schlimm daran wäre, jetzt vielleicht mal eine Ausbildung zu machen. Danach kann ich mir ja immer noch überlegen, ob ich das oder was anderes machen will. Aber dann hätte ich zumindest mal irgendwas, was ich irgendwo nachweisen könnte, wenn gar nichts mehr funktioniert. Der Typ, der immer auf den KFC-Luftballons abgebildet ist, hat ja seine Leidenschaft auch erst im Alter von 65 Jahren oder so verwirklicht. Da hab' ich ja dann wohl auch noch genug Zeit für sowas.

Jetzt neu! Zahlen Sie 10€ für einen Kati-Dollar. Nur, solange der Vorrat reicht.

Tja, also worauf wollte ich eigentlich hinaus.. naja, ich wollte darauf hinaus, dass ich die Weihnachtszeit immer als sehr stressig empfinde, weil ich mich noch an die Umstände mit meiner Mutter und diesen Verwandten gewöhnen muss und generell soziale Situationen nur in Maßen ertragen kann. Und, dass die Leute sich viel zu sehr um den Scheiß von anderen Leuten kümmern, als dass sie sich vielleicht mal ihr Leben anschauen. Aber vielleicht ist das nur eine Weise, sein eigenes, scheinbares Versagen zu verarbeiten, indem man andere davor bewahren möchte, dass es ihnen nicht irgendwann auch so ergeht, ich weiß nicht. Jedenfalls habe ich deswegen in den Weihnachtsferien nicht für das Abitur gelernt, weil mich die Weihnachtszeit schon genug gestresst hat.

Frau Flechtzopfstängel hat uns mal gesagt, dass sie über Weihnachten immer irgendwo ins 5-Sterne-Hotel einzieht und dort eine schöne Zeit verbringt, weil sie der ganze Weihnachtsstress nervt. Ich glaube, wenn ich keine Familie hätte, würde ich das auch so machen.

13. WAS DU HEUTE KANNST BESORGEN, DAS VERSCHIEBE JA AUF MORGEN.

Jetzt sind wir also am Ende der Weihnachtszeit angelangt, ich habe mich vor dem Weihnachtsbrunch gedrückt und was noch viel schlimmer ist, ich habe mich vor dem Lernen für das Abitur gedrückt. Tja, also was soll ich sagen - ich hab' richtig verschissen.

Ich weiß gar nicht mehr, ob wir das Abitur direkt nach den Weihnachtsferien geschrieben haben. Ich glaube, es fing nach den Ferien an und zog sich bis Ende Januar, aber abseits des Abiturs musste man wohl nicht mehr in die Schule gehen. Und manche Leute hatten "Glück", also, wie man's eben sieht, die haben ihr Abitur etwas später geschrieben und hatten dann mehr Zeit, um zu lernen.; beziehungsweise hatten manche Leute mehr Glück und haben in einer Woche nur in einem Leistungskurs ihre Prüfung geschrieben. Und wie es nun mal so ist, habe ich natürlich wieder richtig verschissen und musste meine Prüfungen recht früh ablegen UND

dann auch noch alle drei in einer Woche bestreiten. Also Montag, Mittwoch und Freitag musste ich meine Prüfungen ablegen. Das bedeutete auch, dass ich für jede Prüfung nur einen Tag lang lernen konnte. Denn niemand kann mir sagen, dass man nach so einer Prüfung nicht den restlichen Tag außer Gefecht gesetzt ist. Wenn ich am Montag also in Deutsch meine Klausur abgelegt hatte, konnte ich unmöglich am Montag schon für die Prüfung am Mittwoch lernen.
Also ich hab' in den Ferien schon was gemacht, das muss ich ehrlich zugeben. Aber ich hab' mir leider nur ab und zu mal eine Folge der *Simpsons* auf Englisch angeschaut, um meine Hörfähigkeiten zu verbessern. Für Deutsch habe ich mir den Film zu *Woyzeck* und *Effi Briest* angeschaut, weil ich wusste, dass das Bücher sind, die ich für's Abitur kennen müsste und um's Verrecken nicht hätte ich mir den Scheiß nochmal durchlesen können. Also wohlgemerkt, ich hab' das eh noch nie gelesen. Bei *Woyzeck* haben wir uns nur das Hörspiel dazu im Unterricht angehört und ich weiß nicht, wo ich da war, aber geistig habe ich an diesem Hörspiel ganz sicher nicht teilgenommen. Ich war ja immer ganz schockiert, wenn ich gesehen habe, dass manche für das Deutschabitur jedes Dreckbuch nochmal gelesen und sich hundert Sachen markiert haben. Ich hab' in meinen Büchern kein einziges Wort angestrichen. Ich hab' mich

immer gefragt, was mir das bringen sollte, weil ich das Buch bei Klausuren ja eh nicht benutzen durfte. Also hab' ich es erst recht nicht eingesehen, mir die Bücher für das Abitur durchzulesen.

> Ich schwöre, ich habe das Buch gelesen und DANN wieder eingeschweißt!

Und in Erdkunde habe ich mir vier oder fünf Dokumentationen bzw. Filme über die Erde angesehen. Ich glaube, die heißen sogar "Die Erde" oder "Unsere Erde" oder so. Die waren sogar ganz interessant. Durch diese Dokumentationen habe ich zum ersten Mal verstanden, was ich in Erdkunde eigentlich hätte machen und lernen sollen: Dass alles auf der Erde

Einfluss auf alles andere hat. Da wurden dann Flussläufe so dargestellt, als wären das Adern der Erde, also Blutadern. Das war echt cool, weil ich durch die Filme die Erde wirklich zum ersten Mal als das große Ganze gesehen habe und irgendwie auch als Lebewesen. Vorher war die Erde für mich immer nur so ein "Ding", auf dem sich eben verschiedene Sachen zutragen. Im Erdkundeunterricht haben wir uns nämlich irgendwie immer nur mit einem Aspekt beschäftigt, also nur mit Landwirtschaft oder nur mit dem Handel von Gütern. Und diese Verknüpfung, dass Landwirtschaft einen direkten Einfluss auf den Handel hat und umgekehrt, habe ich irgendwie erst nach diesen Filmen vornehmen können.

Naja, jedenfalls war das alles, womit ich mich auf das Abitur vorbereitet hatte. Eine Fernsehserie, Deutschfilme und Planetenfilme. Ich hatte mir vor den Weihnachtsferien zu jedem Leistungskurs sogar so ein Buch über das Abitur gekauft, aber das hat mir nichts gebracht, weil es da immer um das Zentralabitur in einem Bundesland ging und die Aufgaben, die uns in Erdkunde gestellt worden sind, ganz andere waren, als es z.B. in Nordrhein-Westfalen der Fall war. Also sowas mag vielleicht für normale Bundesländer ganz gut sein, bei uns ging das alles aber nicht

14. GEIER

Aber gehen wir doch nochmal einen Schritt zurück, gehen wir zurück ins letzte Halbjahr vor dem Abitur. Denn eigentlich müsste ich mir ja gar keine Bücher über das Abitur kaufen, wenn die Schule bzw. die Lehrer mich gut auf das Abitur vorbereitet haben. Eigentlich müsste es ja gereicht haben, DREIZEHN Jahre lang die Schule zu besuchen, um am Ende nicht so blöd dazustehen und sich Filme über die Erde anschauen zu müssen.

Richtig?

Tja, ich weiß auch nicht.

Ich muss das jetzt nochmal etwas genauer erklären. Ich habe mein Abitur in Rheinland-Pfalz abgelegt, es hat ja auch keinen Sinn, da jetzt drum herum zu reden. Und, wie ich es schon angeschnitten habe, gibt es dort eben dieses berühmt-berüchtigte Zentralabitur nicht. Zentralabitur bedeutet, dass jeder Schüler, der das Abitur ablegt, in ein und demselben Bundesland die gleichen Aufgaben bekommt. Aber bei uns ist das anders. Bei uns legen die Lehrer die Aufgaben für das

Abitur fest. Also es setzen sich z.B. alle Oberstufenlehrer der Leistungskurse für Deutsch zusammen und entwerfen gemeinsam drei verschiedene Themen mit ihren Aufgaben. Diese werden dann ans Ministerium für Bildung oder so geschickt und die schauen dann, ob die Aufgaben auch in Ordnung sind, also deren Richtlinien entsprechen, und dann werfen die ein Thema weg und die Schule bekommt dann zwei Themen zurück. Diese Themen kriegen wir bei der Prüfung dann und dürfen uns für eines entscheiden. Das bedeutet, dass nicht irgendeine zentrale Stelle in unserem Bundesland zuständig für die Aufgaben ist, sondern, dass die Lehrer an der Schule zuständig dafür sind. Ebenso bedeutet das, dass ein anderes Gymnasium in Rheinland-Pfalz ganz andere Aufgaben beim Abitur hat als wir. Aber man kann als Lehrer auch nur alleine für seinen Leistungskurs Themen entwerfen. Unser Erdkundeleistungskurs hatte z.B. ganz andere Abiturthemen als der andere Erdkundeleistungskurs unserer Oberstufe an unserer Schule. Damit das alles aber doch nicht GANZ so unfair ist, gibt es bei unserem Abitur zentrale Teile.

In Deutsch gibt es ein drittes Thema, das ist eine Erörterung oder Analyse irgendeines Textes. Wir können uns also zwischen den beiden Lehrerthemen und dem zentralen Thema entscheiden. Und dieses zentrale

Thema ist dann wirklich in ganz Rheinland-Pfalz gleich, aber man muss es eben nicht nehmen.

In Erdkunde, ja, also da gibt's nichts. Nix zentral. Nixi gerecht.

Und in Englisch gibt es diesen Hör- und Leseverständnisteil. Der ist dann auch wieder in ganz Rheinland-Pfalz gleich. Man bearbeitet diese Aufgaben sogar zum selben Zeitpunkt. Sonst könnte man ja jemanden von einer anderen Schule fragen, was die Aufgabe war, wenn man die gleiche dann ja auch bekommt.

Naja, aber das ist der Grund, wieso ich mir nirgends Unterstützung oder Hinweise hätte besorgen können, was denn eine potentielle Aufgabe für das Abitur sein könnte. Denn nichts, was irgendwo im Internet stand, hätte auf unsere Schule zutreffen müssen. Also haben mir die besagten Abiturbücher nichts gebracht und irgendwelche Erfahrungen anderer Schüler vom vorherigen Abitur waren für mich auch irrelevant.

Aber die lieben Lehrer unterstützen einen doch ganz sicher auf dem Weg zum Abitur.
Oder?

O..der?

Tja, ich kann jetzt natürlich nicht für alle Lehrer sprechen. Ich kann nur für meine Lehrer sprechen und die Erfahrungen, die ich gesammelt habe. Aber das ganze Buch bezieht sich ja nur auf meine Erfahrungen.
Jedenfalls ist es ja kein Geheimnis, dass man für das Abitur absurderweise angeblich ALLES können muss. Also alles, was man in der Oberstufe mal behandelt hat. Und bis zum Abitur konnte ich mir nicht vorstellen, dass das auch nur irgendwie möglich sein könnte, so viel zu lernen. Und ich glaube heute immer noch nicht, dass sowas möglich ist. Ich glaube, unsere Kapazitäten, um uns etwas zu merken, sind begrenzt. Und wenn man sich zu viel merken muss, dann wirft man das ganze Wissen durcheinander und ist am Ende völlig verwirrt.

Mein ermogeltes Abitur – Wie ich volle Kanne beschissen habe

[Sprechblase 1: "Gib mir alles, was wir zu Mathe wissen!"]
[Sprechblase 2: "Was, du willst Genetik?!"]
[Sprechblase 3: "AHHH!"]

In Englisch war das auch alles kein Problem. Da haben wir fast nie Kursarbeiten geschrieben, bei welchen man tatsächlich irgendein krasses Vorwissen benötigt hätte. Meistens ging es da um so ein soziales Zeug, wie man es auch im Ethikunterricht behandelt. Zum Beispiel, dass in manchen Ländern Frauen nichts wert sind und abgetrieben oder umgebracht werden. Also sowas in der Richtung. Deswegen habe ich mir da auch für's Abitur keine Sorgen gemacht. Unsere Lehrerin ist das alles auch ganz locker angegangen und hat uns da keinen Stress gemacht. Bei anderen Lehrern war das aber ganz anders; der andere Englischkurs, der so eine

Arschlochlehrerin hatte, musste z.B. richtig VIEL auswendig lernen. Die haben auch immer so komische Klausuren geschrieben. Ich glaube, deren Abitur ging auch über ein Buch. Hätte ich die Lehrerin gehabt, hätte ich halt voll verschissen, weil ich dann nicht nur Deutsch- sondern auch noch Englischlektüren hätte lesen müssen. Und das muss man sich mal vorstellen. Selbst das Englischabitur desselben Jahrgangs an derselben Schule im selben Bundesland hat sich KOMPLETT voneinander unterschieden, weil die Lehrer ganz unterschiedlich unterrichtet haben. Hätte ich diese Arschlochlehrerin gehabt, hätte ich in meinem Englischabitur statt 12 jetzt vielleicht nur 9 Punkte oder so.

Hallo, ich bin die Arschlochlehrerin, die Englisch unterrichtet.

Tja, und wo wir beim Thema Arschlochlehrer sind, in Erdkunde hatte ICH halt richtig verschissen. Das war nämlich kein Lehrer, der auch nur in irgendeiner Weise Mitleid mit einem gehabt hätte. Der war auch gar kein studierter Lehrer, der hat früher irgendwelche Karten gezeichnet - da ist es dann auch nicht mehr verwunderlich, dass wir bei ihm den Rhein von der Tafel abzeichnen mussten. Naja, als ich dann jedenfalls festgestellt habe, welche Themen wir so im Laufe der Oberstufe behandelt hatten, wusste ich, dass das komplett aussichtslos ist, wenn der Lehrer uns nicht irgendwie zur Seite steht.
Und dann fielen die Worte: "Ja, ihr müsst natürlich alles können."

Und dann bin ich in meinem Kopf die Worte Klimazonen, Atmosphäre, Luftdruck, Winde, Bodenarten, Entwicklungsländer, Stadtentwicklung, Wirtschaft, demographischer Übergang, Landwirtschaft, Globalisierung und **persönliches Versagen** durchgegangen.

Ja, und mit diesem Wissen wusste ich dann gar nicht, wo ich anfangen sollte und wo ich wieder aufhören sollte, zu lernen. Und weil ich keinen Anfang gefunden habe, habe ich eben gar nicht gelernt, sondern mich ganz auf meine Erdfilme konzentriert. Ich muss halt sagen, so im Nachhinein ist das schon wichtig, sich in Erdkunde mit diesen ganzen Themen gleichermaßen auszukennen. Man muss wissen, auf welchem Stand ein Land ist, um zu wissen, ob dort eben z.B. bei Landwirtschaftszeug auch auf die Umweltaspekte geachtet wird. Und man muss wissen, was das für ein Boden dort ist, um zu wissen, ob die jetzt einen nachhaltigen oder einen scheiß Anbau betreiben. Und man muss sich mit dem Klima und so auskennen, um zu wissen, ob die klimatischen Bedingungen überhaupt ausreichend für den Anbau sind. Aber mir kann halt keiner sagen, dass er sich mit ALLEN Bodenarten auskennt, wenn er jetzt nicht studierter Erdkundemensch ist. Ich musste mich halt mit allen Bodenarten und mit allen Charakteren aus Woyzeck auskennen. Ich weiß halt nicht, was so schlimm daran gewesen wäre, wenn man sowas beim Erdkundeabitur mal hätte nachlesen dürfen. Aber gut, gut, gut, das darf man eben nicht. Kann ich verstehen, also kann ich nicht verstehen, aber meine Meinung ist ja jetzt nicht so wichtig. Ich hab' ja kein Abitur geschrieben. Achso, hab' ich doch?

Tja, und Deutsch, ja, das ist nochmal so ein Thema für sich. Also wir waren kurz vor dem Abitur in unserem Deutschkurs nur noch 13 Mädchen oder so. Und ich

glaube, 9 davon wären eigentlich nicht mal fähig für den Grundkurs Deutsch gewesen. Naja, und Frau Flechtzopfstängel war wohl absolut todesverzweifelt. Die hat uns erzählt, dass sie das Abitur eh schon immer so stresst, weil sie sich dann ja Abiturthemen überlegen muss - und das Abitur muss sie dann ja auch noch korrigieren. Und manche Leute sind ja des Wahnsinns und schreiben dann beim Abitur 25 Seiten Text.
Naja, Frau Flechtzopfstängel hat sich jedenfalls für die Zeit des Abiturs zurückgezogen, also so komplett aus dem Leben. Während wir mit anderen Lehrern also jede Woche ständig das ganze Abiturzeug durchgegangen sind, haben wir uns nur einen Nachmittag lang mal mit Frau Flechtzopfstängel besprochen. Und diese Besprechung bestand darin, dass die Lehrerin uns alle Regeln für das Aufsetzen eines Abiturthemas vorgelesen hat. Und wir haben dann an der Tafel alle Themen, die wir in der Oberstufe Deutsch durchgegangen sind, aufgelistet und per Ausschlussverfahren, naja, eben ausgeschlossen, welche Themen nicht mehr drankommen können. Da blieben dann am Ende drei Themen an der Tafel und die Lehrer mussten ja drei Themen beim Ministerium für Arschlöcher einreichen. Damit hat Frau Flechtzopfstängel mir wirklich den Arsch gerettet, weil ich so wusste, welches der 20 Bücher ich mir nochmal

vergegenwärtigen sollte. Frau Flechtzopfstängel hat uns dann auch nochmal gesagt, dass wir darüber, was wir mit ihr besprochen haben, jetzt nicht unbedingt mit der ganzen Schule reden sollten. Ich fand das verständlich. Ich meine, sie hat uns zwar nicht direkt gesagt, welche Themen im Abitur drankommen, aber sie hat uns indirekt geholfen. Und ich glaube, das hatte ich noch nicht erwähnt, aber man darf nicht sagen, welche Themen im Abitur drankommen.

Naja, ich fand ja, dass Frau Flechtzopfstängel damit ihren Bildungsauftrag erfüllt hatte. Wie man Bücher analysiert, wusste ich auch vor der Oberstufe schon. Das einzige, was ich von allen Lehrern eigentlich nur wissen wollte, war, welche Themen mit größerer Wahrscheinlichkeit beim Abitur abgefragt werden könnten. Bei den anderen Bundesländern mit ihrem Zentralabitur gibt es da ja auch immer Tendenzen, also fand ich die Reaktion Frau Flechtzopfstängels, uns die Themen zu sagen bzw. uns dabei zu helfen, gerade richtig.

JEDENFALLS, ich weiß nicht, ob das schon deutlich geworden ist, war unser Deutschkurs nicht besonders intelligent. Und dazu noch sehr geschwätzig. An diesem Nachmittag haben die Mädchen Frau Flechtzopfstängel dann erstmal noch belabert, welches Deutsch-Abitur-Vorbereitungsbuch jetzt besonders super sein soll, obwohl man ja meinen sollte, dass uns die letzten DREIZEHN Jahre besser auf das Abitur vorbereitet haben sollten, als es so ein Buch tun könnte. Aber ich will nichts sagen, ich hab' mir ja auch solche Bücher gekauft. Naja, und dann haben sie Frau Flechtzopfstängel jedes Wort ausgesaugt und sie bis zum letzten Tropfen ihres Wissens beraubt und sich jedes Wort mitgeschrieben. Das haben eh immer viele Leute in der Schule gemacht und ich habe mich dann gefragt, ob ich das auch tun sollte. Aber dann dachte ich mir immer, dass ich das eh nicht alles lernen kann. Also muss ich mir das auch nicht aufschreiben. Aber dass die Mädchen das ganze Wissen aus Frau Flechtzopfstängel gesaugt haben, war ja noch gar nicht die Tragödie dieser Geschichte.

Die Tragödie war, dass dann innerhalb weniger Tage die ganze Schule wusste, dass Frau Flechtzopfstängel uns die Abiturthemen 'gesagt' hat. Da haben dann natürlich die ganzen anderen Schlauköpfe ihre Leistungskurs-Deutschlehrer gefragt, ob das denn wahr sei. Denn man muss wissen, in Deutsch war das bei uns wirklich so, dass die Deutschlehrer alle gemeinsam die Abituraufgaben verfasst haben. Das bedeutete, dass die Themen, die uns Frau Flechtzopfstängel gesagt hatte, auch auf die anderen Leistungskurse zutreffen würden. Und natürlich haben die Schüler der anderen Leistungskurse nicht darauf vertraut, was Frau Flechtzopfstängel uns erzählt hat, was ich auch verstehen kann. Aber ich frag' mich, wie man so dumm sein kann, dann seinen Lehrer zu fragen, ob das wahr sei, was ein anderer Lehrer anderen Schülern angeblich erzählt hätte, wenn man doch genau weiß, dass kein Lehrer zu dieser Thematik genaue Aussagen treffen darf. Also wurde aus einem "Ich lese euch jetzt mal die Abiturregeln vor und ihr überlegt euch, welche Themen da wegfallen könnten." ein "Frau Flechtzopfstängel hat denen die Themen gesaoooagt.". Ich weiß jetzt nicht, ob das an diesem ganzen Druck lag, dem Frau Flechtzopfstängel ausgesetzt war, aber die ist dann die letzten zwei Wochen oder so bis zum Abitur nicht mehr zur Schule gekommen. Also während die anderen Deutschkurse noch irgendwelches Zeug besprochen hatten, hatten wir immer frei. Aus Panik vor dem Abitur hat sich dann der ganze Deutschkurs über Frau Flechtzopfstängel aufgeregt. Außerdem ging das Gerücht herum, Frau Flechtzopfstängel hätte uns die falschen Themen "genannt", weil ein Lehrer eines anderen Deutsch-Leistungskurses da irgendwas erzählt hätte, obwohl er ja eigentlich gar nichts erzählen durfte. Naja, mit dieser Beschwerde, dass Frau Flechtzopfstängel uns also angeblich die falschen Abiturthemen genannt hätte und sich ja jetzt verpisst hätte und wir völlig aufgeschmissen seien, sind die Mädchen dann zur Schulleiterin spaziert, um sich da zu beschweren. Das wäre so, als würde ich zur Polizei gehen und mich da beschweren, dass das Auto, welches ich geklaut habe, ja gar nicht fährt.

Ich weiß dann gar nicht mehr, was da eigentlich los war. Ich glaube, Frau Flechtzopfstängel hat dann doch irgendwie Ärger bekommen, aber zur Schule ist sie trotzdem nie wieder gekommen. Also das stimmt nicht ganz. Beim Deutschabitur war sie dann da, weil da dann preisgegeben worden ist, welche Themen drankommen und irgendwie muss man da als Deutsch-Leistungskurslehrer wohl erscheinen. Und ratet mal. Richtig, sie hat uns bei den Themen nicht verarscht. Ich hab' mich auch schön daran gehalten, was ich von Frau

Flechtzopfstängel erfahren habe und ohne sie wäre ich beim Deutschabitur wohl so aufgeschmissen gewesen wie in Erdkunde. Also selbst schuld, wer da lieber irgendwelchen anderen Schwätzern glaubt. Also, Frau Flechtzopfstängel ist vor und nach dem Abitur jedenfalls irgendwie nicht mehr zur Schule gekommen. Und zum Abiball und zur Zeugnisverleihung ist sie auch nicht gekommen. Darüber haben sich dann alle aufgeregt, weil wir ihr sogar ein Geschenk gegeben haben. Naja, die Schülerinnen haben halt irgendein Zeug gekauft. Ich habe ihr einen Schlüsselanhänger gebastelt, weil sie immer einen Schlüsselbund mit 500 Schlüsseln und 30.000 Anhängern hatte, das Ding wog bestimmt 3kg. Irgendwann nach dem Abitur habe ich dann erfahren, dass Frau Flechtzopfstängel in Frührente gegangen ist. Und ich glaube ja bis heute, dass wir daran schuld waren. Ich glaube auch, dass wir an ihrer Identitätskrise, als sie sich den Flechtzopfstängel abgeschnitten hat, schuld waren. Wir waren halt ein hoffnungsloser Fall. Egal, was sie gemacht hat, wir haben bei allen Klausuren immer versagt. Und beim Abitur sind aus unserem Deutschkurs auch zwei oder drei Leute durchgefallen. Und alle dachten immer, es wäre Frau Flechtzopfstängels schuld gewesen - also naja, die haben halt irgendeinen Schuldigen gesucht. Wir hatten so eine Deutsch-

WhatsApp-Gruppe und da haben sie die ganzen Arschloch-Weiber aus unserem Deutschkurs immer als blöde Hure und Schlampe bezeichnet. Davon habe ich leider keinen Beweis mehr, weil ich nach dem Abitur besagte Gruppe verlassen und den Chat gelöscht habe, aber die Reaktion darauf, dass unsere Deutschlehrerin in Frührente gegangen ist, hatte ich noch auf meinem Handy, weil ich das mal jemandem weitergeleitet habe, wie man sieht.

> [29.1., 20:47] ▬▬▬▬▬ An alle die es irgendwie noch interessiert die psychotante geht jetzt in die frührente leider erst nach dem wir fertig sind 😂🤷 aber wenigstens kann sie jetzt keinen Schülern mehr auf die Nerven gehen oder ihnen die Noten versauen hahah
> [29.1., 20:47] ▬▬▬▬▬ Hab's mitbekommen 😂😂😂
> [29.1., 20:58] ▬▬▬▬▬ Aaaalter nicht wahr 👩 konnte der nicht früher einfallen 21:07 ✓✓

Also an ihrer Stelle wäre ich wohl auch nicht mehr zur Schule gekommen. Und bei dem Abschiedsgeschenk hätte ich wohl gedacht, dass mein Deutschkurs mich damit vergiften will. Ich meine, diese Reaktion ist sogar noch recht harmlos, aber mir hat das schon wieder gereicht, dass Frau Flechtzopfstängel als Psychotante bezeichnet worden ist, nachdem sie nur versucht hat, uns durch das Abitur zu bringen.

Tja, und worauf will ich mit diesen ganzen Geschichten hinaus? Ich will darauf hinaus, dass ich mich zwar die ganze Zeit über die Schule und die Lehrer aufrege, aber es tatsächlich einige Lehrer gibt, die versuchen, ihr Bestes zu geben und trotzdem von allen Schülern fertiggemacht und zerfleddert werden. Es handelt sich hierbei ja nicht um Leben und Tod, sondern um eine Abiturprüfung. Aber weil die Schüler denken, dass vom Bestehen dieser Prüfung ihr ganzes Leben abhängt, versuchen sie, wie die Geier (Erklärung der Kapitelüberschrift) so viele Informationen zusammenzutragen und so viele Vorteile herauszuziehen, wie möglich (siehe Nicole) und das ist dann kein Spaß mehr. Da wird dann auch kein Halt mehr davor genommen, Lehrer psychisch bis auf's Äußerste fertigzumachen und ihre berufliche Karriere zu beenden. Und wenn es inzwischen so weit gekommen ist, dass Schüler ihre Lehrer als Hure oder blöde Schlampe bezeichnen, dann läuft hier etwas gewaltig schief. Und es liegt nicht zuletzt auch an den Eltern, die ihren Kindern vermitteln, sie müssten absolute Höchstleistungen vollbringen, während sie absolut versagt haben. Ich will nicht sagen, dass ich immer besonders zu nett zu allen Lehrern war, ich war auch nicht immer nett zu Frau Flechtzopfstängel, aber ich differenziere durchaus zwischen einem einmaligen "Sie sind ein Arschloch." in der achten oder neunten Klasse und drastischsten Anfeindungen und Beleidigungen von Schülern, die bereits zu den Erwachsenen gehören. Ich habe Frau Flechtzopfstängel sogar nach unserer Abi-Afterball-Party betrunken eine WhatsApp-Nachricht geschrieben, in welcher ich mich bei ihr für die Unterstützung während der Oberstufe bedankt habe. Und ich muss sagen, man bereut vielleicht viele Dinge, wenn man betrunken ist, aber das habe ich nie bereut. Vielleicht war das das letzte Mal, dass ich sie im Leben noch erreichen konnte. Und ich bin froh, dass es keine Anfeindung war, womit ich das Verhältnis zwischen ihr und mir verbinde.

15. ALL IN

Nun hätte sich also auch geklärt, wieso ich eigentlich nicht wirklich für das Abitur gelernt habe und welche Voraussetzungen mir die Schule für dieses Abitur gegeben hat. Und wieso ich in absoluter Verzweiflung doch noch diese Abiturbücher gekauft habe.

Tja, und jetzt, nach den Ferien, war es dann auch soweit. Ich habe extra mal nachgeschaut, in welcher Reihenfolge ich meine Prüfungen eigentlich antreten musste.
Zuerst kam da die Deutschprüfung am 15.01.2018. Danach folgte die Englischprüfung am 17.01. und zuletzt musste ich die Erdkundeprüfung am 19.01. bestreiten. Generell wurde die letzte Abiturprüfung an unserer Schule wohl am 26.01. abgelegt, also zumindest was die schriftlichen Prüfungen angeht.

– Deutsch –

Für Deutsch habe ich dann einen Tag, bevor es losging, also am 14.01., so richtig angefangen zu lernen. Und weil es nicht möglich ist, einen Tag vor dem Abitur erst so 'richtig zu lernen', blieb mir letztendlich also doch keine andere Möglichkeit, als volle Kanne zu bescheißen. Ha, da ist er! Da ist der Buchtitel! Also waren alle Überlegungen dahingehend, dass ich 0 Punkte bekommen könnte, wenn ich beim Abitur beim Spicken erwischt werde, hinfällig. Ich bin jetzt die blöde Leiter hochgestiegen und stand ganz oben am Rand des Sprungbrettes beim 10-Meter-Turm. Da jetzt nochmal umzudrehen, wäre wahrscheinlich viel schrecklicher gewesen, als in den Pool zu springen und zu hoffen, dass schon alles gut geht. Zumal ich nicht weiß, wie so eine Kehrtwende bei meiner Abiturprüfung aussehen sollte. Ich konnte ja die Zeit nicht zurückdrehen, um doch noch in den Weihnachtsferien zu lernen. Und außerdem, selbst jetzt, wo ich weiß, wie so ein Abitur aussieht, würde ich es wahrscheinlich nicht anders machen und diese Lernerei wieder bis zum Äußersten aufschieben, also dafür war es halt irgendwie zu spät. Ich hab' mich ja eher so gefühlt, als hätte jemand die Leiter vom Turm entfernt, sodass ich eben entweder auf den Boden springen könnte und mir alle Knochen brechen würde, was dann die Abiturprüfung ohne Spicker symbolisieren würde, oder ich könnte eben ins Wasser springen und hoffen, richtig aufzukommen. Das symbolisiert dann die Abiturprüfung mit Spicker.

Von Frau Flechtzopfstängel hatte ich ja die Abiturthemen erfahren. Das eine Thema war ein Gedichtvergleich. Also da sollte man zwei Gedichte aus zwei verschiedenen Epochen analysieren und dann miteinander vergleichen. Das andere Thema hatte irgendetwas mit *Effi Briest* und *Woyzeck* zu tun. Und beim dritten Thema hat es sich um *Emilia Galotti* gehandelt, glaube ich. Es ist klar, dass ich natürlich nicht nur auf ein Thema setzen konnte. Wenn drei Themen zur Auswahl stehen und das, auf welches ich mich festgelegt habe, dann vom Ministerium gestrichen wird, dann stehe ich ja nur vor Aufgaben aus

Themengebieten, mit denen ich mich gar nicht befasst habe. Also naja, in Deutsch war das nicht ganz der Fall. Ein Thema kannte ich ja schon sicher, das war diese Texterörterung - dieses zentrale Mimisteriemthema. Wer sich nicht mehr erinnert, muss etwas zurückblättern. Aber ich war im Analysieren dieser Texte SO schlecht - unser ganzer Kurs war darin absolut grottig - sodass das für mich keine Option war. Eigentlich erstaunlich, weil wir in Englischklausuren genau DAS gemacht haben, die ganze Zeit. Und da war ich nicht so schlecht. Man hätte sich aber jedenfalls natürlich auch NUR mit diesem Thema befassen und alle anderen Themen weglassen können, weil dieses zentrale Thema nicht gestrichen werden durfte. Manche Leute haben auch darauf gesetzt, das muss man dann wohl nach persönlichem Ermessen entscheiden. Wenn man sich für das Thema entscheidet, hat man es ja einfacher, weil man eigentlich nur das lernen müsste, was man für eine normale Kursarbeit lernen müsste.

Aber weil ich bei diesen Analysen eben so schlecht war und weil ich zu *Emilia Galotti* irgendwie keine Erinnerungen mehr hatte, mir aber zu *Woyzeck* und *Effi Briest* in den Weihnachtsferien die Filme angesehen hatte und ich bei Gedichtsanalysen auch immer ganz gut war, habe ich mich also für diese beiden Themen entschieden: Gedichte und *Effi Briest* mit *Woyzeck*. Für die Gedichtanalysen musste man sich mit den Epochen befassen und einen Überblick über diverse Stilmittel sammeln. Weil ich wegen Frau Flechtzopfstängel wusste, aus welchen Epochen die Gedichte stammen würden, war das auch kein großartiges Problem mehr. Der Vorteil bei solchen Gedichten ist ja auch wieder, dass man da nicht so viel Vorwissen braucht. Ein Gedicht ist ja etwas Eigenständiges und wird nicht, wie ein Buchausschnitt, direkt aus dem Kontext gerissen.

Ich wusste also schon mal, dass ich einen Spicker mit den Hinführungen zu den beiden Epochen, aus welchen die Gedichte stammen würden, brauchte. Und auf dem Spicker müssten dann auch noch die ganzen Stilmittel stehen. Mehr habe ich da eigentlich wirklich nicht gebraucht, weil in den Hinführungen ja auch immer schon stand, was in der Epoche so abging und wie es den Leuten so ging und dann konnte man einfach irgendwas schwätzen von wegen "Ja, mit der Alliteration 'Fickende Fölker fögeln gut' werden die Missstände zur Zeit des Expressionismus verdeutlicht. Außerdem fällt hierbei auf, dass den Leuten der Buchstabe V wohl nicht geläufig war."

Ich weiß gar nicht mehr, ob das ganze Zeug auf eine Seite meiner Finelinerverpackung gepasst hat. Es kann auch sein, dass ich dafür den ganzen Finelinerspicker gebraucht habe, also den doppelseitigen. Aber damit war das Thema für mich erledigt, was das Gelerne für das Gedichtthema angeht.

Ja, und mit dem anderen Thema hatte ich es eigentlich auch ganz leicht. Ich wusste ja, dass man zu den Büchern auch immer eine Hinführung zum Thema verfassen musste. Also das musste aber irgendwie nur unser Deutschkurs bei Frau Flechtzopfstängel machen. Andere Leute bzw. andere Deutschkurse haben nie verstanden, was so eine Hinführung eigentlich sein soll. Aber es ist eigentlich ganz einfach. Man beginnt seinen Text eben nicht direkt mit der Analyse, sondern man beschreibt erstmal, aus welcher Epoche der so kommt und was da so abging. Denn viele Autoren haben sich in ihren Werken immer auf die Epoche bezogen. Da war dann der gierige Günther, der den Kapitalismus darstellt und die gefangene Gisela, die in einer Zeit lebte, in welcher Männer über ihre Frauen bestimmt haben. Und wenn ich so eine Hinführung nicht verfasse, wüsste ja keiner, aus welcher Epoche das Buch stammt und dass der gierige Willi eben nicht nur gierig ist, sondern durch sein Auftreten die Missstände der Epoche darstellen soll. Naja, aber wenn wir mal ehrlich sind, wissen wir, dass die einzigen Leute, die diese Texte lesen, eh nur irgendwelche Deutschlehrer sind, die ganz genau wissen, was eigentlich los ist. Das ist doch absurd zu sagen, dass man den Text so verfassen soll, als müsste man das alles jemandem vermitteln, der das Wort "Lektüre" noch nie gehört hat. Ich finde das eh alles sehr frustrierend, dass man da Stunden in der Schule und zu Hause sitzt, um Aufgaben zu bearbeiten, die schon zig Milliarden Schüler vor einem bearbeitet haben. Wenn die das schon gemacht haben, warum muss ich das dann auch nochmal machen? Wieso kann ich mich nicht mit einem Buch beschäftigen, zu welchem es noch keine Analysen von meinem Urururopa aus dem ersten Weltkrieg gibt?

Naja, jedenfalls sah das dann so aus, dass ich zu Hause die beiden Hinführungen zu den Büchern geschrieben habe. Und weil ich wusste, dass man auch immer eine kurze Einleitung darüber verfassen muss, worum es in dem Buch eigentlich im Allgemeinen geht, hab' ich die also auch schon zu Hause mit Hilfe des Internets verfasst. Und weil ich auch wusste, dass man bei solchen Buchanalysen eigentlich fast immer nur analysiert, wie die Leute so drauf sind und wie sie sich untereinander verhalten (also außer, das ist jetzt so ein Monolog oder so), habe ich nachgeschaut, welche Eigenschaften die wichtigsten Personen dieser Bücher so haben und hab' das auch aufgeschrieben.

Somit hatte ich in der Theorie also alles, was ich für

dieses Deutschabitur benötigen würde.

- Ich hatte Epochenüberblicke und Stilmittel zu den Gedichten, um dann beim Abitur analysieren zu können, was der Autor mit seinem Scheiß aussagen will.

- Ich hatte Hinführungen, Einleitungen und Zusammenfassungen zu den Büchern und zu den Leuten aus den Büchern und konnte mit Hilfe dieser Angaben dann den gegebenen Textausschnitt beim Abitur analysieren.

- Ach ja, und ich wusste natürlich wegen den Filmen, worum es im Groben in den Büchern ging. Also sollte das Einordnen des Textausschnittes in den Gesamtzusammenhang des Buches auch irgendwie möglich sein. Die Filme waren so alt, die haben sich schon sehr an der Buchhandlung orientiert.

Es gab dann hier und da noch ein paar Details, die aber eher weniger relevant sind. Ich hab' z.B. noch eine Charakterisierung von *Woyzeck* aus dem Internet kopiert, weil alles, worum es in *Woyzeck* geht, ja eigentlich nur dieser Typ ist. Da ist seine Charakterisierung an sich wohl schon die ganze Handlung des Buches. Aber ich hab' ja schon irgendwie zig Seiten vorher beschrieben, dass man immer abwägen muss, welche Informationen jetzt relevant sind und welche eher unnötig sind und sowas. Ich hab' mir natürlich auch Gedanken gemacht, wie das Deutschabitur so aussehen könnte. Bei den Gedichten war klar, was Sache sein wird. Aber ich wusste jetzt z.B. nicht, ob ein Charakter aus *Effi Briest* mit einem Charakter aus *Woyzeck* verglichen wird oder so. Deswegen war es auch so wichtig, mir Beschreibungen der Charaktere aus *Effi Briest* zu kopieren, damit ich dann beim Abitur überhaupt weiß, wen ich da mit wem vergleiche. Ich hab' das Buch ja nicht gelesen und in Filmen werden Charakterzüge nicht immer sooo deutlich dargestellt.

Damit war ich für Deutsch also innerhalb eines Tages bestens vorbereitet!

Doch. Da war dann so ein Problem.

Der Platz. 👓

Es war recht schnell klar, dass ich diese ganzen Informationen nicht ausschließlich auf einem doppelt beschrifteten Finelinerspicker unterbringen konnte. Alleine die Hinführungen zu den Epochen bestanden insgesamt aus bestimmt 200 Wörtern oder so. Und jetzt versucht mal, 200 Wörter auf einem Spicker unterzubringen. Und dann waren da eben noch die Zusammenfassungen, Texteinleitungen und so.

Also musste ich All In gehen, aber RICHTIG All In gehen. Ich wusste ja bisher gar nicht, was mich beim Abitur erwarten würde, wie stark die ganzen Lehrer da kontrollieren und wie gut das alles überwacht werden würde. Ich wusste nur, dass ich mit meinem Finelinerspicker auf einer relativ sicheren Seite bin. Aber da dieser eben nicht ausreichte, musste ich meinen Spicker ausweiten. Und ja, ich werde es nun zugeben. Ich hab' richtig beschissen.

–Die Prüfung–

Nun saß ich da. Zwischen 60 anderen Schülern morgens um kurz vor 9 (ich glaube, die Prüfungen haben immer um 9 angefangen und nicht um 8 Uhr). Ich wusste wirklich gar nicht, was mich erwartet. Wenn man vor der Aula steht (in der schreibt man die Prüfungen), hängt dann da so ein Zettel, auf dem drauf steht, wo genau man in der Aula sitzt. Es geht halt überwiegend darum, dass man nicht neben einem sitzt, der mit einem im selben Kurs ist. Also bei der Deutschprüfung war das halt irgendwie egal, weil ja eh alle die gleichen Aufgaben hatten, aber unsere Erdkundeprüfung wurde z.B. zusammen mit der Biologieprüfung oder so geschrieben. Und dann saß man als Erdkundeschüler eben neben jemandem, der gerade seine Biologieprüfung ablegen musste, von dem konnte man dann nicht abschreiben.

Also bin ich pünktlich in der Schule erschienen und saß dann, nachdem ich mir den Sitzplan angeschaut hatte, zusammen mit diesen anderen 60 oder 70 Leuten in der Aula. Sein Handy sollte man wohl vorher in seinen Rucksack packen und der wurde dann in so einen Abstellraum gesperrt. Also naja, eigentlich sollte man das Handy aber lieber gar nicht mitbringen. Das wusste ich aber noch nicht, weil es ja meine erste Prüfung war und ich dachte, die würden die Smartphones einsammeln oder so. Also saß ich da bestimmt bis zwei Minuten vor Prüfungsbeginn auf meinem Platz und hatte das Handy noch auf meinem Tisch. Dann hab' ich mal nachgefragt, was ich damit jetzt eigentlich machen soll und dann wurde ich ganz schockiert angeschaut und es hieß dann, ich solle es eben in meinen Rucksack packen. DAS so viel DAZU, wie sehr die da aufpassen. Wenn ich es nicht weggepackt hätte, wäre das bestimmt erst irgendwann mitten in der Prüfung mal einem Lehrer aufgefallen, dass ich mein Handy da liegen habe.

Ich glaube ja, die letzte Englischklausur haben wir zusammen mit den anderen Englischkursen in der Aula geschrieben, damit wir diesen Hör- und Leseverständnisteil unter Abiturbedingungen mal bearbeiten konnten. Ich hab' nämlich diesen Gedanken, dass ich noch wusste, dass in der Englischklausur alle Leute 100 Sachen auf dem Tisch liegen bzw. stehen hatten. Trinkflaschen, Stifte, Essen, Kaugummis und so. Und normalerweise heißt es ja, dass man irgendwie alles vom Tisch räumen soll, wie ich es auch bei den Ethikklausuren beschrieben hatte, aber bei diesen Vorabiturklausuren war das wohl kein Problem mehr und man konnte den ganzen Scheiß auf dem Tisch stehen lassen. Man soll ja auch genug Verpflegung haben, wenn man da 6 Stunden an einer Klausur sitzt.

Ich bin mir jetzt nicht sicher, aber da ich das scheinbar noch wusste, dass man SO viel Zeug auf dem Tisch liegen lassen durfte, habe ich das wohl beim Deutschabitur für mich genutzt. Anders kann ich mir das nicht erklären, dass ich so ein Risiko eingegangen bin.

Ich saß da nämlich jetzt in der Aula auf meinem Platz, habe der Deutschprüfung entgegengezittert und auf meinem Tisch befanden sich eine Wasserflasche, eine

Smoothie-Flasche, eine Brotdose, mein Häppchen, meine Finelinerpackung und drei Glücksbringer in Schlüsselanhängergröße. Zusätzlich habe ich zu meinen Abiturprüfungen immer meine 30cm große Stoffkatze mitgeschleppt, die während aller Prüfungen auf meinem Schoß saß. Ich bin ja WIRKLICH absolut erstaunt, dass niemand was wegen meiner Stoffkatzi gesagt hat. So unauffällig war die nun nicht und ich war wohl auch die einzige Person, die mit ihrer Stofftierarmee beim Abitur aufgekreuzt ist. Aber ich hab' das gemacht, weil ich meine Stoffkatze in allen absoluten Stresssituationen immer mitnehme. Früher war das noch "extremer", da habe ich die Katze überall mithin genommen. Also wirklich, ich bin mit ihr immer durch's Haus gelaufen und wenn wir einkaufen gegangen sind, habe ich sie auch immer mit ins Auto genommen. Es gibt Bilder, da winkt sie Autofahrern auf der Autobahn zu, die im Stau stehen und als ich letztes Jahr mit dem Fallschirm gesprungen bin, habe ich sie auch mitgenommen. Die saß dann da bei meiner Mutter auf dem Schoß. Naja, und deswegen habe ich sie auch mit zum Abitur genommen, weil es mir eine ziemliche Sicherheit gegeben hat, irgendwas auf meinem Schoß zu haben. Leute mögen es ja auch, wenn eine Katze auf ihrem Schoß sitzt und schnurrt und so ähnlich war das für mich beim Abitur dann auch. Normalerweise tragen ja eher kleine Kinder ihr Lieblingsstofftier mit sich herum, aber ich hatte sowas früher nicht. Katzi habe ich erst mit 8 Jahren oder so bekommen und erst mit 10 oder 11 hatte ich die Phase, sie überall hin mitzunehmen. Naja, und die Phase hat sich irgendwie mehr oder weniger bis heute gehalten.

Man kann sich jedenfalls vorstellen, dass ich die Chance, dass man für das Abitur so viel Zeug mitnehmen durfte, genutzt und mich RICHTIG eingebaut habe. Ich habe quasi eine Mauer um mich herum errichtet, bestehend aus Lebensmitteln, Getränken und Stofftieren.

Und das hatte eben drei Gründe.

Grund 1 war, dass ich Angst hatte, zu verhungern, ich wollte auf alles vorbereitet sein.

Grund 2 war, dass mir das ein Gefühl der Sicherheit gegeben hat und beim Abitur befindet man sich als Schüler irgendwie in einem absoluten Ausnahmezustand.

Grund 3 war, ja, nun was eigentlich?

Ich sag's jetzt mal so, wie es ist. Auch, wenn ich davon nicht überzeugt bin und war, wie ich es ja schon zu Ausdruck gebracht habe, habe ich sowohl mein Flaschen- als auch mein Smoothie-Etikett zu einem Spicker umfunktioniert. Das heißt, dass sich die Informationen, die ich für die Deutschprüfung benötigte, auf meiner doppelseitigen Finelinerpackung und auf einer Wasserflasche und auf einem Smoothie befanden.
Ich bin damit wirklich ein sehr großes Risiko eingegangen, weil ich ja trotz der Erfahrungen der Englischvorabiklausur nicht genau wusste, wie stark während der Prüfung nun wirklich kontrolliert wird. Da

hätte also wirklich nur mal ein Lehrer die Flaschen der Schüler kontrollieren müssen und ich wäre dran gewesen. Aber diese Wahrscheinlichkeit habe ich als nicht besonders hoch eingeschätzt, da es sich ja immerhin um fast 70 Schüler in der Aula gehandelt hat, die teilweise mehr als eine Flasche mitgenommen haben. Und vor einer Prüfung hat man dann nun doch nicht so viel Zeit, all diese Flaschen zu kontrollieren. So dachte ich mir das zumindest.

Außerdem habe ich für den Smoothie-Spicker diese tollen *innocent* Smoothies genommen, als ich finde sie toll, das ist MEINE MEINUNG. Also ich bekomme dafür kein Geld, dass ich das jetzt so geschrieben habe, aber diese Smoothies haben den Vorteil, dass deren Etikett aus Papier ist, das ist auch NUR meine MEINUNG. Und dazu ist das Etikett immer noch schön bunt und da steht eh irgendein, nach meiner Meinung, komischer Text drauf, den ich, nach meiner Meinung, lustig finde. **(Tja, in der eBook-Version fehlt hier ein kleines Stück des Satzes. Upsi.)** Und diese Flaschen sind eckig und nicht rund, also habe ich vier gerade Flächen, die ich mit Text bestücken kann. Und ich gehe ja immer noch nach dem Prinzip: Je auffälliger, desto unauffälliger. Und je auffälliger diese Smoothie-Flaschen sind, desto weniger wird man darauf wohl einen Spicker vermuten. Ich hab' sogar ein Bild davon gefunden, wie ich das

Etikett ausgedruckt habe. Leider ist das Bild aber nicht scharf genug, um zu erkennen, was genau ich da auf das Etikett gedruckt habe. Aber ich muss sagen, wenn man nicht wüsste, dass das auf dem Papier irgendwelche Informationen über Deutschzeug sind, würde man das doch wohl nicht merken.

Außerdem, und das war auch ein Grund für meine Stofftierfront, dachte ich mir, dass diese ganzen Lehrer eh viel zu fixiert auf diese ganzen Stofftiere sein würden. Bei DENEN würde man vermutlich viel eher noch irgendwas erwarten. Vielleicht, dass ich denen einen Spicker auf den Arsch geklebt habe.

Man könnte vielleicht auch andere Smoothie-Flaschen nehmen, aber das bezweifle ich eben, weil ich keine anderen kenne, die das Etikett auch aus Papier haben. Wobei ich, glaube ich, auch schon Smoothies dieser Marke gesehen habe, bei welchen das Etikett aus einem anderen Material ist. Aber wie gesagt, das ist keine bezahlte Werbung und alles nur meine Meinung, bitte verklagt mich nicht.

Also saß ich da hinter meiner Stofftier- und Flaschen-Mauer und hab' mich eingeschissen, weil ich weder wusste, mit welchen Themen ich nun konfrontiert werden würde, noch, ob ich am Ende doch noch erwischt werden könnte.

Aber ich muss sagen, dass meine Bedenken völlig unbegründet waren.
Bei den Themen, abseits des zentralen Themas, handelte es sich einerseits um -wie Frau Flechtzopfstängel es uns vermittelt hatte- die Gedichtanalyse und andererseits um den Vergleich von *Effi Briest* und *Woyzeck* Ich hatte dahingehend also wirklich den Jackpot gezogen, weil meine ganzen Spicker voll mit Informationen zu den beiden Themen waren. Ich konnte mich also sogar noch für das Thema, welches mir einfacher erschien, entscheiden. Wie sich herausstellte, führte das sogar fast schon wieder zu einem Problem, weil ich mich gar

nicht entscheiden konnte. Ich saß da bestimmt noch eine viertel Stunde vor den Aufgaben und hab' darüber nachgedacht, was mir wohl eher liegen könnte. Ich glaube, das ist sogar ein Problem, über das man zu Hause gar nicht nachdenkt. Man denkt wohl eher darüber nach, was man macht, wenn man von beiden Themen überhaupt keine Ahnung hat. Letztendlich habe ich mich dann gegen die Gedichtsanalyse und für *Effi Briest* mit *Woyzeck* entschieden, weil ich die Gedichte nicht ganz verstanden habe. Ich muss sagen, dass ich ansonsten von der Prüfung auch gar nicht mehr so viel weiß. Viele Leute können sich bei langen Prüfungen ja nicht konzentrieren und schweifen irgendwann ab, aber ich bin da immer so fokussiert, dass ich eigentlich keine Ahnung habe, was um mich herum passiert. Ich hab' sogar während keiner der Abiturprüfungen irgendwas gegessen, weil ich immer durchgeschrieben habe - bis zum Ende. Trotzdem habe ich zu allen Prüfungen ganz viele Lebensmittel mitgenommen, damit ich die Mauer um mich herum erhalten konnte.

Ich weiß, dass ab und zu mal ein paar Lehrer durch die Gänge gelaufen sind und vorne so neben der Tür saß auch immer ein Lehrer, zu dem man gehen konnte, wenn man auf die Toilette musste und der sich einen Überblick über die Leute verschafft hat. Ich glaube, in anderen Ecken der Räume saßen oder standen auch noch irgendwelche Lehrer, aber die habe ich gar nicht gesehen, weil die zum Teil hinter mir waren.

Ich kann nur sagen, dass unsere Schule bei den Abiturprüfungen offensichtlich keinen großen Wert auf Kontrolle gelegt hat, mich hat zumindest keiner erwischt und ich habe mich nicht sonderlich darum bemüht, irgendwie unauffällig wirken zu wollen. Ganz im Gegenteil sah ich wohl eher aus wie ein Reflektor im Dunkeln. Aber ein roter Reflektor, bei Klausuren und Prüfungen in der Schule bin ich wegen der Anstrengung, der Konzentration und dem Stress im Gesicht immer ganz rot angelaufen; ich glaube, mein Gesicht hat sich da immer auf 5000 Grad Celsius erhitzt.

Jedenfalls habe ich diese erste Prüfung mithilfe meiner Spicker, und natürlich meines Intellekts, dann ganz gut abgeschlossen, dachte ich zumindest. UND ich wusste nun, was mich bei den anderen Prüfungen potentiell erwarten würde.

-Englisch-

Für Englisch habe ich auch einen Tag vor der Prüfung angefangen zu lernen. Logischerweise, die Prüfung war am Mittwoch und ich musste mich ja noch von der Deutschprüfung am Montag erholen. Das ist aber nicht nur so ein geistiges Erholen, sondern auch ein Erholen der Hände. Immer, wenn ich so viel schreiben musste, hat sich durch meine Schreibhand dann so ein elektrischer Schlag gezogen, zumindest hat es sich so angefühlt. Das hat bestimmt irgendwas mit den Nerven zu tun. Da musste ich bei den Prüfungen immer aufpassen, weil ich mich jedes Mal schon ziemlich erschrocken habe, wenn ich geschrieben habe und meine Hand von so einem elektrischen Schlag getroffen worden ist. Kritiker würden jetzt vielleicht sagen, dass Schüler wegen sowas ihre Prüfungen eher an einem Computer ablegen sollten - aber keine Sorge, wenn ich zu viel am Computer schreibe, passiert mir das auch. Das merke ich manchmal bei dem Buch hier.

Und ja, was soll ich sagen. So viel hab' ich für Englisch echt nicht gelernt. Das einzige, was ich gemacht habe, war, meinen Universalspicker nochmal aufzubereiten und mein Wörterbuch zu bereinigen. Das durften wir im Abitur schon benutzen, aber es wurde eben vorher kurz durchgeblättert, ob man sich da irgendwas reingeschrieben hat. Das ist ja auch ein altbekannter Trick und natürlich habe ich mir für Klausuren auch was in mein Wörterbuch geschrieben. Ich glaube, das waren die Regeln für die "Conditional Sentences", die ich bis heute nicht kann. Aber viele Leute wissen bestimmt gar nicht, was das überhaupt für Sätze sein sollen und ich finde, man kann denen das nicht verübeln. Es könnte sogar gut möglich sein, dass ich mich an diesem Tag vor dem Englischabitur auch wieder nur mit englischen Folgen der Simpsons auf die Prüfung vorbereitet habe. Ach ja, und ich hab' mir alte Klausuren durchgelesen. Das habe ich für die Deutschprüfung auch gemacht. Das war ganz gut, weil in den Klausuren ja meistens schon das, was man im Unterricht behandelt hat, im Großteil abgefragt worden ist und meistens reicht es dann schon, sich die Klausur nochmal durchzulesen, um einen kurzen Überblick über die ganzen Themen zu haben. Aber natürlich eher nur unter der Voraussetzung, dass man bei den Klausuren nicht vollkommen versagt hat. Es bringt ja nichts, mir eine Klausur durchzulesen, in der nur irgendein Scheißdreck steht. Da sollte man sich vielleicht eher die Klausur von jemand Anderem besorgen, aber die gibt einem dann wahrscheinlich niemand. Mir ist eh aufgefallen, dass beim Abitur kein wirklicher Schülerzusammenhalt mehr besteht. Man will ja nicht einfach jemandem, der nie was für die Schule gemacht hat, seine ganzen Sachen, die man über Jahre feinsäuberlich angelegt hat, einfach so übermitteln. Zumindest war das bei uns so. Da müsste man halt jemand Dummen bzw. jemand Naiven finden, aber da ist dann auch eher fraglich, ob die Informationen so einer Person so vertrauenswürdig sind. Ich hab' schon genug Leute gesehen, die nicht mal richtig von der Tafel abschreiben können. Wo wir bei Klausuren sind, in denen nur Scheißdreck steht, habe ich hier mal einen Ausschnitt einer meiner Übersetzungen aus einer Lateinklausur. Ich glaube, darauf habe ich eine 4 bekommen oder so.

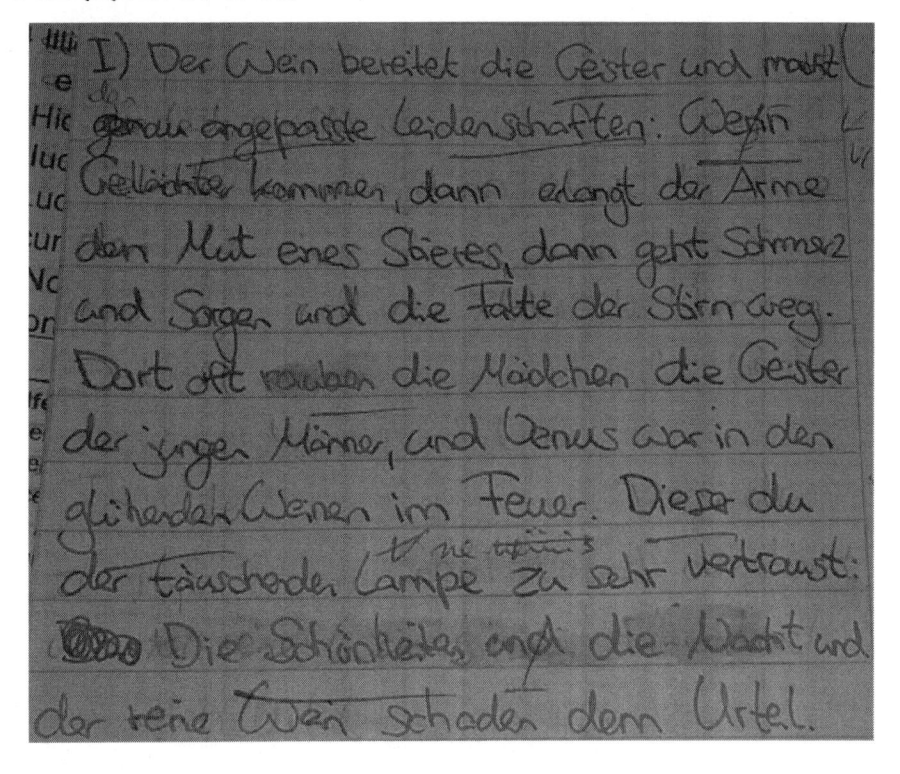

Tja, naja, aber es stimmt ja schon. Wenn die Sorgen verschwinden, dann verschwindet auch das Stirngerunzle.

Das Lustige war, dass wir alle immer das Wort "Bücher" und das Wort "Kinder" verwechselt haben. Da hat man sich dann eben in der Bücherei ein Kind ausgeliehen und aus dem Kindergarten sein Buch abgeholt.

-Die Prüfung-

Also erstmal muss ich sagen, dass ich das irgendwie ganz schön schwierig finde, diese Sachen hier wiederzugeben. Und dann auch noch so, dass man das überhaupt versteht. Ich philosophiere lieber als dass ich mir Gedanken darüber machen möchte, wie diese Prüfungen nochmal abgelaufen sind. Ich glaube, ich hab' das irgendwie inzwischen verdrängt oder so, vielleicht stresst mich das auch deswegen jetzt so sehr, mir über das Alles nochmal Gedanken zu machen. Außerdem glaube ich nicht, dass es überhaupt möglich ist, das, was ich erlebt habe, so wiederzugeben, wie ich es erlebt habe. Dann müsste ich wohl so schreiben, als würde ich diese Prüfungen gerade jetzt erleben und dann müsste ich noch von irgendwelchen Adjektiven wie "schweißgebadet" Gebrauch machen, aber das passt alles nicht zum allgemeinen Stil dieses Buches, also mache ich es einfach nicht. Außerdem glaube ich, dass es selbst mit solchen Adjektiven nicht möglich ist, die damalige Atmosphäre darzustellen, als ich mit 70 anderen Leuten in der Aula saß und nicht wusste, was mich erwarten würde und ob ich mit meinen Spickern erwischt werden könnte.

Jedenfalls fand am besagten Mittwoch, das war der 17.01.2018, die Englischprüfung statt. Wie auch bei der Deutschprüfung habe ich mir erstmal auf dem Plan angeschaut, wo sich mein Sitzplatz in der Aula befinden würde. Diesmal wusste ich ja schon, dass ich mein Smartphone in meinem Rucksack unterbringen oder es am besten gar nicht erst mit in die Schule bringen sollte. Kann auch sein, dass ich es im Auto gelassen habe - ich bin mit dem Auto zu den Prüfungen gefahren. Aber nur bis zur Schule, ich bin nicht mit dem Auto in die Aula gefahren. Das muss man schon erwähnen, es gibt ja immer wieder Leute, die mit ihren Autos nicht zum, sondern IN den Supermarkt fahren.

SCHULE

Der erste Teil der Prüfung war der Hörverständnistest, glaube ich. Es kann auch der Leseverständnistest gewesen sein, aber das ist eigentlich auch egal, in welcher Reihenfolge das war. Da konnte ich mit meinen Spickern ja eh nichts anfangen und musste zeigen, ob ich der englischen Sprache wirklich mächtig war. Der Hörverständnistest war auch so, wie man es sich vorstellen würde und wie ich es schon einmal beschrieben hatte. Das war jetzt vielleicht nicht unbedingt der Inder am Hauptbahnhof in der Telefonzelle, aber dafür waren das irgendwelche politischen Nachrichtenausschnitte. Und ich versteh' ja deutsche Politik schon nicht. Also ich meine Politik auf Deutsch, aber die deutsche Politik verstehe ich auch nicht, da ist es dann auch egal, ob die

Angela Merkel oder der Inder am Hauptbahnhof was darüber erzählt.

Ich weiß jetzt nicht mehr genau, wie die Aufgaben ausgesehen haben, aber ich weiß noch, dass das alles viel zu schnell ging und man gar keine Zeit hatte, sich über manche Aussagen wirklich Gedanken zu machen, man musste die Fragen beantworten, während man sich die Aufnahmen angehört hat, sonst wäre man gar nicht hinterhergekommen. Das war nicht so, dass man sich die Aufnahme angehört und kurz Pause gemacht hat, um die Aufgaben zu beantworten, das ging da Schlag auf Schlag. Tatsächlich war es diesmal auch weniger so, dass ich die Menschen nicht verstanden habe, viel eher wusste ich halt nicht, was die Aussagen bedeuten sollten. Wenn da einer was von "The political situation of the socially extremist left-wing affinities was noticeable." labert, dann ist das schön und gut, aber keine Ahnung, was ich damit dann anfangen soll. Das ist übrigens ein Satz, den ich mir gerade ausgedacht habe. Und so haben die Leute das, die sich die Aufnahmen überlegt haben, bestimmt auch gemacht.
Also ich kann nur sagen, dass ich nach dem Hörverständnistest schon keine Lust mehr auf die restliche Prüfung hatte, weil ich so schlecht in dem Teil war - das dachte ich zumindest. Das wäre viel cooler

gewesen, wenn ich da schon ein gutes Gefühl gehabt und dann mit diesem guten Gefühl den Rest der Prüfung bestritten hätte. Aber neeeein, die blöden Arschlöcher vom Himisterium für Bildumg mussten sich ja mit ihrem Grammophon vor ihren Röhrenfernseher setzen, um dann mit ihrem Toaster die englischen Nachrichten aus dem Jahr 1890 aufzunehmen.

Himisterium für Bildumg bei der Aufnahme der Hörverständnisaufgabe

Danach folgte dann eben der Leseverständnisteil. Tja, ich hätte ja gerne noch ein paar Beispiele im Kopf, worum es da ging, weil das genau so asozial war, aber ich erinnere mich leider an nichts mehr. Man muss sich das so vorstellen, dass man sich einen Text über jemanden durchliest, der z.B. gerade zur Arbeit fährt. Und da wird dann beschrieben, an welchen Landschaften er vorbeifährt und was er so sieht und irgendwo im Text steht dann der Satz, dass der Typ in seiner Freizeit gerne Minigolf spielt.

Und dann wird bei den Aufgaben irgendwo die Frage gestellt, ob der Typ vom Charakter her eher:

a) ganz cool drauf ist.
b) ein friedlicher Geselle ist.
c) ein richtiger Draufgänger ist.
d) risikobereit ist.
e) arbeitslos ist und wir uns die ganze Geschichte nur ausgedacht haben und er gar nicht zur Arbeit fährt.

Und richtig ist dann natürlich Antwort c, weil ein friedvoller Arbeitsbürger nicht beim Weg zur Arbeit davon erzählen würde, dass er gerne Minigolf spielt und jemand, der risikobereit ist, ist natürlich kein Draufgänger.
Also wie man sieht, war das alles völlig absurd und es war ein reines Ratespiel. Man konnte Glück haben und hat eben zufälligerweise die richtige Antwort ausgewählt oder man hat eben verschissen und war

irgendwann absolut verwirrt, weil alle Antworten irgendwie das Gleiche bedeutet haben, aber sowas kann natürlich nicht sein, wenn das Schrunzelterium für Bildung das alles vorher überprüft. Ganz schlimm waren dann ja noch die Aufgaben, bei denen man nichts ankreuzen, sondern selbst was schreiben musste, da konnte man dann ja **WIRKLICH** alles eintragen.

Also nach DEM Aufgabenteil war ich genau so schlecht gelaunt wie vorher und dann kam der letzte Teil der Prüfung, das war dann der schriftliche Teil, um den sich für jeden Englischkurs eben der entsprechende Lehrer selbst gekümmert hat. Bei uns war das eine Analyse eines Textes, der sich mit verschiedenen Kulturen befasst hat oder so. Und dann musste man zu dem Thema noch eine Argumentation verfassen. Das war ganz in Ordnung und da war mir dann mein Finelinerspicker behilflich, wenn es um die Satzbildung ging. Aber das war auch kein Wunder, da unsere Englischlehrerin uns eben tatsächlich ganz gut auf die Abiturprüfung vorbereitet hatte und wir bei ihr kein Fitzelchen mehr lernen mussten, als es tatsächlich für die Prüfung notwendig war. Bei anderen Schülern anderer Englischlehrer sah das Ganze halt schon wieder etwas bitterer aus. Ich glaube, die einen haben die Prüfung über irgendein Buch geschrieben.

Tja, ich weiß noch ganz genau, wie ich in einem kurzen Moment der Ruhe gesehen habe, wie Nicole bei der Englischprüfung mit ihrem Kopf auf dem Tisch lag und gar nichts gemacht hat. Der Zustand zog sich bestimmt über eine Stunde lang so. Ich glaube, das lag auch daran, dass sie sich nicht wirklich lange genug auf solche Sachen konzentrieren kann, aber da wundert es mich dann auch nicht, wenn ihr Abitur so schlecht ausgefallen ist. Ich hab' beim schriftlichen Teil der Englischprüfung voll durchgezogen und meine Gesichtsheizung ist dann auch wieder angesprungen.

-Erdkunde-

Ich glaube, ich habe sogar noch am Tag der Englischklausur angefangen, für Erdkunde zu lernen, wenn ich so darüber nachdenke. Sicher bin ich mir nicht mehr, aber da ich vor Erdkunde so eine große Panik hatte, denke ich schon, dass es sich so zugetragen haben könnte. Wie bereits erwähnt, habe ich mir in den Weihnachtsferien halt irgendwie nur diese Dokumentationen über die Erde angeschaut und meinen Vater mal gefragt, ob er mir helfen könnte, wonach ich dann ja festgestellt habe, dass er viel mehr weiß als ich und das es irgendwie aussichtslos ist.

Tja, und als ich dann einen oder eben zwei Tage vor dem Erdkundeabitur anfangen wollte, richtig zu lernen, ist mir beim Durchgehen der Unterlagen aufgefallen, dass es noch viel aussichtsloser ist, als ich es zunächst vermutet hatte. Deutsch war halt kein Problem, weil unsere Lehrerin uns geholfen hat, an die Themen für das Abitur zu kommen und in Englisch waren das Themen, von denen man sowieso Ahnung hatte, wenn man nicht ganz blöd ist. Aber in Erdkunde hieß es ja, dass wir ALLES lernen sollen und ich habe ja schon erzählt, was dieses "Alles" so umfasst.

Und ich kann nur sagen, dass ich in Erdkunde wirklich mehr Glück als Verstand hatte.

Ich hab' Mittwoch und Donnerstag alle Informationen, die ich zu drei, vier Themen so hatte, zusammengetragen. Das waren Informationen zur Landwirtschaft, zu Wirtschaft im Allgemeinen, zum Klima und zur Stadtentwicklung. Ich dachte mir halt, dass ich mit diesen Informationen im Großen und Ganzen vielleicht noch ganz gut in der Klausur hätte hantieren können. Ich dachte mir, dass unser Erdkundelehrer vielleicht die Themen Landwirtschaft, Wirtschaft mit Globalisierung und mit geringer Wahrscheinlichkeit Stadtentwicklung als Abiturthemen eingereicht haben könnte. Jeder in unserem Erdkundekurs hat ihn ja angefleht, Stadtentwicklung als Thema zu nehmen, weil man da so viel auswendig lernen und dementsprechend eine bessere Note erzielen konnte. Und so haben wir eben gehofft, dass er das als Thema eingereicht haben könnte. Und wenn er eben diese Themen eingereicht haben könnte, dann, so dachte ich mir, würde ich mit diesen vier Kategorien ja noch ganz gut auskommen können. Als ich mir dann alle Informationen zu diesen Themen herausgesucht hatte, ist mir aber aufgefallen, wie unglaublich viel das ist. Und kein Spicker der Welt, zumindest meiner Welt, wäre in der Lage gewesen, so viele Informationen zu fassen.

Und ich wusste: Stadtentwicklung ist tatsächliches Auswendiglernen. Wirtschaft und Klima sind Themen, bei denen man auch so noch klarkommen könnte. Ich hab' ja die letzten drei Jahre in Erdkunde schon mehr oder weniger mal aufgepasst und einige Sachen aus dem Unterricht mitgenommen. Wenn ich da also im Abitur was über die Landwirtschaft in Spanien gefragt werde, müsste ich mit dem, was ich so weiß, wenigstens noch eine ausreichende Note erzielen können; das waren so meine Gedankengänge. Also habe ich mich mit Beratung meiner Mutter tatsächlich dazu entschieden, alle meine Spicker komplett mit Stadtentwicklungsphasen und Stadtmerkmalen und anderem Stadtzeug zu beschriften. Alles, was wir zum Thema "Stadt" eben mal besprochen hatten. Und mir war klar: Wenn im Abitur die Stadt kein Thema ist, dann stehen meine Chancen schlecht. Und ich wusste: Wenn der Erdkundelehrer China als Thema eingereicht hat und ich das bearbeiten muss, dann habe ich verloren. Da wir darüber nämlich mal eine Klausur geschrieben haben, wusste ich, dass ich davon gar nichts verstehe.

So habe ich in Erdkunde also alles auf eine Karte gesetzt. Auf die Stadtkarte, haha.

-Die Prüfung-

Tja, ich weiß noch ganz genau, dass ich vor dieser finalen Prüfung nachts fast gar nicht geschlafen habe. Ich meine, dass ich in der Nacht vor der Erdkundeprüfung insgesamt auf etwa drei Stunden Schlaf gekommen bin, wobei das bei den anderen Prüfungen auch nicht unbedingt besser war. Das lag aber auch daran, dass ich ja abseits der Prüfungen nicht mehr zur Schule gehen musste und mein Schlafrhythmus sich über die Ferien komplett umgestellt hat. Ich weiß nicht, wie das immer passieren kann, aber wenn ich nicht gezwungen werde, morgens früh aufzustehen (und selbst dann), endet es irgendwann so, dass ich nicht vor 6 oder 7 Uhr morgens schlafen kann.

Ich bin dann mit dem Auto zur Schule gefahren und weil ich nach den anderen Prüfungen wusste, dass keiner kontrolliert, wo ich mein Smartphone habe, habe ich es mir im Auto in die Unterhose gesteckt und eine lange Jacke übergezogen, die bis unter meinen Arsch ging. Es war ja zum Glück Winter, da wundert es auch keinen, wenn man eine Jacke anhat. Wobei das auch keine besonders dicke Jacke war, das war eher so eine "Die zieh' ich in Gebäuden an"-Jacke. Naja, und ich hab' mir mein Smartphone in die Unterhose gesteckt, damit nicht der Fall eintreten konnte, dass es mir aus der Arschhosentasche fällt oder so. Und mit der Jacke hat man nicht gesehen, dass an meinem Arsch plötzlich ein Rechteck war.

Ich weiß ja nicht, ob andere Leute tatsächlich während des Abiturs mit ihrem Smartphone auf die Toilette gegangen sind, um da irgendwas nachzuschauen, aber mir persönlich kam es ja sehr suspekt vor, wie viele Leute und vor allem wie oft die auf die Toilette während der Prüfungen gegangen sind. Aber ich weiß jetzt auch nicht, was man in den zwei Minuten auf dem Klo großartig nachschauen wollen würde, man kann sich das ja eh nicht alles merken, was man sich da durchliest. Und Zettel hätte da auch keiner verstecken können; man wurde gezwungen, auf das Lehrerklo zu gehen. Aber ich dachte mir, dass ich mir das Smartphone für alle Fälle mal einpacke. Ich meine, wenn jemand bei der Deutschprüfung z.B. eine Analyse zum Textausschnitt von Effi Briest gegoogelt hat, als er auf die Toilette gegangen ist, hätte die Zeit ja schon gereicht, wenigstens die Grundintention des Kapitels nachvollziehen zu können. Man muss sich ja nicht Wort für Wort merken, was irgendwo steht, aber dann weiß man zumindest, dass man in die richtige Richtung interpretiert.

Naja, und dann saß ich da eben, bei meiner letzten schriftlichen Abiturprüfung, die ich jemals bestehen musste. Mit meinem Smartphone in der Unterhose, einer Stoffkatze auf dem Schoß und einem Spicker auf dem Tisch. Tja, das klingt eigentlich so, als hätte ich voll versagen müssen. Ich hab' mir wirklich den Arsch abgeschwitzt und mich eingeschissen, als ich darauf gewartet habe, zu erfahren, um welche Themen es bei der Prüfung in Erdkunde jetzt gehen würde. Und man mag es kaum glauben, ich erzähle da jetzt keinen Scheißdreck. Auch, wenn genau sowas einer sagen würde, der jetzt Scheißdreck erzählt. Aber die Themen waren tatsächlich Wirtschaft in China UND Stadtentwicklung. Da hat sich die Einscheißeritis direkt wieder aus meiner Unterwäsche verzogen. Als ich das erfahren habe, war ich durchaus beruhigt, da ich bestens vorbereitet war.

Und als ich dann gesehen habe, welche Aufgaben man zum Stadtthema bearbeiten musste, war Erdkunde fast noch am Ende die einfachste Prüfung, wovor ich am Anfang ja noch dachte, dass es die Prüfung werden würde, bei der ich am meisten versagen werde. Denn bei der ersten Aufgabe sollte man beschreiben, wie sich Städte im Laufe der Zeit so verändert haben. Also man sollte eigentlich nur die Stadtentwicklungsphasen wiedergeben.
Tja, und was soll ich sagen, auf meinem Finelinerspicker stand halt nichts anderes. Also habe ich einfach abgeschrieben, was auf meinem Spicker stand. Ich musste nicht einmal nachdenken. Und hätte ich diesen Spicker nicht gehabt, hätte ich die ganze erste Aufgabe nicht lösen können. Ich weiß ja nicht, welcher Mensch sich SOWAS auswendig merken kann. In der zweiten Aufgabe wurde eine Stadt gegeben und man musste dann erläutern, um welche Stadt es sich handelt, also z.B. ob es eine Barockstadt ist oder so, und woran man das erkennen kann. Da ich mir nicht ganz sicher war, um welche Stadt es sich da gehandelt hat, also eine

Stadt welcher Entwicklungsphase, bin ich nun den Weg zur Toilette gegangen: zum ersten Mal in der Zeit dieser ganzen Prüfungen.

Tja, bei der Lehrertoilette standen dann bei den Kabinen zwei Lehrerinnen, die sich unterhalten haben und ich war mir nicht sicher, ob das irgendwelche Aufpasserinnen waren, aber das glaube ich nicht. Ich hatte nämlich die Befürchtung, dass man das hört, wenn ich da in der Toilettenkabine anfange, mein Handy zu entsperren und irgendwas zu googeln, also meinte ich zu den Lehrerinnen ganz unschuldig, dass ich nicht auf die Toilette "könne", wenn Leute dabei "zuhören würden". Es gibt ja diese Leute, die tatsächlich nicht können, wenn sie wissen, dass andere Leute z.B. darauf warten, dass sie danach auf die Toilette gehen können, auf der man gerade sitzt.
Dann sind diese Lehrerinnen abgezwitschert und ich hab' dann nach der Stadt gegoogelt und ein Wikipediaartikel hat mir mit meiner Stadtphase dann recht gegeben.

Ich hätte natürlich auch einfach auf meine Vermutung vertrauen können, aber wäre die falsch gewesen, wäre halt die ganze Aufgabe am Ende falsch gewesen und das Risiko wollte ich nicht eingehen, wo ich schon die Möglichkeit hatte, jetzt auch mal "auf die Toilette" gehen zu können, so, wie die anderen Schüler.

Die Aufgabe war somit dann auch recht schnell gelöst und dann sollte man noch irgendeinen Ort mit einem

Einkaufszentrum analysieren. Dafür hat uns der Erdkundelehrer tatsächlich eine Karte des Einkaufszentrums gegeben. Also saß ich während meiner Erdkundeklausur da und hab' mir angesehen, wo man in dem Einkaufszentrum überall was zu Essen bekommen konnte. Ich weiß bis heute nicht, warum er uns diesen Plan des Einkaufszentrums gegeben hat, ich hab' den für meine ganze Klausur nicht gebraucht, aber angeschaut habe ich mir ihn trotzdem mal. Und abgeben mussten wir ihn dann auch wieder, was ich schade finde, weil ich sonst jetzt noch eine handfeste Erinnerung an diese Prüfung hätte. Aber immerhin habe ich mit diesem Buch generell noch eine Erinnerung an die Schulzeit. Wer weiß, ob ich mich an alles noch so genau erinnern werde, wenn ich mal alt bin. Meine Kinder können sich das Buch ja dann durchlesen, wenn sie wissen wollen, wie meine Schulzeit so war. Aber ich weiß nicht, ob das so gut ist, wenn da dann steht, dass ihre Mutter sich beim Abitur Smartphones in ihre Unterhose geschoben und Lehrer angelogen hat.

—Mathematik—

Tja, wie man sieht, und anders, als ich es erwartet hatte, habe ich meine schriftlichen Abiturprüfungen überlebt. Die Ergebnisse der schriftlichen Prüfungen habe ich zu diesem Zeitpunkt auch schon erhalten, ich werde noch dazu kommen, wie meine Benotung denn letztendlich ausgefallen ist. Jetzt ging es aber noch an die mündliche Mathematikprüfung. Das war dann so der finale Schritt, danach hatte ich mein Abitur in der Theorie endgültig in der Tasche. In Mathematik hat uns der Lehrer die Themen auch genannt, ich weiß gar nicht, ob er das durfte. Das war die Wahrscheinlichkeitsrechnung, die Kurvendiskussion und noch irgendwas anderes, woran ich mich jetzt nicht mehr erinnern kann. Die Vorbereitung auf diese Prüfung fiel mir recht leicht, da wir bei diesem Lehrer durchaus wussten, was uns erwarten würde. Und Mathematik ist auch eher ein "Man muss es verstehen, aber nicht auswendiglernen."-Gebiet. Naja, da ich es verstanden habe, habe ich mir da eben auch keine großen Sorgen mehr gemacht. Außerdem wusste ich zu dem Zeitpunkt eh schon, dass mein Abitur außerordentlich gut ausgefallen war, also selbst wenn ich mit nur einem Punkt aus der Mathematikprüfung gegangen wäre, wäre das egal gewesen. So haben es ja wirklich manche Leute gehandhabt, die sind nur zur Prüfung gegangen, weil sie da eben noch hingehen mussten, dazu ist man verpflichtet. Gelernt haben die dafür aber nichts mehr. Ich hab' das so gemacht, dass ich mir die Themen, die bei meiner Prüfung drankommen könnten, eben nochmal angeschaut habe. Und da waren einige Formeln, die man eben können musste, um die Aufgaben bearbeiten zu können. Da ich aber immer noch kein Freund des Lernens war (zumindest nicht von dieser Art des Lernens), habe ich mir diese Formeln auch auf meinen Finelinerspicker geschrieben. Bei der mündlichen Prüfungen kann man zwar schlecht auf einen Finelinerspicker schauen, wenn man irgendwas nicht weiß, aber ich wusste, dass wir in einem anderen Raum unter Lehreraufsicht Vorbereitungszeit hatten. Da habe ich dann die Formeln von meiner Finelinerpackung auf den Vorbereitungszettel übertragen und den durfte man zur mündlichen Prüfung mitnehmen.

Lange Rede, kurzer Sinn: Die Prüfung lief dann soweit ganz gut. Es gab ein, zwei Sachen, die ich nicht wusste, aber so ist das eben immer. Letztendlich ist auch die Mathematikprüfung gut ausgefallen.

Tja, und das ist alles, was ich zu meiner Prüfungserfahrung generell zu berichten habe. Aber jetzt wird es natürlich besonders interessant, den nun werde ich verraten, zu welchem Ergebnis meine Spickerei eigentlich geführt hat.

Aber erstaunlicherweise befindet sich auf meiner Finelinerpackung sogar noch der Mathematik-Spicker vom Abitur. Den werde ich jetzt mal hier einblenden. Da kann man auch sehen, dass ich nicht genug Mathezeugs für den Spicker hatte, also habe ich Fülltext verwendet, damit die mathematischen Formeln in der Gesamtheit der Texte untergehen bzw. mit ihnen verschmelzen. Ich weiß gar nicht, ob ich den Spicker jetzt überhaupt mal hier so komplett gezeigt habe. Aber zum freudigen Abschluss des Abiturs kann man das ja jetzt auch mal machen.

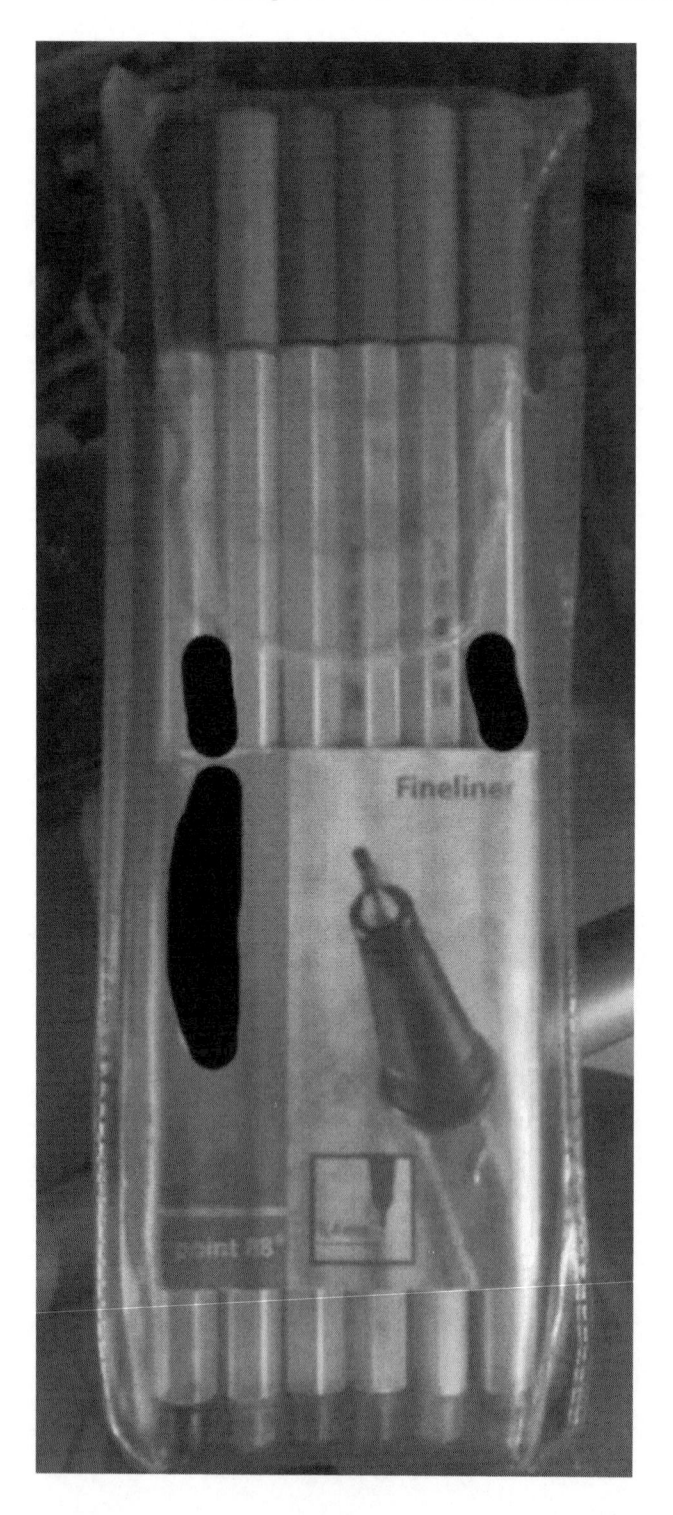

Mein ermogeltes Abitur – Wie ich volle Kanne beschissen habe

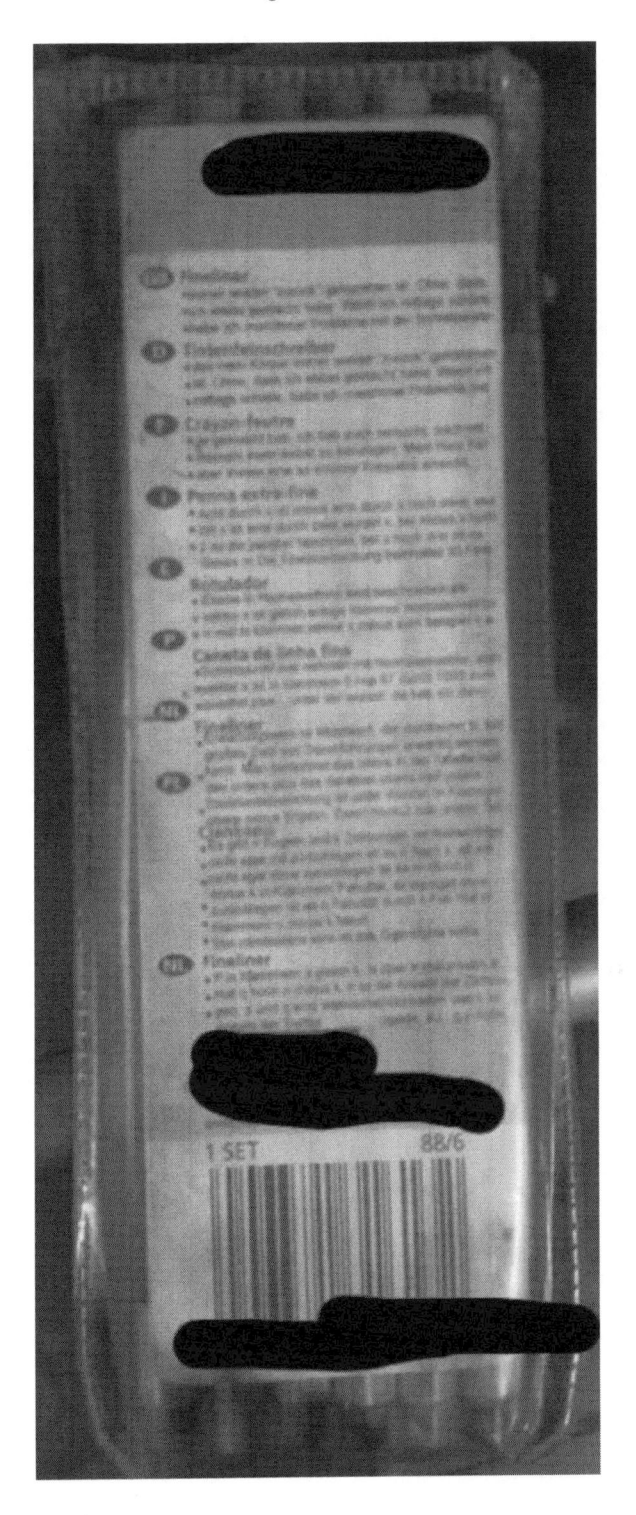

Mein ermogeltes Abitur – Wie ich volle Kanne beschissen habe

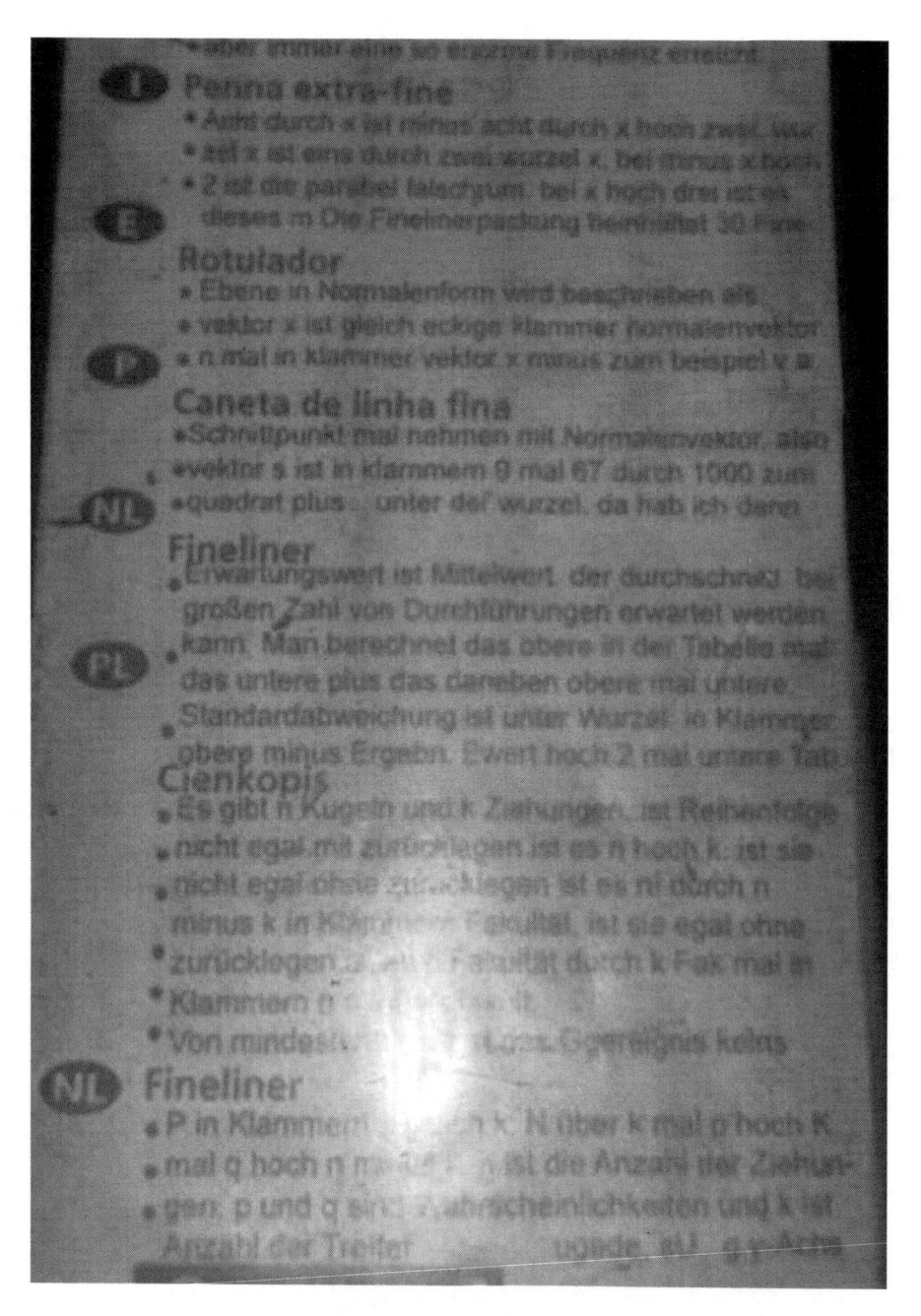

Penna extra-fine
* Acht durch x ist minus acht durch x hoch zwei, sur...
* zel x ist eins durch zwei wurzel x, bei minus x hoch
* 2 ist die parabel falschrum, bei x hoch drei ist es
  dieses n. Die Fineliner packung beinhaltet 30 Fine...

Rotulador
* Ebene in Normalenform wird beschrieben als
* vektor x ist gleich eckige klammer normalenvektor
* n mal in klammer vektor x minus zum beispiel v a

Caneta de linha fina
* Schnittpunkt mal nehmen mit Normalenvektor, also
* vektor s ist in klammern 9 mal 67 durch 1000 zum
* quadrat plus ... unter der wurzel, da hab ich dann

Fineliner
* Erwartungswert ist Mittelwert, der durchschnitt. bei
  großen Zahl von Durchführungen erwartet werden
  kann. Man berechnet das obere in der Tabelle mal
  das untere plus das daneben obere mal untere.
* Standardabweichung ist unter Wurzel in Klammer
  obere minus Ergebn. Ewert hoch 2 mal untere Tab.

Cienkopis
* Es gibt n Kugeln und k Ziehungen, ist Reihenfolge
* nicht egal mit zurücklegen ist es n hoch k; ist sie
* nicht egal ohne zurücklegen ist es n! durch n
  minus k in Klammern Fakultät, ist sie egal ohne
* zurücklegen n! durch Fakultät durch k Fak mal in
* Klammern n ...
* Von mindest... ...Gegenereignis keins

Fineliner
* P in Klammern ... N über k mal p hoch k
* mal q hoch n minus k; n ist die Anzahl der Ziehun-
* gen, p und q sind Wahrscheinlichkeiten und k ist
  Anzahl der Treffer ... beide ... q = Anzahl

16. ICH BIN OBJEKTIV SUBJEKTIV, ABER DOCH VIEL EHER SUBJEKT ALS OBJEKT.

"Lehrer sind auch nur Menschen."
Tja, und das ist beim Abitur ganz deutlich geworden. Ich zeige euch jetzt hier mal mein Abiturzeugnis. In der linken Spalte ist zu sehen, wie meine Noten über den Zeitraum der Oberstufe so ausgefallen sind. Und vor allem in Deutsch und Erdkunde ist im letzten Halbjahr (13) klar zu erkennen, dass ich mich wirklich verbessert habe.

I. Qualifikation im Block I (Qualifikationsphase)

Fach [1] [3]	Punktzahlen der Kurse				Summe
	11/2	12/1	12/2	13	gewichtet
1.Prüfungsfach: Englisch	12	11	12	11	92[2]
2.Prüfungsfach: Deutsch	10	09	08	10	37
3.Prüfungsfach: Erdkunde	08	09	09	12	76[2]
4.Prüfungsfach: Mathematik	10	11	13	12	46
Ethik	(11)	(09)	(10)	11	11
Sport	(06)	(05)	(13)	(08)	00
Biologie	12	14	15	13	54
Geschichte	11	(10)	11	12	34
Informatik	12	14	(10)	12	38
Philosophie (f)	12	13	13	13	51
Bildende Kunst	12	13	13	13	51

Aber - habe ich mich verbessert? Tja, nun, wie wir bereits erfahren haben, habe ich ja sowohl in Erdkunde als auch in Deutsch die finale Klausur mehr oder weniger vom Internet übernommen. Und das wird vor allem in Erdkunde ganz deutlich. Und wie man sieht, war ich in den anderen Fächern eben auch ganz gut.

In Geschichte habe ich das z.B. tatsächlich alleine nur

mit meinem Finelinerspicker geschafft. Man sieht ganz deutlich, dass ich in dem Fach, in dem ich nicht so gut bescheißen konnte, eben auch versagt habe - in Sport. Und in den Halbjahren, in denen ich in Sport 13 und 8 Punkte habe, habe ich halt beschissen, davon habe ich ja schon berichtet.

So, und gehen wir nun mal auf die rechte Seite meines Zeugnisses.

"Qualifikationen im Block II"

II. Qualifikation im Block II (Prüfungsbereich)			
Prüfungsfach [1]	Punktzahlen		Summe
	schriftl.	mündl.	gewichtet [4]
1. Englisch	12	----	60
2. Deutsch	13	----	65
3. Erdkunde	12	----	60
4. Mathematik	X	10	50
----		X	----	----
Ergebnis Block II (mindestens 100, höchstens 300 Punkte)		E II =	235

III. Gesamtqualifikation (mind. 300, höchstens 900 Punkte)	
Gesamtpunktzahl (E I + E II)	680
Durchschnittsnote	1,8

Ich glaube, ich muss dazu gar nicht viel sagen. Wie man sieht, habe ich bei den Prüfungen wirklich gut abgeschnitten, in Deutsch fällt es ja sogar schon in den Bereich "sehr gut". Generell habe ich mein Abitur mit einem Schnitt von 1,8 absolviert. Es gibt natürlich Schüler, die besser abgeschnitten haben. Wir hatten auch welche, die haben mit 1,1 oder so bestanden. Aber das waren entweder Genies oder die haben richtig viel gelernt. Oder sie waren Genies, die viel gelernt haben, keine Ahnung. Vielleicht haben die ja auch irgendwelche geheimen Methoden, wie sie alle bescheißen, von denen ich noch nichts weiß. Mir geht es nur darum, zu zeigen, dass ich ohne diese ganze dreckige Lernerei auch einen Schnitt unter 2 bekommen habe. Und bei Vorstellungsgesprächen wurde das auch immer wieder angesprochen, dass ja meine Zensuren so gut gewesen seien - mich hat trotzdem nie einer eingestellt. Vielleicht, gerade weil ich scheinbar keine Schwächen aufzuweisen habe. Tja, und was hat das nun damit zu tun, dass Lehrer objektiv-subjektiv sind? Ich sag' euch jetzt mal was. Also eigentlich habe ich es auch schon gesagt. Wie man sieht, war ich in Erdkunde vor dieser letzten Klausur, bei der ich komplett beschissen habe, eher schlecht. Also in meinen Verhältnissen schlecht, 8 und 9 Punkte sind ja vollkommen in Ordnung. Und in Deutsch zeichnet sich ein ähnliches Bild ab. So, und ihr glaubt doch jetzt wohl nicht ERNSTHAFT, dass ich MICH im Verlauf einer Klausur

SO SEHR gesteigert habe, dass ich im Deutschabitur plötzlich 13 und im Erdkundeabitur 12 Punkte erreichen konnte, oder? Und in Erdkunde und Deutsch habe ich nicht wie in den Abschlussklausuren alles aus dem Internet übernommen. Auch, wenn es bei meinem Erdkunde-Abiturbericht vielleicht etwas anders klingt, kam das alles ja im Prinzip von mir. Die Informationen, die ich auf den Spicker gebracht habe, waren ja meine Informationen und es waren meine Texte. Ich hab' bei allen Abiturprüfungen nichts anders gemacht, als in den ganzen Klausuren zuvor. Und für mich ist es bis heute unerklärlich, wieso mir Frau Flechtzopfstängel im Deutschabitur plötzlich 13 Punkte gegeben hat, wo sie mir zuvor bei den Klausuren immer 7 oder 8 Punkte reingedrückt hat, obwohl ich da den gleichen Scheiß wie beim Abitur geschrieben habe. Und dass Lehrer beim Abitur generell positiver bewerten, bezweifle ich, weil eine Schülerin aus unserem Deutschkurs beim Abitur plötzlich nur 8 Punkte hatte, wobei sie uns normalerweise immer mit ihren 13 Punkten abgezogen hat. Deswegen gibt es für mich nur zwei Möglichkeiten, wie das passieren konnte.

Möglichkeit 1 ist, dass es beim Abitur immer einen Zweitkorrekteur gibt und Frau Flechtzopfstängel und mein Erdkundelehrer mir immer schlechtere Noten reingedrückt haben, als ich es eigentlich verdient hätte und der Zweitkorrekteur hat mich jetzt eben mal besser bewertet. Also ich weiß, dass es diesen Zweitkorrekteur gibt. Das klingt nämlich irgendwie so, als würde ich das nur glauben, dass es einen gibt. Aber ihn gibt es sicher. Aber die Lehrer sagen immer, dass Abweichungen normalerweise sehr gering sind. Es tritt wohl fast nie der Fall ein, dass ein Lehrer einen Schüler bzw. dessen Leistung wesentlich anders bewertet als der andere Lehrer - 'angeblich'.

Und Möglichkeit 2 ist, dass Lehrer eben doch nicht so toll objektiv nur die Leistung eines Schülers bewerten, wobei das irgendwie auch unter Möglichkeit 1 fällt. Aber mein Erdkundelehrer meinte nämlich bei meiner Abiturzeugnisverleihung zu meinem Bruder, dass er bei mir festgestellt hat, dass ich endlich verstanden hätte, was Erdkunde ausmacht und bei den Klausuren dann eben auch mehr Leistung gezeigt hätte. Tja, und wann hat er das festgestellt? Mit Sicherheit bei der letzten Klausur im 13.Schuljahr, als ich im Zeugnis in Erdkunde plötzlich 12 Punkte bekommen habe.
Ich bin mir ja zu 100% sicher, dass diese Lehrer mich beim Abitur positiver bewertet haben, weil die Klausuren im letzten Halbjahr so gut ausgefallen sind. Die sind dann schon gleich mit einem viel positiveren

Grundgefühl an die Bewertung meiner Abiturprüfung gegangen. Wer weiß, wenn ich bei den letzten Klausuren vor dem Abitur nicht so sehr beschissen hätte, dann wären meine Noten vom Abitur vielleicht auch schlechter ausgefallen, obwohl ich genau das geschrieben hätte, was ich jetzt eh schon beim Abitur geschrieben habe.

Ich will mich darüber ja jetzt auch gar nicht beschweren. Wie gesagt, Lehrer sind auch nur Menschen und viele Lehrer sagen ja auch immer, dass es gar nicht möglich sei, einen Schüler wirklich vollkommen objektiv zu bewerten. Da spielt wohl immer auch die Sympathie zu einem Schüler eine Rolle und irgendwelche anderen Faktoren bestimmt auch. Aber dann verstehe ich nicht, wieso immer noch so viel Wert auf diese Noten gelegt wird. Mir kann halt keiner erzählen, dass Leute bei Vorstellungsgesprächen nicht doch immer mal erst einen Blick auf die Noten werfen. Sonst würden die mich ja auch nicht so oft damit konfrontieren. Und wenn ich mich an der Universität oder Hochschule bewerbe, geht das ja auch nach dem NC, wenn die zu wenig freie Plätze haben. Das ist halt alles voll am Arsch, wenn ich dann vielleicht eher irgendwo einen Studienplatz kriege, weil ich mich durch mein ganzes Abitur beschissen habe, als jemand, der sich wirklich viel Mühe gegeben hat, aber eben nicht so gut war. Oder als die Leute, die eben keinen Wert darauf gelegt haben, sich überhaupt irgendwie auf das Abitur vorzubereiten, die aber trotzdem einen 2,-Schnitt bekommen haben, die aber WIRKLICH diese ganzen Schulthemen durchblickt haben. Mein Bruder hat z.B. auch nichts für das Abitur gelernt und hatte einen Schnitt von 2,6 oder so. Und wenn ich ein Unternehmen hätte, würde ich viel eher ihn als mich einstellen, weil er Probleme viel besser lösen kann als ich. Aber potentiell würden die Leute eher mich als ihn zu einem Vorstellungsgespräch einladen, weil meine Noten besser ausgefallen sind. Wer weiß denn, wie viele Schüler es gibt, die aufgrund familiärer Umstände ein beschissenes Abitur oder einen anderen eher schlechten Schulabschluss haben? Ich weiß, dass man bei einer Universität dann auch so 'nen Antrag auf Notenverbesserung stellen kann, aber dann müsste ich halt zur Schulleitung gehen und die müsste mir bescheinigen, dass ich in irgendwelchen Fächern ohne der privaten Umstände besser gewesen wäre. Wie soll die das denn beurteilen können?

Aber weil es so schön war, hier nochmal mein Abiturzeugnis in voller Pracht. Also in fast voller Pracht, man soll jetzt nicht unbedingt wissen, auf welche Schule ich gegangen bin und wie ich heiße.

I. Qualifikation im Block I (Qualifikationsphase)

Fach	Punktzahlen der Kurse 11/2	12/1	12/2	13	Summe gewichtet
1. Prüfungsfach: Englisch	12	11	12	13	92
2. Prüfungsfach: Deutsch	10	09	08	11	37
3. Prüfungsfach: Erdkunde	08	09	09	12	76
4. Prüfungsfach: Mathematik	10	11	13	12	46
Ethik	(11)	(09)	(10)	11	11
Sport	(06)	(05)	(13)	(08)	00
Biologie	12	14	15	13	54
Geschichte	11	(10)	11	12	34
Informatik	12	14	(10)	12	38
Philosophie (f)	12	13	13	13	51
Bildende Kunst	12	13	13	13	51
Punktsumme (35 Kurse und ggf. Facharbeit)				P =	490
Ergebnis Block I (mindestens 200, höchstens 600 Punkte)			$\frac{P}{44} \times 40 = EI =$		445

II. Qualifikation im Block II (Prüfungsbereich)

Prüfungsfach	Punktzahlen schriftl.	mündl.	Summe gewichtet
1. Englisch	12	---	60
2. Deutsch	13	---	65
3. Erdkunde	12	---	60
4. Mathematik	X	10	50
	X	E II =	---
Ergebnis Block II (mindestens 100, höchstens 300 Punkte)			235

III. Gesamtqualifikation

Gesamtpunktzahl (E I + E II) (mind. 300, höchstens 900 Punkte)	680
Durchschnittsnote	1,8

IV. Fremdsprachen

1. Fremdsprache: Englisch
2. Fremdsprache: Latein
3. Fremdsprache (fakultativ): ----
Weitere Fremdsprachen: ----

Dieses Zeugnis schließt das Latinum ein.

17. DREI JAHRE EIER SCHAUKELN

Ich weiß nicht, wo ich das noch unterbringen soll, weil es eigentlich eher zur Abiturvorbereitung gehört, aber irgendwie hat das Thema da nicht so gut reingepasst. Es geht nämlich darum, dass ich eigentlich gar nichts für die Oberstufe hätte machen müssen. Also naja, so ganz stimmt das nicht.

Ich hab' ja mal im Buch irgendwo erwähnt, dass man ohne Fleiß nicht unbedingt die besten Zensuren erzielen kann und dass man durchaus aufpassen muss, was im Unterricht so vermittelt wird und man sich auch Dinge mitschreiben sollte. Das stimmt auch soweit.

ABER ich habe noch gar nicht erwähnt, woher ich die Unterlagen für mein Abitur bezogen habe. Und ich sag's jetzt mal, wie es ist, ich hab' alles aus dem Internet herausgesucht. Und ich ärgere mich jetzt noch, dass ich in der Oberstufe überhaupt irgendwas im Unterricht mitgeschrieben und Unterlagen einsortiert habe. Über die drei Jahre Oberstufe haben sich gigantische Ordner mit irgendwelchen Texten und Blättern und Mitschriften angesammelt, die ich überhaupt nicht gebraucht hätte, weil das eh viel zu viel war, als dass ich mir das alles für das Abitur hätte draufschaffen können.

Es gibt ja Leute, die dann in den Ferien vor dem Abitur nochmal alle ihre Unterlagen durchgehen und sich das Wichtigste herausschreiben - und das lernen die dann. Aber das hab' ich nicht gemacht, weil die Menge einfach so absurd riesig war, dafür hätte ich bestimmt Wochen gebraucht, das zusammenzufassen und darauf hatte ich keine Lust. Für mich waren Schulunterlagen immer sowas wie ein Lexikon. Ich wollte da wichtige Informationen zusammentragen, die ich mir dann vergegenwärtigen konnte, wenn ich eine Aufgabe lösen musste. Deswegen wollte ich auch nie das Datum bei meinen Unterlagen dazuschreiben, weil es für mich dann nicht mehr einem Lexikon, sondern eher irgendeinem Protokoll geglichen hätte. Irgendwann musste ich mir das dann aber wieder angewöhnen, weil ich nie wusste, was ich jetzt genau lernen sollte, wenn es hieß "Ja, ihr müsst alles ab dem 15.01. für die Klausur können.". Bei meinen Unterlagen gab es nämlich keinen 15.01. . Aber das hat auch nie einer verstanden, warum mir das so gegen den Strich gegangen ist, das Datum zu notieren. Bei Briefen oder Postkarten ist das wieder was anderes, da finde ich es cool, wenn man dann sieht, in welchem Jahr man das verfasst hat. Für Deutsch habe ich mir jedenfalls für das Abitur alle Informationen zu *Effi Briest* und *Woyzeck* und die Epochen aus dem Internet besorgt, für Erdkunde habe ich mir Informationen zur Stadtentwicklung aus dem Internet gezogen und für Englisch habe ich eigentlich fast gar nichts gemacht. Naja, die englischen Serien habe ich mir immerhin auch im Internet angeschaut.

Und das ist halt einfach ein echt übler Punkt über den man sich mal Gedanken machen sollte, dass ich drei Jahre weggeworfen habe. Ich will gar nicht wissen, WIE VIEL Zeit ich damit verschwendet habe, mir irgendwelche Informationen aufzuschreiben und abzuheften. Das ist auch richtig traurig, dass Lehrer dafür bezahlt werden, mich ordentlich auf das Abitur vorzubereiten und mir Dinge zu vermitteln, die ich mir dann aber letztendlich einfach über das Internet suche. Das sind da irgendwelche Leute, die aus irgendwelchen Gründen kostenlos ihre Zusammenfassungen zu Themen bereitstellen, die hier vermutlich dann Jahre über Jahre an andere Schüler weitergegeben werden. Nochmal - KOSTENLOS. Während Lehrer teilweise ein Gehalt erhalten, das je nach Dienstjahren ad absurdum geführt wird.
Ich weiß noch, in Latein wollte keiner die Texte übersetzen, also haben wir uns zu Hause alle die selbe

blöde Übersetzung aus dem Internet kopiert. Die war wirklich grottenschlecht, aber immerhin war die dann bei allen gleich schlecht. Die war noch schlechter als die Übersetzung der Klausur, die ich euch da gezeigt habe. Und das ist natürlich auch der Punkt, an welchem man mich kritisieren könnte. Natürlich kann man sich nie sicher sein, ob die Informationen, die man da so im Internet findet, dann auch wirklich vertrauenswürdig sind. In der Schule halten sich Lehrer ja an Lehrpläne und Schulbücher und so und im Studium hieß es auch immer, dass Wikipedia ja keine zuverlässige Quelle sei. Aber die Sache ist halt, dass gerade dadurch, dass jeder seine Informationen im Internet verbreiten kann und man sich mit hundert verschiedenen Quellen informieren kann, erst die wahren Begebenheiten ans Tageslicht kommen. Ich hab' mal gehört, dass Schulbücher dahingehend halt echt verfälscht sein können, je nachdem, was den Schülern halt aufgeschwatzt werden soll. Es kann sein, dass Geschichtsbücher in Russland ganz anders aussehen, als in Deutschland und die Geschichte da komplett anders erzählt wird, obwohl es um das selbe Thema geht, weil Deutschland sich z.B. besser darstellen möchte als Russland. In unseren Geschichtsbüchern sind wir dann vielleicht zu einem Kompromiss gekommen, der einen Krieg verhindert hat und in den russischen

Geschichtsbüchern haben wir freiwillig aufgegeben, das ist dann schon ein Unterschied. Sowieso glaube ich, dass es nicht die "eine" Wahrheit gibt. Es gibt hunderte Wahrheiten zu einem Thema, je nachdem, aus welcher Perspektive man einen Sachverhalt betrachtet.

Ich hab' mir mal ein Video angesehen, da ging es darum, dass, wenn wir die Erde vom Weltall aus betrachten, sie uns als Kugel erscheint, aber, dass sie, wenn die Begebenheiten irgendwie anders wären, auch ganz flach erscheinen könnte. Man sieht es ja auch immer bei Tieren, die angeblich die Welt ganz anders wahrnehmen, als wir es tun. Und ich denke, so ist es auch mit dem Wissen, welches uns die Schule lehrt. Man merkt es ja auch schon bei irgendwelchen kirchlichen Schulen, die dann z.B. Physik oder Biologie nicht lehren, weil Gott ja alles erschaffen haben soll. Da lobe ich es mir doch, dass ich mir im Internet unendlich viele Informationen beschaffen und mir meine eigene Meinung bilden kann. Und wie man sieht, für's Abitur haben diese kostenlosen, 'nicht vertrauenswürdigen' Informationen vollkommen ausgereicht und ich habe mir auch noch die Zeit gespart, diesen ganzen Schwachsinn aus der Schule zusammenzufassen.

Wenn ich mit diesem Wissen nochmal in die Oberstufe kommen würde, würde ich wahrscheinlich gar nichts mehr mitschreiben, sondern mir vor Klausuren immer alle Sachen aus dem Internet besorgen. Naja, es kommt darauf an. Da in Biologie oder Geschichte immer 1 zu 1 das abgefragt worden ist, was die Lehrer an die Tafel geschrieben haben, würde ich da vielleicht schon noch mitschreiben. Aber in Deutsch oder Erdkunde würde ich das nicht mehr machen. Ich hätte mir jedenfalls ganz sicher nicht mehr so viel Stress gemacht und auch mal meine Eier geschaukelt. Denn ich wusste ja jetzt, dass ich diese ganzen Unterlagen für das Abitur eh nicht brauchen würde. Und ich glaube, die meisten schreiben sich das nur alles auf, WEIL sie denken, DASS sie das für das Abitur alles brauchen. Aber wenn ihr so darüber nachdenkt und ihr ehrlich zu euch selbst seid, dann wisst ihr doch genau so gut wie ich, dass man von Anfang an wusste, dass man das eh nicht alles lernen wird, was man sich da so aufgeschrieben hat, oder? Ich glaube, es geht da eher um so ein Sicherheitsgefühl, dass man immer die Möglichkeit hat, alles nachzulesen.

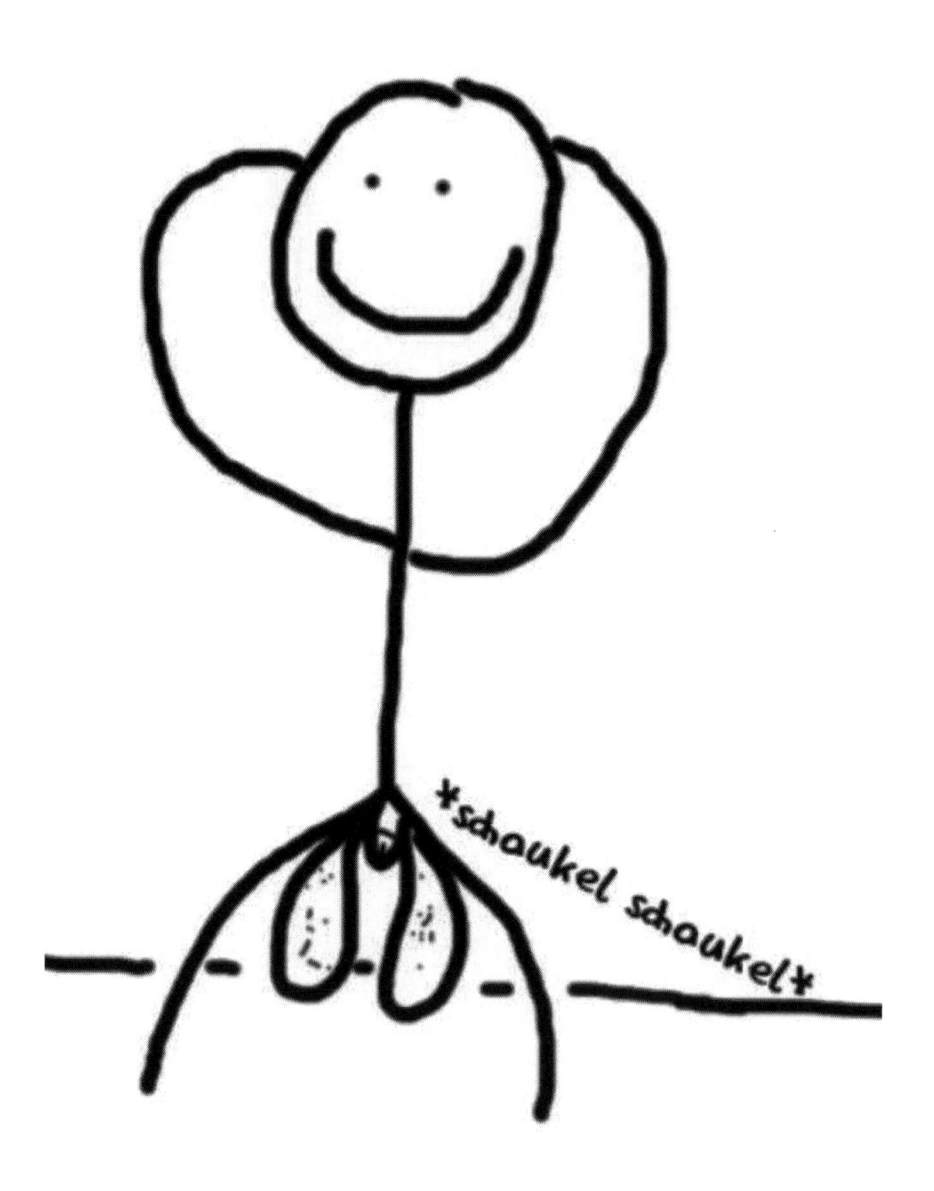

Mein ermogeltes Abitur – Wie ich volle Kanne beschissen habe

schaukel schaukel

18. WAS SIND TERMITEN?

So, das war's auch schon mit meiner Oberstufenerfahrung in Hinblick auf Beschiss. Und jetzt wenden wir uns noch einmal meiner Oberstufenerfahrung in Hinblick auf GEschiss zu.

Die Oberstufe ist nämlich ein einziges, riesiges Geschiss. Ich kann das durchaus nachvollziehen, warum man bis zur 11. Klasse so viel Zeug lernt und so viele verschiedene Fächer belegen muss, für die man mal mehr, mal weniger Interesse hat. Ich würde jetzt nicht sagen, dass diese absolute Überforderung bestehend aus Fächern mir wirklich dabei geholfen hat, herauszufinden, wofür ich mich so interessiere, aber ich würde durchaus sagen, dass es ganz gut ist, mal so einen Überblick über all das Zeug wie Physik und Chemie und Geschichte und Biologie und so zu erhalten. Auch, wenn ich sagen muss, dass ich vor allem in Bezug auf Physik, Chemie und Latein so gut wie alles wieder vergessen habe.

Aber ich kann beim besten Willen NICHT verstehen, warum es in der Oberstufe dann genau so weitergehen muss. Das ist jetzt kein Scheiß, in der Oberstufe haben wir in Geschichte genau das durchgenommen, was wir von der fünften bis zur zehnten Klasse gemacht haben. Gerade in dem Fach, in dem ich es als am unnötigsten empfunden hätte, alles nochmal zu wiederholen, wurde alles wiederholt. Und in Fächern wie Erdkunde und Mathematik wurde uns immer vorgehalten, dass das alles ja "VORWISSEN" sei und wir das in der 6.Klasse ja schon alles gemacht hätten und deswegen müssten wir das jetzt eigentlich alles "KÖNNEN" und deswegen wurde DAS nicht wiederholt, obwohl dieses Wissen eben schon essentiell gewesen wäre, aber daran konnten wir uns halt nicht mehr erinnern.

Ob man's glaubt oder nicht, aber in meiner ganzen Schullaufbahn wurde im Geschichtsunterricht nicht einmal das Thema *Hitler* angesprochen. Wir sind irgendwie nie über das Jahr 1925 oder so hinausgekommen. Die einzigen Informationen, die ich zu Hitler so wirklich habe, stammen aus dem Lied *Ich hock' in meinem Bonker.*, weil am Anfang des Liedes so eine Einleitung vorgelesen wird, die vom Jahr 1945 spricht. Und ich hab' nachts in den Sommerferien immer Dokumentationen auf *N24* gesehen. Weil es da unter anderem um Hitler als Künstler ging, so, wie ich das aufgefasst habe, sage ich dann zu Leuten immer, wenn die von ihm erzählen: "Tja, hätten die ihn damals an der

Kunstakademie nicht abgelehnt, wäre das bestimmt alles nie passiert.". Aber wenn ich ehrlich bin, habe ich keine Ahnung. Ich fand die Bilder von ihm aber gar nicht so schlecht.

Aber die Oberstufe war nicht nur deswegen ein riesen Geschiss. Die Oberstufe war vor allem ein riesen Geschiss, weil die Schüler aus ihr so ein Geschiss gemacht haben. Da waren die Leute, die eigentlich recht intelligent waren, aber mit der Oberstufe nichts anfangen konnten und nicht gefordert worden sind und deswegen depressiv geworden sind und deswegen die Schule nie besucht haben. Dann waren da Leute wie ich, die das alles genau so schrecklich fanden, die aber eigentlich schon noch ganz gerne ihr Abitur erhalten wollten und wenn sie schon dabei sind, eben auch nicht so mies abschneiden wollten und sich deswegen überwunden haben, ständig zur Schule zu erscheinen, aber nachts nur 3 Stunden geschlafen haben.

Und dann waren da die Termiten-Leute. "Was sind denn die Termiten-Leute?", fragt man sich jetzt vielleicht. Tjaha, in unserem Erdkundekurs hatten wir immer zwei richtige Strebermädchen. Die eine heißt Deodora, wie das Deodorant, und die andere heißt Hilif. Und Hilif war wirklich strunzelschmunzeldumm. Das kann man sich schön reden, wie man möchte, ich glaube, ich hab' selten jemanden gesehen, der so naiv war und so wenig hinterfragt hat - also in dem Alter. Von Deodora dachte ich, dass sie eigentlich ganz intelligent sein müsse und eben ein intelligenter Superstreber ist. Und der Clou an den beiden war, dass die immer zusammen den ganzen

Unterricht protokolliert und sich so gegenseitig darin unterstützt haben, alle Informationen aus dem Unterricht aufzusaugen. Und in Klausuren saß Hilif immer neben Deodora und hat von ihr wohl 90% der Klausur in anderen Worten kopiert. Und irgendwie war das so ein "Das weiß jeder, dass Hilif von Deodora abschreibt, aber keiner macht was.".

Und dann war da dieser EINE Tage, der alles verändern sollte. Also naja, eigentlich hat er nur meine Sicht auf Deodora verändert. Ich weiß gar nicht mehr, was da das Thema war. Vielleicht ging es in Erdkunde um Schädlinge oder Holz oder so, keine Ahnung. Jedenfalls hat dann der Erdkundelehrer von Termiten gesprochen. Und ich dachte, ich hör' nicht richtig. Da fragt Hilif Deodora, was denn Termiten seien. Und keiner der beiden konnte die Frage beantworten, dann haben die den Lehrer gefragt. Und man kann sich jetzt über mich aufregen und sagen "Ja, man kann ja nicht alles wissen.", aber wer, bitte wer, hat denn noch nie was von Termiten gehört. Wer hat keine Serien im Fernsehen gesehen, in denen im Comicstil Termiten Holz zerfressen? Und wer, bitte wer, kann in Erdkunde, in dem Fach, in dem ich immer so schlecht bin, SO gute Leistungen erzielen, wenn er nicht einmal weiß, was Termiten sind?

Ich hab' mich wirklich gefragt, wo die die letzten 18 Jahre gelebt haben. Da war halt echt der Punkt erreicht, an welchem ich den Glauben in die beiden verloren habe. Und den Glauben in die Schule. Wie kann man denn einen 1,2er-Schnitt oder so haben und Termiten nicht kennen. Bei den beiden Mädchen hatte man den Anschein, als hätten die ihr Leben lang nur in der Theorie der Schule gelebt. Naja, das war auch so. Wir waren mit dem Erdkundekurs in der Oberstufe mal in einem Stahlwerk und am Tag darauf haben wir eine Erdkundeklausur über ein anderes Thema geschrieben. Hilif ist deswegen nicht zum Ausflug mitgegangen, so hatte sie mehr Zeit, zu Hause zu lernen. Ich weiß noch, dass Deodora da schon sauer auf sie war. Dann wundert es mich aber auch nicht, wenn man keinen Bezug zum tatsächlichen Leben hat. Also gut, ich habe in meinem Leben auch abseits der Fernsehserien noch nie mit Termiten zu tun gehabt, zum Glück, aber vielleicht versteht man, was ich damit meine. Das war ja auch nicht der einzige Vorfall dieser Mädchen, aber das war so der präsenteste. Damit das nicht falsch verstanden wird: Ich will Hilif jetzt gar nicht mies darstellen. Das ist ja nichts Schlimmes, wenn man etwas naiv ist. Oder wenn man etwas länger braucht, um verschiedene Sachverhalte zu verstehen. Wenn ich mich mit einem Doktoren der Physik unterhalten würde, würde der vielleicht auch sagen, dass ich strunzelschmunzeldumm bin.

Aber es geht ja auch nicht nur um Hilif und Deodora - das waren in Bezug auf die Schule aber eben DIE Paradebeispiele. So, wie man sich solche Schüler eben vorstellt, die immer nur gute Noten haben und ein erstklassiges Abitur vorweisen können. Zumindest stelle ich mir solche Leute so vor. Es gab natürlich noch viele andere Leute, die so drauf waren. Und das muss man auch mal gesagt haben, die waren halt echt gut in der Schule, ich fand das teilweise wirklich sehr erstaunlich, weil ich nicht verstehen konnte (und auch immer noch nicht verstehen kann), wie man immer solch erstklassige Zensuren erhalten konnte. Ich meine, egal, was ich gemacht habe, es gab halt immer mal irgendeinen Test oder eine Klausur, in dem oder der ich nicht so gut war. Oder, wie man es gesehen hat, gab es ja auch mal ein Halbjahr, in dem ich nicht so gut war. Und das waren solche Schüler, die hatten keine schlechten Klausuren, keine scheinbar schlechten Tage und erst recht keine schlechten Zeugnisnoten. Und dafür haben sie meinen Respekt verdient, weil ich nicht weiß, wie das möglich sein kann. Aber das ändert nichts daran, dass ich von diesen Leuten immer den Eindruck erhalten habe, als würden sie ziemlich realitätsfremd denken und seien sehr unerfahren. Man kann halt sagen, was man will und das haben ja auch viele Schülerinnen und Schüler und Diverse auf die eine oder andere Weise beklagt, aber es ist eben wirklich so: Die Schule bereitet einen nicht auf das Leben vor.

Jetzt stellt sich mir natürlich die Frage, ob das überhaupt die Aufgabe der Schule ist oder sein sollte. Ich hab' eben mal nachgeschaut. Schule kommt aus dem lateinischen "Schola" und bedeutet "freie Zeit". Ich hab' jetzt keine Lust, mir den geschichtlichen Ursprung der Schule zu Gemüte zu führen, zudem wir darüber mal bei meinem Erziehungswissenschaftsstudium gesprochen haben und das wohl so langweilig war, dass ich das scheinbar wieder vergessen habe, aber "freie Zeit" heißt halt gar nichts. Wenn ich sage: "Ich gehe jetzt in die freie Zeit.", dann denkt man wohl eher, dass man sich ausruht oder irgendwelchen Freizeitaktivitäten, also Hobbys, nachgeht. Da steht ja das "freie Zeit" schon drin - in den Freizeitaktivitäten. Aber da ein Hobby ja eigentlich etwas ist, was man gerne macht und wofür man von sich aus Interesse zeigt, sollte man doch eher meinen, dass man in der Schule auch bestimmen sollte, was man lernt, damit man das dann auch gerne macht. So denke ich, dass eine Schule eher ein Gebäude sein sollte, in welchem sich verschiedene Lehrer zusammenfinden und dann sollte man selbst immer entscheiden dürfen, zu welchem Lehrer man gehen möchte. Und dann sollte es vielleicht verschiedene Arten von Schulen geben. Eine Wissensschule, in der eben stumpfes Wissen vermittelt wird und eben auch eine Haushaltsschule, in der man dann lernt, Wäsche zu waschen oder einen Knopf anzunähen.

Viel cooler wäre es aber, wenn wir in diesen Schulen alle Lehrer wären. In einer Wissensschule versammeln sich dann in einem Raum alle Leute, die sich für Biologie interessieren. Und weil jeder auf diesem Gebiet etwas anderes weiß und/oder gut kann, kann er das dann jemand anderem vermitteln und so unterrichtet jeder jeden. Aber solche Schulen gibt es bestimmt schon, ich weiß davon nur nichts.

Ein Wald mit Dorf?

Ich finde, dass das halt irgendwie gar nicht in unsere jetzige Form der allgemeinen Schule passen würde, wenn man da jetzt lernen würde, wie man eine Waschmaschine benutzt. Unsere Schulform ist halt doch eher eine Wissensinstitutions..form. Und ist das jetzt prinzipiell schlecht? Tja, ich finde ja irgendwie nicht. Aber nur, solange es da keine Noten gibt und ich mir selbst aussuchen kann, was ich wissen möchte. Und wenn einer sein Leben lang nur damit verbringen möchte, etwas zu Mathematik zu lernen. Na und? Gibt es nicht noch genug andere Menschen, die sich mit Deutsch, Biologie und Co. beschäftigen können? Wieso wollen wir, dass EIN Mensch immer alles weiß? Wieso reicht es uns nicht, GEMEINSAM viel zu wissen?

19. X, X, X oder X?

Ich hab' letztens mal *Wer wird Millionär?* geschaut. Ich weiß nicht mehr, wie die Frage hieß, aber die Lösung der Frage war, dass man das X auf viele verschiedene Weisen schreiben kann. Also manche beginnen oben links mit dem Strich, manche setzen erst den Strich von unten links nach oben rechts - ich zeig' euch das mal, das ist dann einfacher, es zu verstehen.

Und eben immer so weiter.

Und das Interessante daran ist ja, dass es da keine falsche und keine richtige Schreibweise gibt. Genau wie bei der Zahl 7 oder der Zahl 4 und was es da nicht noch alles gibt. Manche machen diesen Strich bei der 7 und andere nicht und dann fragt man sich, ob das jetzt eine 7 oder eine 1 ist. Also es hat vielleicht schon seinen Sinn, den Strich durch die 7 zu machen, aber man kann die 1 ja auch wie ein I schreiben. Dann fragt man sich zwar, ob das eine 1 oder eben ein I ist, aber so ist das eben im Leben. Erstaunlicherweise wird das aber einfach so akzeptiert, dass da jeder seine andere Schreibweise hat. Solange man erkennen kann, um was es sich handelt, wenn man es im Zusammenhang sieht, ist alles in Ordnung. Und da frage ich mich, warum das in der Schule nicht auch so sein kann.

Ich hab' da nämlich erst kürzlich wieder was Interessantes gelesen. Da ging es um einen Typen, der mal ein Buch geschrieben hat. Und dieses Buch war dann Thema in einem Abitur. Und der Autor war so lustig und hat sich in diese Abiturprüfung gesetzt und beim Abitur mitgeschrieben oder so ähnlich. Und in dem Artikel hieß es dann, dass es darum ging, ein Kapitel zu schreiben, wie es in diesem Buch stehen könnte. Und das hat er eben gemacht. Tja, und die Cheeseburger Bildungsbehörde, nur ohne den Käse, hat ihm dann gratuliert, steht es dann im Text. Ich weiß jetzt nicht, ob die ihm wegen der Note gratuliert haben oder weil er da mitgeschrieben hat oder weil er so ein toller Autor oder so ist, keine Ahnung, das steht da nicht. Aber die Sache ist, dass der Autor in dieser Abiturprüfung in Deutsch 13 Punkte bekommen hat. Und dann sagt er noch, dass er das so toll von den Lehrern finden würde, dass sie eine mehrseitige Kritik an ihn als "Schülerin" (er hat sich als

Schülerin ausgegeben) verfasst und ihm da seine Schwächen und Stärken aufgezeigt haben.

TJA, und ich weiß ja nicht, ob die mal etwas weiter gedacht haben, aber ich denke mir ja, dass, wenn selbst der AUTOR seines EIGENEN BUCHES bei einer Abiturprüfung über SEIN Buch, bei welcher DER AUTOR ein Kapitel für SEIN EIGENES BUCH geschrieben hat, KEINE 15 Punkte erhalten hat, wie ICH das dann machen soll.

Wenn ICH ein Kapitel zu MEINEM Buch schreiben würde, das ICH verfasst habe, und mir jemand sagen würde, dass das noch verbesserungsfähig sei, weil es nicht dem Schreibstil des Autors entsprechen würde, dann würde ich doch nicht so stolz davon berichten, dann würde ich der Person, die mich kritisiert hat, das Buch wohl in den Arsch schieben und ihr sagen, dass sie sich die Note gleich nachschieben kann. Also ich muss es nochmal sagen, damit das auch klar wird: Der Typ hat ein Kapitel zu seinem Buch geschrieben, was Aufgabe der Klausur war, und keine 15 Punkte bekommen. Und ich frage mich wirklich, wer denn eine perfektere Leistung erzielen soll als der Autor höchstpersönlich.

Tja, und jetzt kommt's. Als ich so mein Buch über das Abitur geschrieben habe, habe ich mal gegoogelt, ob das schon mal jemand gemacht hat und es gibt tatsächlich irgendeinen Typen, der ein Buch darüber geschrieben hat, wie er vom Drecksschüler zum Superstreber mit 1,0-Abitur geworden ist. Dieser hippe Typ verrät in dem Buch wohl seine geheimsten Tipps und Tricks und dabei handelt es sich mit Sicherheit um nichts anderes als die Lehrer-Manipulationsstrategien, von denen ich hier vor einigen Kapiteln schon geschrieben habe und für die ich kein Extrageld verlange - und der macht daraus ein ganzes Buch.

Und erstens frage ich mich jetzt, welche Zielgruppe der damit eigentlich ansprechen wollte, weil ich ganz sicher Besseres zu tun habe, wenn ich mir wegen dem Abitur in die Hosen scheiße, als so ein Buch zu lesen. Zum Beispiel muss ich jetzt lernen, wie man Wäsche wäscht, weil ich mir ja in die Hosen geschissen habe. Und zweitens frage ich mich, wie der Typ mir versprechen will, dass ich mit seinen Strategien ein 1,0-Abitur erhalte, wenn selbst der Autor seines Buches beim Abitur über sein Buch keine 15 Punkte erhalten kann. Und ich habe gesehen, dass das Buch einige Kundenrezensionen erhalten hat, das waren 43 oder so. Wenn man das mal hochrechnet, wie viele Leute etwas kaufen und wie viele Leute etwas bewerten, dann schätze ich, dass dieses Buch durchaus von einigen Leuten gekauft worden ist. Oder der Autor hat es an all seine hippen Streberfreunde verschenkt und die haben es dann für ihn bewertet.

Mein ermogeltes Abitur – Wie ich volle Kanne beschissen habe

Tja, und ich mache mir da langsam wirklich Gedanken. Wenn wir schon an so einem Punkt angekommen sind, dass wir unser Geld für Bücher über Tricks zu guten Noten oder Abiturvorbereitungsbüchern aus dem Fenster schmeißen und Schulausflüge schwänzen, um für gute Zensuren zu Hause in einer Kammer zu sitzen und zu lernen und wir dann auf unserem Totenbett liegen und immer noch nicht wissen, was Termiten sind, dann kann doch irgendwas nicht mehr richtig sein.

Und wenn wir an dem Punkt angekommen sind, dass Lehrer in die Frührente gehen müssen, weil sie von Schülern auf niedrigstem Niveau psychisch fertig gemacht werden, weil die Schüler auf gute Noten geiern, dann kann doch irgendwas nicht mehr richtig sein.

Wenn wir an dem Punkt angekommen sind, dass es absolut egal ist, was oder ob ich etwas aus dem Unterricht in der Schule mitgenommen habe, sondern ich einfach durch pure Bescheißerei erstklassige Zensuren erhalten kann, während es keinen scheinbaren Wert hat, dass ich mich zu Hause um meine kranke Mutter kümmere, dann kann etwas nicht mehr richtig sein.

Wenn wir an dem Punkt angekommen sind, dass die Zustände so übel geworden sind, dass ich schon anfange, ein Buch darüber zu schreiben, dann kann alles nicht mehr richtig sein.

Da wir an dem Punkt angekommen sind, dass Leute sich wegen extremem Leistungsdruck das Leben nehmen, einen Herzinfarkt erleiden, Dreijährige in eine

Vor-Vorschule gehen, damit sie zweisprachig aufwachsen und ich schon anfange, Leute wegen mangelndem Wissen zu verurteilen und als strunzelschmunzeldumm zu bezeichnen, mache ich mir Sorgen.

X

Egal, wie man es wendet oder dreht, ein X am Ende jedes Lebens steht. Und wo ich das X beende und begann, das ist beim Tode nicht mehr von Relevanz. Die verbliebenen Menschen blicken nicht auf meinen vergangenen Reichtum oder Ruhm, ein wahrlich gelebtes Leben ist unser größtes Heiligtum.

X

DANKE!

Ich danke allen, die sich für mein Buch entschieden und es sogar bis zum Ende gelesen haben. Wer es nicht gelesen und jetzt nur mal die letzte Seite aufgeschlagen hat, der ist ein wahrlicher Eierschaukler.

Und weil ich nicht weiß, was ich jetzt hier noch so in diese Danksagung packen soll, gibt es als Dankeschön einen Austausch meiner ehemaligen Schulleiterin mit mir in Zettelform.

Also auf der nächsten Seite dann.
Ich wünsche Euch noch einen schönen Tag.

Mein ermogeltes Abitur – Wie ich volle Kanne beschissen habe

An d... terhin benutzen ...

Immer wieder wird in den letzten Tagen das Toilettenpapier zweckentfremdet, nass gemacht und in die Mülleimer geworfen!
Das ist nicht nur aus hygienischen Gründen mehr als ärgerlich, es bedeutet mehr Arbeit für die Damen, die nachmittags Euren Dreck wegmachen müssen, und es kostet Geld!
Sollte weiterhin das Klopapier für solchen UN-SINN benutzt werden, <u>werden keine Rollen mehr ausgegeben.</u> Ihr müsst Euch dann das Toilettenpapier von zu Hause mitbringen!

Ich appelliere deshalb an Euch, jede weitere Form von Vandalismus zu unterlassen. Diejenigen, die verantwortlich dafür sind, haben sich bei mir sofort zu melden!

Mit unfreundlichen Grüßen an alle die, die für den Blödsinn verantwortlich sind!

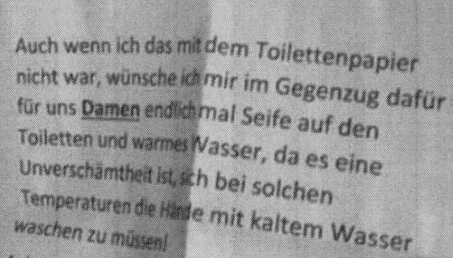

Auch wenn ich das mit dem Toilettenpapier nicht war, wünsche ich mir im Gegenzug dafür für uns <u>Damen</u> endlich mal Seife auf den Toiletten und warmes Wasser, da es eine Unverschämtheit ist, sich bei solchen Temperaturen die Hände mit kaltem Wasser waschen zu müssen!

Ach ja, unser eigenes Toilettenpapier ist wenigstens nicht einlagig, da braucht man dann für einen Toilettengang auch nicht die halbe Rolle. ;-)

Mein ermogeltes Abitur – Wie ich volle Kanne beschissen habe

Liebe Schülerinnen,

bedauerlicherweise mussten die Reinigungskräfte in den letzten Tagen feststellen, dass zahlreiche **Rollen** des **Toilettenpapiers** immer wieder in die **Mülleimer geworfen werden!**

Der vermeintliche „Spaß" ist in Wirklichkeit leider **gar nicht lustig**, es ist eine völlig **unsinnige Aktion**, die noch dazu sehr **unkameradschaftlich** ist. Es ist **respektlos** den Reinigungskräften gegenüber und es ist eine sinnlose **Verschwendung von Geld!**

Ich hoffe, dass ihr so vernünftig sein könnt, die **Aktion** ganz einfach einzustellen, so dass weitere Maßnahmen nicht nötig sein werden!

Viele Grüße

█████████

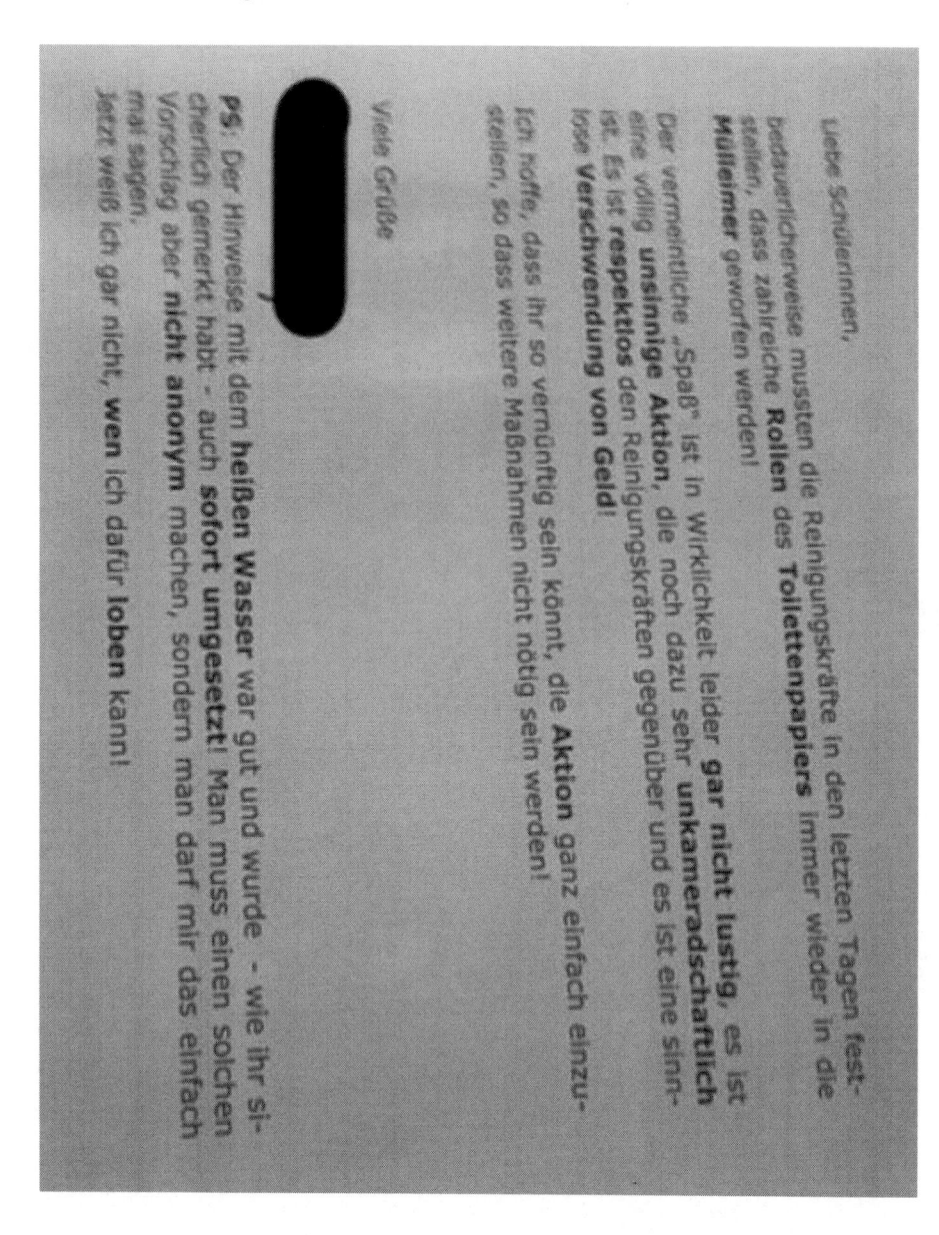

PS: Der Hinweise mit dem **heißen Wasser** war gut und wurde - wie ihr sicherlich gemerkt habt - auch **sofort umgesetzt!** Man muss einen solchen Vorschlag aber **nicht anonym** machen, sondern man darf mir das einfach mal sagen.
Jetzt weiß ich gar nicht, **wen ich dafür loben kann!**

Und Sie dachten, ich falle auf Ihren Trick herein, mich bei Ihnen zu melden! Ätschibätsch.

Mein ermogeltes Abitur – Wie ich volle Kanne beschissen habe